塞上曲

SAISHANG QU

李学辉——著

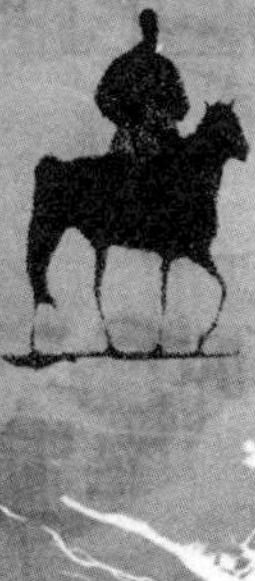

敦煌文艺出版社

图书在版编目(CIP)数据

塞上曲 / 李学辉著. -- 兰州 : 敦煌文艺出版社,
2024.1
ISBN 978-7-5468-2302-7

Ⅰ. ①塞… Ⅱ. ①李… Ⅲ. ①长篇小说－中国－当代
Ⅳ. ①I247.5

中国版本图书馆CIP数据核字(2022)第241471号

塞上曲
李学辉　著

责任编辑：李恒敬
装帧设计：马吉庆

敦煌文艺出版社出版、发行
地址：（730030）兰州市城关区曹家巷1号新闻出版大厦
邮箱：dunhuangwenyi1958@126.com
0931-2131601（编辑部）
0931-2131387（发行部）

天津睿和印艺科技有限公司印刷
开本　880毫米×1230毫米　1/32　　印张10.327　　插页2　　字数200千
2024年1月第1版　　2024年1月第1次印刷
印数　1～3 000册

ISBN 978-7-5468-2302-7
定价：58.00元

主调

一

穆斑螯炮弹般在他妈肚子里折腾了一下，他妈居然没有龇牙咧嘴。又折腾了一下，他妈就像洋芋开花一样剥开了自己。女人生孩子，终究需要一个仪式。她不需要。也没法需要。她需要的，不是听到嘹亮的像公鸡一样的叫声。乳房上老枝横生，还有几片叶子不愿盲从地落下，它们都爬在乳房上寻找同伙。

接生婆的脸像失了水分的核桃一样干瘪。女人躺在炒焙过的沙子上，满脑子盛满了炮弹。一颗炮弹像她大儿子一样奔跳着，憋得她的脑袋要爆炸。她拍了拍大儿子。大儿子坐了下来，不动声色地把一条大河萎缩成小溪，又干涸成巴子营的土沟。

生来生去又生出了一个斑螯。女人望了一眼被接生婆放在一块破毡片上的男孩，很想把他塞进肚子里。看到穆用耷拉成断了秧的倭瓜的脸，她抓了一把身下带血的沙子，扔向穆用。穆用一躲，女人身下的沙子活了起来，纷纷跑向地下。女人的嘴像被拍了一铁锨的老鼠，播播地抖动着。她又抓了一把沙子，塞进了嘴里。

天烧焦的洋芋般黑了下来。

1820年的秋天，天像笨土布做的裤子，老是开缝。蚂蚱们在已收割了的庄稼地里乱窜。有跛了腿的蚂蚱，依附在爬满斑蝥的秋大豆秧下，扇动着翅膀。斑蝥们，把夏天的热情挥霍成撑胀肚子的老鼠，晃动在大豆秧上。

凉州，在风中秋虫一样鸣叫着。

二

厨师雷大隐光着脊背，背着一片肉出东城门时，凉州城里的苍蝇还在梦中。肉爬在他的身上，一走一晃。有一只狗，尾随着他，从肉铺一直跟到了东城门口。看着雷大隐出了东城门，它停住了脚步，盯着那片肉兀自欢势在雷大隐的脊背上。

狗龇了一下嘴。

累了，雷大隐将一块白布铺在地下，肉一下身，脊背松弛了许多。肉睡了。他也眯了眼睛。

柳树林漫弥在薄雾间。扁平的风，撩动起枝条，柳枝们水母一样舞动在晨曦中。

雷大隐听到了大柳树洞中孩子的哭声。

他拍了大柳树一掌，从洞中抱起了孩子。孩子的脸上抹着锅底灰。两只眼睛里没有慌乱。重背了肉，返回家中，雷大隐端来一盆水，浸了一块布，擦掉了孩子脸上的锅底灰。

孩子灯一样亮了起来。

是个男孩。

雷大隐叹口气，拿了一只木碗，舀了半碗水，卷了一个纸筒，对着男孩的嘴，往他嘴里灌去。

男孩居然笑了。

将肉卸成块，雷大隐锁了门，看看天色，提着装肉的包袱，快步出了东城门。路过柳树林，晨曦压低了柳枝，树上的鸟儿幸福成刚浇过水的花儿。穆用在柳树林中转来转去，看到雷大隐，调转了头，没入了柳树林。

太阳一升脖子，柳树林开阔了起来。

出阁的是一小户人家的姑娘。雷大隐称了肉，让主家看了，便忙活在案板和蒸笼间了。他查看了一下灶门口的柴，没有柳树枝。一堆新鲜的麦草，姑娘般光鲜。他把肩上的白布抽下来，拍打了几下，八只碗排列在案板上，像八张嘴咧着。

一碗糟肉里泛出的香气，落在豆腐上。雷大隐把豆腐压在肉片下，豆腐们快活地贴上来，拥抱着肉片。

抬轿的远去后，雷大隐收拾了家当，算了工钱，往口袋里一塞，道声叨扰，将口中的酒喷在刀具上，离开了姑娘出阁的人家。

正午的阳光在柳树林中肆意挥洒，柳树叶上的金光，蝴蝶般飞舞。雷大隐脱了衣服，一大堆的苍蝇追逐在他脊背上，嗡嗡着。雷大隐拽着衣服拍打苍蝇。听到跟在后面的脚步声，他转到一棵柳树下，看到穆用的身影从另外的一棵柳树下晃动。

他咳嗽了一声。

柳树林空荡成没有胳膊的衣袖。

三

一年一度的柳会热闹出了邻近的乡民。这是全年储备柴禾的开禁日。柳树林的柳树平素是禁止乡民偷伐的，哪怕是枯条，也不能捡拾。这对大柳庄的乡民来说，更是一种约定。柳会开禁的前一日，大柳庄的人可优先捡拾柴禾，倘遇断枝，亦可在火药局军匠的许可下采捡。

旱白杨，水柳树。大柳庄遍环泉水。一到秋天，泉水弱去，叶还未落，枯枝在树上很是孤单。捡拾柴禾的大柳庄人专捡大的，把小的留给周边的外乡人。有不开眼的，捡拾了不够粗的枯枝，往往会受到庄里人的嘲讽。

这年的柳会，抛弃了吃斑蝥粮儿子的穆用被取消了捡拾柴禾的资格。自家冬天的烧柴无着落，答应接生婆的柴禾也成了泡影。女人的怨声一波一波压来。穆用低了头，坐在门槛上，望着一浪又一浪背着柴从家门口走过的邻居。往日吃斑蝥粮的荣耀匿在已烂了的柴门背后。雷大隐背着一捆柴，扔在了穆用家的院中。

穆用看着雷大隐搭在肩上的那条毛巾，他知道，雷大隐又该去做素席了。

做素席是雷大隐的拿手活。

在做素席的前两日，雷大隐会呆在家中，谁到家都不开门。一条毛巾搭在门外的木杆上，雷大隐躺在院中的一块木板上，瞧着那条在风中晃荡的毛巾。待毛巾干成一面旗，他拽下毛巾，叠得四四方方。做素席时，他讨了干净的锅，注了清水，将毛巾放置在水中，用温火煮，待有香气冒出锅时，他捞了毛巾，收好，用毛巾煮过的水勾芡，素席便让人吃出了荤菜的滋味。

众人欢畅，雷大隐不笑。背着装了毛巾的包袱回家，取出毛巾，将一角对在男孩的嘴边，一拧，几滴汤汁在男孩嘴边游动，男孩奋勇地张大了嘴。

雷大隐进了火药局，看着正门口牌楼下的那个瓷坛肃穆地立着。风着地而行，一股寒意从脚底生起。半天没碰到人，雷大隐走进了教匠的屋子。

教匠的屋子里已架了火盆，里面的枯枝泛着些微的红光，雷大隐进门带进去的风，将几点白灰吹了起来。教匠睁开眼，问雷大隐来干什么。他说来吃斑蝥粮。教匠恼了。雷大隐说不是他吃，他来给一个孩子报名。教匠说你还没娶妻生子，光顾了自己快活，哪来的孩子。来路不正的人，是不能吃斑蝥粮的。

雷大隐说这孩子是有来路的，他是从大柳树的洞里捡来的。

教匠说穆用家的孩子丢了，莫不是你偷的。

雷大隐说天打五雷轰，真的是从大柳树洞里捡的。

得有人作保。

那就让穆用来吧。

穆用家是吃斑蝥粮的。他家老大已做过了斑蝥。穆用丢了做斑蝥的第五个孩子，火药局已免了他家吃斑蝥粮的资格。

雷大隐讲了男孩脸上被抹了锅底灰的事。

这穆用。教匠说：现在想吃斑蝥粮的人不多了。如今这光景，再也没有那么多人争吃斑蝥粮了。

有粮吃还不争，这些人。雷大隐往前凑了凑。你看我行不行。

滚。教匠叱喝了一声。

穆用领着女人到火药局的门口，女人看到了雷大隐怀中的孩子，孩子竟向她伸出了双手。

雷大隐说，啥人啥命，这玩意儿，天生就是吃斑蝥粮的命。

军匠翻开一个册子。册子已发黄，军匠填了名字，乜着眼看着雷大隐和穆用：斑蝥粮是那么好吃的么。便在荐举人的后面填了雷大隐的名字。

穆用的女人把孩子往雷大隐怀里一塞，甩手出了门。

雷大隐不在吃斑蝥粮的户列，这孩子不能用雷大隐的姓。教匠瞪了军匠一眼，提起毛笔，在荐举人后面涂了雷大隐三个字，换了穆用的名字。

“这合适吗？”站在一旁的军匠问道。

“有啥不合适的，反正有了吃斑蝥粮的人就行。”

“孩子果真要姓穆。”

“他不姓穆，我们如何定吃斑蝥粮的人。”

“噢么！”军匠应了一声。

1822年吹着泡泡。凉州城接续几枚泡泡的时候，老天还未落下一点雪来。凉州知府衙门口的路上，尘土飞扬。被称为穆斑蝥的男孩裹在尘土之中，望着府衙门前那块摇摇晃晃的匾。

四

火药局设在西城门右侧。顺着火药局门前的巷道走里许，拐过一道弯，就到了炮神庙。

火炮是神器。

进得门来，有一座正房和两排厢房。正房地下，摆着一门火炮，人们叫它铜将军。火药局后面有一个很大的院落，院落排开几个小院。一所小院起了三面墙，城墙就做了西墙。城墙上开了一个洞，装了木门，平日锁着，一到试验炮弹的时候，才打开。

西城墙外是一片乱石滩，散落着一丛又一丛的鹅卵石。鹅卵石中间，簇拥着骆驼草。验试炮弹的年份不多，家穷的人家死了人，就把这片地做了坟地。若火药局的人赶来，送点鸡、麦什么的，火药局的人也就会睁一眼闭一眼。时间一长，这地方就成了乱葬滩。验试炮弹时，埋了死人的人家就揪了心，生怕炮弹落在坟头，炸出死人的尸骨。那是大不敬的事。许多人便找到军匠，尽其所有送些份例。那段时间，是火药局最热闹的时候。军匠挑了好点的东西，送给教匠。教匠挑些看上眼的，送到知府衙门。到了验试炮弹时，军匠一出西城门，便有人跟着。军匠背了手，用脚丈量着距离。军匠的目光四处游走，看到坟头前纸灰、老鼠洞和鸟屎多的地方，便停下脚步。跟在后面的人中，便有人窜出来，从袖筒里掏出一个布袋，恭敬地递在军匠手中。军匠捏捏布袋，丢到背着的褡裢中，继续前行。一直到没人跟的地方，军匠停了脚步，让役工划一个圈，离去。

火药局中，右侧厢房的门平素锁着，到验试炮弹的前一日，才由教匠打开。就着蜡烛，军匠领了三个役工，打扫了房间，把从正门牌楼取下的那个瓷坛用红布包了，献在供桌上。供桌旁立着两根柱子，也用红布裹着。年代久远了，红布变得腌臜，上面有不知名的斑斑点点。除下红布，一副联句就赫然显出：硝石硫礦柳条灰，加上斑蝥震天威。

揭了瓷坛的盖子，军匠在手上裹了白布，从供桌上的瓷坛中抓了一把灰，洒在地上，封了盖口。

教匠嘴里念叨着土崩城陷威武等字眼，与军匠一道，捧了供桌上的瓷坛，锁了门，来到用城墙做了西墙的院子，将坛中的灰倒进了正在炒制火药的大铁锅中。看着那些灰被役工翻搅得看不见踪影了，便叹口气，让军匠一直盯着。

军匠应了一声。教匠打个哈欠，将手筒在袖中。出了院门，他觉得尿急，便到城墙根下，洒了一泡尿。尿长得像炮神庙里的那炷香，老是燃不到尽头。

1823年，远在北京的凉州人牛鉴，迁了文渊阁校理。在他凉州老家的宅院里，有了大大小小的地方官员，他们脸上漂浮着各种表情出出进进。穆斑蝥路过城门，看到一顶轿子里下来一位女眷，迈着莲花小脚，碎碎地往前走，她的屁股像锅里煮着的鸡蛋，在水中翻动。

穆斑蝥裤带上挂着的那枚铜镜，左右晃荡。

五

穆斑蝥住的是草房，四周立了木柱，盖顶上勾连着几根木椽，其它，用麦草苫了，上面裹压了泥巴。风一吹，裸出的麦草就摇摆。从远处一瞧，整个草房都摇晃着，似乎随时都会掀翻。草房的麦草已沧桑成铁锅底。那种黑，是历经了风来雨往的黑，掐一点就能嗅出一个年代。

最古老的味道是康熙年间的。

雷大隐出门，从不带穆斑螯。

穆斑螯到了穆用家门口。

穆用的女人一见穆斑螯来，便反扣了门，任凭他拍打，她只管坐在院中，洗洗刷刷那些大户人家的衣服。

穆用给大户人家送泉水。每天清早，从新龙宫胭脂井中挑了泉水，送进城去。遇到主人高兴，多赏一枚铜钱，他便来到听声坊。听声坊是说书的地方。他买了一个芝麻饼，缩在后面，一点一点掐掰着吃。一曲书听完了，饼子也吃光了，便挑了水桶，咣啷咣啷回家。

穆斑螯一见穆用，从墙角转了出来。穆用听到了女人的咒骂声，推搡了穆斑螯一把。

穆斑螯瓶子一样跌落到地上。

夜色下来，穆斑螯从草房里飞出来。

雷大隐喝醉了酒，在柳树林中乱晃。穆斑螯尖叫了一声，雷大隐从褡裢里摸出一个饼子，砸了过去。穆斑蝥拾起饼子，狠狠地咬了一口。折到有洞的大柳树下，雷大隐钻进了树洞，穆斑蝥又叫了几声。雷大隐睡成了黑熊，酒气逼到了穆斑蝥的鼻前。他捡了一根枝条戳戳雷大隐，雷大隐毫不理会。他挤进树洞，从褡裢里掏出了三个饼子，放进去两个，将一个饼子揣进怀中，扯出了捏在雷大隐手中的那条毛巾，塞进腰间，跑了。

夜里，穆斑蝥把那条毛巾放在了头边。穆斑蝥睡的是铁床，床上铺着一层麦草。麦草是新换的。他抓几把麦草，聚拢，往头下一垫，便成了枕头。一股香味熏得他紧张得忘了瞌睡，他咬住了那条毛巾。那条毛巾中隐匿的卤味一点一点地钻进他的梦中。

穆斑蝥的梦，缤纷成一个美味混搅的世界，他听到了牛吽、羊咩和猪哼哼的声音。

月亮升起，几片树叶飘落，像月亮在下蛋。雷大隐醒来，摸摸褡裢，没有摸到那条毛巾。他跌出树洞，说：完了完了。便跳入了月光之中。

六

柳会过后，天正冷凉。

柳树叶黄得慢，落得也迟。军匠从这头走到那头。柳树叶挑逗出的韵致，让这个一直跟火药为伴的男人心里也飘起了雨点。女人们身上的衣服厚了起来，风吹不动辫子，便吹了她们额头边的头发，柳树叶一样飘动。凉州城里有了烤洋芋的香味。拐角处，一洋芋般的男人坐在一小火炉旁，火炉上搁着用铁丝圈出的九个圆圈的搭板，圈上坐着差不多大小的洋芋，通身金黄。军匠坐了，男人让他自己挑。军匠一眯眼，洋芋裸女般扑来，他揉揉眼，站起来走了。

男人看着远去的军匠，说了声玩意儿。

教匠看到军匠丢了魂魄般进来，问他去了哪儿，弄得这般模样。他说柳树林。

见着精碰着怪了?

没有。今年柳树叶黄得迟。

这有什么。倒是听知府衙门里的人说，洋人漂洋过海，带着火药弹进来了。说那家伙威力大。

军匠说：噢么。

教匠扔了烟袋：噢么什么，洋人的东西，有多好。

我们不造了。

造。知府衙门的人说，我们还有斑蝥么。

积存的斑蝥灰不多了，穆斑蝥又小。

那有什么关系。我们造的炮弹还有积存。不过，这次知府衙门说要让我们造大的，尺寸已画了。这次要造的是风神的炮弹。

穆斑蝥是雷大隐带来的，你填了穆用的名字，穆用老是嘟囔。

那有什么，这孩子生下就该顶斑蝥的缺。

穆用心里不痛快。

爱痛快不痛快，再过几年，穆斑蝥就成朝廷的了。

军匠说：理是这么个理。要不弄个洋斑蝥，我们来比比，做出的炮弹能有多大的威力。

教匠说：进了一趟柳树林，存了这么多七不七八不八的想法。南山的人送来了硝石，你去看看成色。

噢么。军匠出门，见雷大隐喷着一口的酒气进来。

又来做啥？

毛巾丢了。

丢了一条毛巾，至于嘛。用斑蝥粮可换好多条。

这两码事。就像你丢了斑蝥，做出的炮弹是炸不出威风的。

去去去，灌了几口马尿，到火药局来胡闹腾。再闹，给你喂口硫磺。

丢了丢了。

脚下的风疲软，雷大隐踩上去，腿也软了下来。

七

柳树叶终于落了。

教匠换了新衣，役工组织了一群女人，开始忙乎起来。她们每人手里拿着一把剪刀，剪柳枝。柳枝像面条，在她们手里柔软着。积成一捆，她们便捆了，磕齐根段，将柳枝头齐齐地剪下。不要的枝段，她们装了，到冬天做引火物。

教匠看到了有树洞的大柳树上飘动着几根金黄的柳枝。

他们把剪成段的柳枝叫黄金条。

把穆斑鳌叫来。

军匠在凉州城里转来转去，在杨府门洞里找到穆斑鳌，将他从孩子们中间提溜了出来。他领着穆斑鳌来到火药局，给他洗了脸，换了身衣服，穆斑鳌光鲜着来到柳树林。教匠给了他一把剪刀，让他爬到大柳树上去剪黄金条。

大柳树上的枝不多，穆斑鳌够不着顶部的一根枝条，他跳了一下，下面围观的女人们惊呼着，穆用挤出人群，张开了双臂。

穆斑鳌猴子一样攀援到另一根枝杆上，咔嚓一剪，那根黄金条落在了地下。

教匠拾起黄金条，在衣袖上擦擦，找了一根绳子拴了，背到身上。

军匠吆唤了驴车，一捆一捆装了柳枝。他让穆斑鳌坐到驴车上，到火药局去了。

被剪了枝条的柳树林清爽了许多，落叶在风中舒畅了起来，它们翻着、卷着，绕着树根转。它们不知道，在海疆，那些被叫做洋人的家伙的军舰，正游弋在江面上，瞪着各种眼睛，望着岸上的灰砖碧瓦，恨不得一夜之间便窜上岸来。

码好了柳枝，教匠说：直立着，不要太挤，捂坏了，会影响威力的。

军匠说：噢么。

便让役工把挤在一起的柳枝疏松着放到另一边。

喝几盅。教匠说。

喝就喝嘛。军匠让役工去弄几个菜，俩人便到教匠的房子里，喝得和柳枝一样在风中乱颤。

八

雷大隐来到草房，不见穆斑蝥。

夜色下来，草房孤零着，新糊的泥巴泛着土香。

见穆用过来，他问是否见过穆斑蝥。

穆用摇摇头，顺另一条巷道走了。

看护穆斑蝥在草房睡觉是雷大隐的事情。军匠会随时来查。

雷大隐走进黑夜中。一进柳树林，他的腿颤了一下。大柳树在夜里很威猛地立着，穆斑蝥睡在树洞里，蜷着身子。雷大隐拍拍他，穆斑蝥不动。他便抱了他，来到草房。

汗浸透了他一身。

失了毛巾，雷大隐成了一只猫，夜里睡了又醒，醒了又睡，梦中有好多老鼠在跑。

到了肉铺，伙计说好久不见雷师傅来买肉了。

很少有人请了。如今的光景，能吃起肉的人越来越少了。

伙计说：也是。我们老板闲得不跑猪圈了，跑妓院。

一块骨头飞过来，砸在了伙计身上。老板拖着一身疲惫，坐在凳子上喘息。

怎么不见你去。老板打声哈欠。

你腰里有铜，我刀上没肉，不待见的。

老板打个哈哈，问雷大隐不买肉来干什么。

雷大隐说找几块干肉。

汤引子不行了。

丢了。毛巾丢了。

那可是宝贝，是多少年的汤汁喂熟的。

谁偷了?

不知道。

可惜。老板打开里门，进去捣鼓了一阵，手里捧着几块干肉。

乾隆爷时期的。

几块干肉像烤焦了的麻雀爬到雷大隐的口袋里。

记账还是付现。

老板说：看在你认养穆斑螯的份上，免了。

雷大隐道声叨扰。

转了两条街，他朝后望望，再没有看到跟着肉的那只狗。东城门边的两个兵丁，懒懒地靠着墙。

道光年间的落寞，顺兵丁手中的铁枪杆窜来窜去。

刷了锅，雷大隐提来从新龙宫胭脂井讨来的泉水。

水一进锅，像新娘子一样猴急着。他从屋内墙角旁的墙橱中掏出一只木箱，从里面摸出一个看不出颜色的小包。待水一出滚头，便将小包举过头顶，又弯腰对锅，珍重地将小包放置于锅中。

讨来的干肉，在锅中翻滚。一见小包，竟围了上来。康熙下去，雍正又上来，左左右右，乾隆在旁边弯腰鞠躬，嘉庆只有喘息的份。道光看到的那点肉末，被嘉庆一把抓在手里。道光哭了。嘉庆一放手，一点残留的骨头，从肉中露出头，翻了一下身，从滚头上冲了出来。

没有香味，汤里的几点油花，很对不起锅似的，在锅中转了几圈，消失了。

雷大隐手里攥着一把铜勺，叹了口气：完了。熬不出那种味了。

他捞出了小包，扔在了地下。

一只猫扑进来，叼了小包，跑向了柳树林。

挑出锅里的毛巾，毛巾上有一两点黑，雷大隐用手指抠下来，丢进嘴里，嚼嚼，有股怪味。他锁了门，到火药局找教匠预支斑蝥粮。教匠把烟锅头朝炕沿上磕磕：悠着点吧，过上几年，穆斑蝥就成朝廷的了。那时，我们都得供养着他。

用斑蝥粮换了酒，雷大隐把天喝得汗意淋淋。他一步三摇晃进了柳树林，钻进大柳树的洞中。

那股酒气，迫得尾随而来的穆斑蝥不得不回了草房。

1830年，牛鉴从广西奉调入京。家中的厨师徐凉州来请辞，说他想家了，想回凉州。牛鉴让其他厨师做了一桌家乡菜，把徐凉州请到上首。徐凉州大骇，连说不敢。牛鉴把一块糟肉搛在剖开溜软的两片馍中间，递在徐凉州手中。徐凉州跪着接了。牛鉴让人端着碗，拎着筷子，从葱爆羊肉、爆炒鸡块一圈搛过来，碗里的肉山叠隆。搛大烩菜中的肉丸子时，肉丸子跌到了地下，牛鉴一脚踩去，肉丸子被踝得粉碎。他扔了筷子，拂袖而去。徐凉州爬起来，把碗中的肉块一一归拢入盘。

他把牛鉴踝碎的肉丸末一点一点捡起，吃了。

凉州，在厨师徐凉州的梦中，一遍一遍翻腾。

九

1831年的春天一坐到1830年的腿上，该暖的就暖了过来。

穆斑蝥走出草房，街上酥软着，他除下了腰间的系腰，当做抛兜一样挥着，跑向了柳树林。

冬一停歇，柳树们便醒了。柳枝的嫩卵豆芽一样慢慢膨胀。风从下而上飘飞，柳枝们脱了裤子般轻盈。穆斑蝥听到一声悦耳的叫声，他奔跳着寻找。

那是一只和麻雀一样大、比麻雀身上多了黄色和红色的鸟，叫什么名，他不知道。

教匠说：春心萌动了，穆斑蝥也该到穆家去过一段时日了。一成了朝廷的人，他就该吃百家饭了。

军匠说：斑蝥粮让雷大隐享了，穆用的女人一直不高兴。

她扔了斑蝥，没给她治罪，就算她烧高香了。穆斑蝥没吃过她一口奶，没吃过她一顿饭，让她享享做母亲的福分，她还想咋地。

军匠搓搓手，一股硫磺味奔跃而来。

理是这么个理。毕竟，她也贡献出了一个斑蝥，算是对朝廷有了交代。这年月，吃饭的嘴比地里的草多。草不吃饭，人得垫饱肚子。她家娃们多，穆用又只能挑个水帮个闲。

啥时变得这么女人心肠起来。教匠噗地吹出了烟头。烟头落到地上，红红地滚动。

也不是。想吃斑蝥粮的人不多了。连这点诱惑都没有了，这朝廷。

军匠又搓了搓手。

我发现这穆斑蝥没脾气呢。没有点火气、暴气，怎么发挥威力。

我们也没试过，他骨子里的火气究竟多大。

到穆用家之前，找几个闲汉，先把他火气引出来。

军匠应了。

闲汉们在街口堵住了穆斑蝥。一个在穆斑蝥头上拍了一把。穆斑蝥龇了一下嘴。

嘿，娘的，会龇嘴了。闲汉上前，从后脑勺扇了穆斑蝥一掌。

穆斑蝥向前跑，一个闲汉伸脚绊了他一下，穆斑蝥栽倒在地上。他爬起来，拍了拍身上的土。

一闲汉揪住了他的头发，用一根手指缠了一绺，转着圈，穆斑蝥咧着嘴，两手乱抓。

一闲汉看到穆斑蝥烂了的裤裆，伸手捏去，穆斑蝥两手去捂，头发被拉长，他怪叫了一声，两眼喷出火来。

一个吃斑蝥粮的，还发狠。

一闲汉朝穆斑蝥踢了一脚。

穆斑蝥挣脱了闲汉们，跑了。

闲汉们哈哈大笑。

穆斑蝥径直跑向了铁匠铺。

铁匠正锻打衙役的一把刀，见穆斑蝥冲向炉口，他挡了一下。穆斑蝥抓起那把刀，冲向了几个闲汉。

闲汉们正向军匠讨要辛苦费。

穆斑蝥挥起刀，趔趄了一下，闲汉们笑起来。穆斑蝥双手举刀，砍了过去，一闲汉哎呦一声，蹲下了身子。另外的闲汉看到了穆斑蝥眼中喷出的火，转身就跑。穆斑蝥追着，街上汇聚了很多人，看着闲汉们惊恐地闪躲。

要杀人哟！一个闲汉挤出人群。

穆斑蝥扔了刀。军匠笑了，让役工绑了几个闲汉，每人抽了几鞭子。闲汉们叫屈，那个挨了刀的闲汉，看着腿上的血还在窜流，骂了起来。

敢打吃朝廷粮的人。军匠搓着手：还要辛苦费，把你们能的。

穆用到了火药局，教匠正坐在炕上抽烟。浓烈的烟味在屋中旋着，教匠的身子在烟雾中或隐或现。

军匠把嚼在嘴里的话吐了出来，穆用一声不吭。

意思明白了吧。

明白是明白，粮让雷大隐吃了，凭啥我们再养几个月。

就一张嘴。

一张嘴也是嘴啊，我们家娃儿们多。

你看看那些曾吃过斑蝥粮的人，还有几户。

不多了。跑的跑了，绝的绝了。

你家已吃了三代斑蝥粮了。

是。我小爷爷、二叔父、我家老大，都是吃斑蝥粮的。

按说你们是为朝廷做过贡献的人。你家老大的斑蝥灰，已快拌完了。衙门没治你们遗弃斑蝥的罪，就是看在你们曾为朝廷贡献过斑蝥的份上。

穆用不吭声，站在地下。

虎毒不食子，你们倒容不下一个孩子，扔他时还给他脸上抹了锅底灰。敢这样对待朝廷用的人，你们胆子也太大。

他肯不肯来呢。

这你就不用管了，小斑蝥姓穆不姓雷啊。

他啥时来。

这你就不用操心了。

十

请雷大隐做素席时，有人说自从他抱领了穆斑蝥后，厨艺就明显下降。那条附了香魂的毛巾一不见，再也不见他光着脊梁背肉了。

娶媳妇的人家说：瘦死的骆驼比马大，剁了手的厨师比狗强，鼻子灵着呐。素席，他不做谁做。

雷大隐背了褡裢，来到草房。不见穆斑蝥，他穿过柳树林，拐了两条土道，来到那户人家。

他没有看到花红柳绿的那种热闹。

一副对联羞羞答答地趴在门框上，等待着骑驴来的新媳妇。

雷大隐把菜刀扔在了案板上。

你家又不信佛又不忌荤，为啥不买肉。

主事的说：这年月，请一次客不容易，你能把素菜做出荤味，不请你请谁。

雷大隐说：我已做不了了。

主事的人赔了笑脸：雷师傅，你就帮帮忙吧。小户人家，娶个媳妇不容易。

我容易嘛我，味神跑了，我怎么办。

做吧做吧。主事的躬了腰，出去了。

雷大隐把新熬的那条毛巾扔进了锅里。

锅里有了一种怪味。

主家进来，说雷师傅，菜是新鲜的，哪来的怪味。

你问我，我问谁。

主家出去，雷大隐捞了毛巾，尝了一口汤，汤里有一股牛粪味。

他倒了汤，坐在一条木凳上发呆。

新人进门后，主事的问主家：该开席了吧。

主家数数院中的人头，说开吧。

一听开席，院中的嘈杂声弱了下来。

雷大隐不见了。主事的喊道。

主家见食材已切好，问院中的人谁见过雷大隐。

有一小孩说：那人背着褡裢跑了。

主家吩咐女人，自己做吧，反正荤的素的都那样了。

院子里便清汤寡水起来。

逃离了那户娶媳妇的人家，雷大隐在大柳树洞里睡了一觉。

星光下的雷大隐像颗烂白菜，有了根腐的感觉。他把星星一颗一颗咽下，肚子里便天空般旷野起来。

他绕着城墙转了一圈。

来到肉铺门前，肉铺的门窗上已上了木板，他用鼻子嗅嗅，没有肉香，便拐进了流水巷。

流水巷的灯若隐若现。

他进了一家窄门，一个窑姐鬼般立在炕边，看到雷大隐，龇了一下嘴。雷大隐转身就逃。

嫌我，怡芳楼里刚来了头牌，你玩得起吗?

流水巷中，雷大隐流水一样窜了出来。

流出巷子后，雷大隐坐到了一副馄饨摊上。

经营馄饨摊的是一位老人，在夜里看不出本色。他舀了一碗馄饨，放到雷大隐面前，“吃吧吃吧，吃了该干啥的干啥去。从流水巷里出来的，都一个德性。”

吞了那碗馄饨，雷大隐肚子里的星星退去，他来到铁匠铺的墙下，窝了一夜。

天一亮，雷大隐出了凉州城。有人看见他把褡裢挂在了肉铺门前。

褡裢里放着几个铜钱。

十一

军匠来到草房，穆斑蝥正扶着草房一边的木柱发呆。木柱开裂了，风一吹便嘎吱嘎吱。穆斑蝥不知从哪儿找来一根歪扭的木棒，敲打着木柱。

歪扭的木棒上有好几个结疙瘩。

军匠叹口气，叫来役工，让他从火药局的木料房中找一根直正的椽子来，帮穆斑蝥把草房的柱子修好。

军匠看到了穆斑蝥那双趿拉着的鞋。鞋口开裂，鞋后跟也张着嘴，一走路，吧唧吧唧地响。

找雷大隐，守门的兵丁说自从那天早上看见他出了凉州城，就再没有见到过人影。

领着穆斑螯，军匠推开了穆用家的柴门。

院中倒也整洁，几张嘴立在院中四角。穆用的女人把几片菜叶扔进墙角炉上的锅中，锅毫无表情地看着几片菜叶在沸水中上上下下。

几张嘴聚拢，各自拿出了碗。

穆用的女人舀了一碗给军匠。

军匠接了，递给了穆斑螯。

穆用的女人抢过碗，把汤菜倒进了锅中。

“没他的。”

“从今天开始，穆斑螯就在你们家吃饭。”

“凭啥，雷大隐跑了，也不该把他推到我们这里来吧。”

军匠在穆用女人的耳边说了两个字：生、杀。

穆用的女人指着几个孩子，“我家娃们多。”

“多也不在乎这一张嘴。过了年，他就是朝廷的人了，能到你家喝菜汤。”

“还有几个月呢。今年又是个灾年。佃下的地里，谷子狗尾巴一样稀少。”

“你就扯吧。”军匠问穆斑螯：碗呢。

穆斑螯从口袋里掏出了那只粗瓷碗。

碗豁着口。

看着穆用的女人舀了一碗汤给穆斑螯，军匠觉得尿憋了，便返身出门。

那几张嘴围了上来，一个抢了穆斑蝥手中的碗，几口喝完了汤，把碗扔了出去。

碗磕在了石头上，摔成了几片。

穆斑蝥拾了最大的一块，那是块碗底。

那几个大大小小的孩子，看着穆斑蝥把眼瞪了起来。

一个朝他啐了一口。

穆斑蝥抹了一把泪，走了。

穆用背了两个葫芦。葫芦晃着。

找到教匠的时候，教匠正在睡觉。

他立在门边，咳嗽了一声。又咳嗽了一声。

教匠睁开眼，问他啥事。

他说反正雷大隐跑了，他来要这几个月的斑蝥粮。

教匠说你把葫芦都能种的这么大，还愁那一张嘴。

“葫芦不当粮，今年麦子欠收，谷子也欠收。”

“怎么这几年庄稼年年欠收呢。”教匠坐了起来。

叫来军匠，军匠说这几年火药局的款项也年年减少，给雷大隐的，是秕谷子。

“秕了秕也是谷子啊！”教匠抓过烟锅头，“朝廷的事，我们管不着。前天我到知府衙门，听他们说，南方正闹洋祸。洋人的船是用铁做的，上面安着烟筒，一走，烟就滚着冒了出来。一打炮，那响声，能传几里地呢。”

“甭管他。他们的炮能比得了我们的铜将军和风神。铜将军和风神装了我们的斑蝥炮弹，炸死他们个狗日的。”

教匠说:“算了，嘴大扇风。反正也几个月了，就把那份斑蝥粮给穆用吧。穆用，你女人也真能生。”

“穷汉生儿子，图数字呢。”

“这可有别。你是为朝廷有过贡献的人。你家老大做斑蝥时，你女人那个哭啊，还撞了我的门框。怎么生下这个斑蝥，就扔了。”

“还不是家里嘴多嘛。”

“多也不在乎这一个。你扔了，朝廷的奖赏你家就得不到了。”

“反正雷大隐也没怎么管过，他又跑了。”

“一码归一码，把葫芦也背回去吧。这秋葫芦，吃了老拉稀。”

穆斑蝥站在院中，手中捏着那片碗底。穆用的女人用勺子舀了汤，倒在了一旁的狗食槽中。

食槽中光光亮亮。

穆斑蝥走过去，蹲下，用碗底舀着汤喝了几口。

他的脸扭成了麻花绳。

小点的孩子过来，推了一把穆斑蝥。

穆斑蝥跌坐到了地下，他们哈哈大笑。

穆斑蝥站起来，抓到了墙边的一根棍子。

“这是我们的。”推了穆斑蝥的孩子抢了棍子。

穆斑蝥走了。

裤子后面的一个洞，闪出了一团肉。

穆斑蝥再次走进穆用家时，手里拎着一个小砂锅。等别的孩子的饭舀完了，他把砂锅递到了穆用的女人跟前。穆用的女人把勺子在锅沿上敲了敲，那个推了穆斑蝥的小孩冲上来，抢了砂锅，扔在了院中。

几个孩子把砂锅像皮球一样踢来踢去。

穆斑蝥抢了砂锅，大点的孩子唤了一声，他们按住穆斑蝥，用脚踢起来。

穆用拉开了几个孩子，等穆斑蝥出了门，叹道：“他也是你们的兄弟。”

“谁和他是兄弟。他是讨吃的。”

穆用的女人敲敲锅沿，他们都聚拢到了锅边。

“好像那个娃不是你生的。”穆用伸出了碗，女人夺了碗，扔了出去。

“没亲自养的，不在一个心上。”穆用的女人把勺子一扔，“斑蝥粮让雷大隐享了那么长时间，临了我们还得管饭。”

“几个月的事。你没听军匠说，还没找我们算账呢。朝廷的事，我们敢算吗。”

女人拾了勺子，扔进了锅中。

几滴汤跳起来，跑到了墙上。

1833年像皮筋一样弹了几下，便软软地在人间悠来晃去。

牛鉴一任山东按察使，通往牛府的路上，有人便撒了黄土。清风吹过，黄土酥浮着。牛家花园里，两只狗不再夹着尾巴，对来来往往的人，高一声低一声地叫着。满地的骨头对着狗，狗不理会，对着几个穿红着绿的官眷，尽情地摇着尾巴。

十二

穆斑蝥踩着饭点到了穆用家的门口。里面的门栓已插牢，他被闩在了门外。

拍打了几下门，没人应。从门缝里瞧去，院中也没有人。

屋里的笑声传出。一只公鸡歪了脖子，听着穆斑蝥的脚步声远去。

凉州城毕竟还是老城，仍在散发古旧的气息。

店铺的秋尾巴已挂在了树上，冬缀在伸出的烟道里，一股一股冒着青烟。吃饭的甩着袍襟，坐在长条凳上，八仙桌上的肉和面自得地显摆。

穆斑蝥闻到了香味，到了门口，被伙计推搡了出来。

“那可是斑蝥。”有吃饭的打趣伙计。

“挨我啥事。”

“轰——轰”，吃饭的伸展了双臂。

“做什么？”伙计倒退了几步。

“炸了你。”

伙计说：“爷，吃你的肉和面吧，话多损嘴呢。”

从东走到西，没有人搭理穆斑蝥。

他站在了一包子铺前。包子是有名的丁家包子。入冬包子夏日韭。他看到包子姿姿势势在笼中笑意盈盈。

有孩子掰了半个包子，向穆斑蝥递去，他伸手一接，孩子缩回了手。他去抢，那孩子伸手一扔，半只包子飞到了街面上，一只蹲着的狗扑上前去，叼了包子而去。

“羞，羞，羞，疤脸狗。”一群孩子用指头刮着脸，围着穆斑蝥转圈。

卖包子的老板娘看不过眼，抓了一个包子出门，被老板挡住了。他呀呀咿咿地叫唤。老板娘明白，她不能给穆斑蝥包子吃。

丁家包子铺的老板是哑巴。

穆斑蝥缩入了柳树林。

在大柳树根下，他用双手刨着，一只双耳小罐露了出来。他打开盖，取出猪肚子一样的一块毛巾碎片。那只从饭铺门前拿来的小瓷盆还在树洞里。他掏出小瓷盆，来到了柳树林旁边的河滩上。

柳会刚过，风摇落的干枝条不多，他捡了几根，从腰里取出从雷大隐那里拿的打火石，打着了火。石头垒起的灶在夜幕下闪出了红光，他把那块毛巾碎片扔进了盛了一半水的小瓷盆里。

水开了，毛巾碎片在小瓷盆里旋转，奋勇地上上下下一阵，便趴在盆底，石头般再不浮起。熄火后，穆斑蝥看到一群一群的乌鸦在河滩对面盘旋着。

那棵老槐树是它们的家。

它们的兄弟姐妹多，乌压压团结在老槐树上。

喝了汤，穆斑蝥把那块毛巾碎片塞进嘴里。毛巾碎片已没有了味道，他抠出了它，随手一扔，那块毛巾碎片在水中菜叶般一旋，随流而去。

天低头哈腰灌着风，吹得对面的谷草垛咔咔作响。穆斑蝥紧了紧烂被窝。

夜，狗眼皮一样耷拉了下来。

路过穆用家时，穆斑蝥抬起腿，在柴门上踹了一脚。

从东到西，他在铺面门前走来走去。

一群孩子，跟在他后面。一孩子用脚尖踩住了他的鞋后跟，吧嗒不出鞋跟与脚后跟对击的声音，穆斑蝥很是扫兴。有人过来揪了孩子，踢了他一脚，骂道：好人不吃斑蝥粮，滚回家去。

军匠从铺子里出来，扯住了那个男人。

“你再说一遍。”

男人歪了头：好人不吃斑蝥粮。

军匠说：好。

便喝令役工绑了那男人，拴在了铺子门前的柱子上。

“朝廷的人，明白吗？他是要吃皇粮的。”

“连讨吃的都不如，你绑我做什么。”

“做什么。凉州城里有三大爷，知道不。紧皮手，义马爷，斑蝥汉。义马和斑蝥是朝廷的，一个要变马，一个要做炮弹。”

“这与我有啥相干。”

男人争辩道。

“你不惹他，就没相干；你惹了他，就是蔑视朝廷。”

“我骂的是我家的孩子。”

“你骂你家孩子，是你的事。你说好人不吃斑蝥粮，犯了忌讳。朝廷要用的人，怎么成了讨吃的。”

男人的女人赔了小心，说军匠爷，他错了，闲了嘴胡扯，你就饶了他吧。

“饶了，去到火药局交两捆柴。嘴闲了灌风去。”

女人应了，让男人的弟弟去交了柴。

军匠让役工放了男人。穆斑蝥赶上来，踢了男人一脚，鞋飞了，没有人再笑。

“这穆用的女人，可恶。”教匠把烟锅头在炕沿上一磕，磕出了无限风月。一粒一粒的烟末虫子般在地下滚动。

“拿了斑蝥粮，连门都不让穆斑蝥进。不行，拿了她。”

“算了，都是冤孽。穆斑蝥吃什么。”

军匠说：“毛巾。雷大隐做汤引子的毛巾。”

教匠说：“这玩意儿。那毛巾可是雷大隐的命啊！没有了那毛巾，就没有了陈年的汤引子。怪不得雷大隐跑了。”

“报应吧！”军匠说：“过了这个月，告示一贴，穆斑蝥就能吃百家饭了。就这样要被朝廷供养，他比义马幸运多了。”

“终究是过不了常人的日子，也难为他了。”

“当兵打仗，种田交粮，做了斑蝥做炮弹，天经地义的事。”

“凉州还没有火器营。你没听说吗，有了洋枪洋炮，洋人跋扈着呢。凉州城里都有了开鸦片烟馆的。”

“太远了，洋人离我们太远了。就算打也打不到我们这里。”

“万一朝廷要大炮弹，我们存的斑蝥灰不多了。这穆斑蝥，又小。”

“小。他的火气和怨气不小呢！”军匠说了穆斑蝥踹穆用家的柴门和踢了骂他的男人的事。

“好。”教匠又在烟锅头里摁了一锅烟，点了，“火气和怨气一聚，就很难驱散了。这个斑蝥，做了火药引子，炮弹的威力肯定不小。”

军匠看了看天色，“今年确实早，落叶早，柳枝的成色比往年的差多了。”

“风神用的炮弹比铜将军的要大。”

“大就大吧！”教匠点了灯。

豆子大的灯花一摇动，屋里便窄下去很多。

十三

1834年的春天，孕妇的肚子一样缓缓凸出。

憋了一冬的柳芽缩着脑袋，刚舒了一口气，就被一场雪打回了冬天的状态。

穆用狼狈在雪中，挑着两只水桶，他见穆斑蝥倚在门口数雪，从怀里掏出一只饼子递了过来。

穆斑蝥咧了一下嘴，筒着手吹着雪花。

穆用把水桶放到地上，一团雪一窝身，水桶像长在了雪中。他进了草房，摸摸铁床，手跳起来，跑到嘴上，他呵口气，将饼子放到铁床上，返身出门。

仍在数雪花的穆斑蝥接了雪，一粒一粒往嘴里塞。

在这倒春寒的雪中，凉州缩着身子。

知府衙门的火炉又生了起来。

教匠蹴着身子，让役工填了炕。教匠的屁股一热，身子也暖和了。他望着雪花一朵一朵向窗户奔来，半立了身，用木棍将牛肋巴窗子支起来。一股风卷着雪冲进来，木棍一趔趄，窗子吧地一响，合住了。

屋里便春天起来。

萨镇淮像雪一样，被风吹到了凉州。

到知府衙门，知府不在。当值的衙役说老爷知道这事，吩咐了，你直接到火药局去吧。

踏着雪，萨镇淮向西城走去。

脖子里的围巾，布帘一样晃动。

他见有人扛了扫帚、拖着木推板，悠然地晃动在雪中，并不见扫雪，便迎住一位，问他为何不扫雪。

那人挥了挥扫帚：你给钱啊！

便挥起扫帚，把一团雪朝萨镇淮扫去。萨镇淮往前跑了几步，挥扫帚的人哈哈大笑。

军匠刚查完柳树林回来，在火药局的门槛上磕雪，见萨镇淮拖着一身雪站在门口，问他来干啥。听说是新来的教匠，他忙忙地让进屋中。

役工端来火盆，萨镇淮在一木凳上坐了，烤了一阵，手和嘴活泛起来，他磕磕脚，竟栽倒在地。军匠捏捏萨镇淮的脚，说不碍事，冻的，气血不足。让役工抓来一盆雪，褪了萨镇淮的袜子，在他脚上抹了几把雪，搓了一会，萨镇淮坐起来，觉得脚又自如了，便穿了袜子。

教匠请萨镇淮上炕，萨镇淮屁股一着炕，跳了起来。教匠笑了：南方人，有什么惊慌的。那是炕最热的地方，留给客人的。

萨镇淮讲着来凉州的艰辛，眼中的泪，春草一样生了出来。

教匠灌了一口酒说：难。现在啥都难。

萨镇淮又说了在知府衙门的事。

教匠说：朝廷一向把搞火器的不当回事。留洋的不多，却把你差到了凉州。

又说街上扛扫帚的人。

教匠笑了：你不懂，那是专门扫雪的，叫扫街。一下雪，谁雇他们就替谁扫。

为啥不让全城的人出来扫雪。

教匠盯了萨镇淮一眼，说谁吃饱撑的，又不是皇帝来了。你个南方人，不晓得北方的屌事。我们这里，一场雪一口粮。就这场雪，冻人不冻麦。

萨镇淮放下了酒杯，教匠看看杯底，酒还有点剩余，一把将杯子扫了出去：尿性，喝酒都不爽快。

军匠捡拾了杯子，重新倒了酒，见萨镇淮脸色平静如水，暗暗地叹了一声。

说到火器，教匠来了兴趣，问洋炮弹厉害吗。

萨镇淮说西方国家正在研试克虏伯大炮。

教匠笑了：比起我们的铜将军如何？

便扔了酒杯，跳下了炕。

仨人穿了鞋，来到炮神庙。

炮神庙里冷寂一片。

看了供奉的火炮，萨镇淮说：这种东西，前朝就用，又笨，准头又差。

教匠恼了，说老祖宗的东西，有什么不好。

萨镇淮看着塑像，问是葛洪还是孙思邈。

教匠说：都是爷。

便栽倒在地。

军匠扶了教匠，回到了屋子。

役工说新教匠的屋子已拾掇好了，军匠便引了萨镇淮而去。

把尿尿尽啊！教匠吼了一声，倒炕便睡。

军匠让役工端来饭菜，萨镇淮看着坨成一团的面，皱了一下眉头，他扒拉了几口菜，说累了，便谢了军匠，说他要休息。

军匠不明白休息是啥意思，见萨镇淮脱了鞋，便出门。

“谁是小凌振？”萨镇淮问了一句。

军匠头也没回，挤出了一句：教匠。

十四

这场雪压倒了穆斑蝥住的草房。

军匠说：不应该啊！

教匠把烟锅里的烟灰磕了：有啥不应该的，就那草房，支撑顶的几根柱子还结实点，屋顶的细椽子，全朽了。再加上年年往屋顶上压湿土，撑不住重的。

军匠说：我去年秋天仔细查验过，还能撑一段日子。

教匠起了身：撑，就朝廷那几个人，能撑得住大清。

军匠不解：这小小一间草房，与朝廷有什么关系。

教匠说：看看去，穆斑蝥没事吧。那位呢！

你说的是新来的萨教匠吧，他到满城营去了。

看来，他是到凉州跟我们较劲的。

不会吧，他可什么也没说。

什么也没说更麻烦，你不知道满城驻守的是刚刚调防来的八旗军的火器营吗？

他们那叫火器营，和鸟枪营差不了多少。

算了，我们是造炮弹的，不管人家玩枪的事。

新教匠问我谁是小凌振，你的名声在外面都响。

许是他《水浒传》看多了。

他可是一本正经地问我。

算了算了。教匠把烟袋塞在腰间。

一群人正在拨拉草房里的东西，那张大铁床被人移到了一边。铁床底下，已被人挖了一个洞。见火药局的人来了，他们都麻雀般飞跑了。

他们在找什么。

役工说：风传这草房地下有窖藏的宝贝和银子，他们在挖呢。

军匠说：这不扯淡么，我在凉州这么多年，从没听说过这草房里有什么宝贝。

教匠说：还真有传闻。穆斑蝥找到了吗？

没有。凉州城的旮旮旯旯，我们都找了。

他不会跑了吧。

军匠说：不会，待会我们到柳树林里去找找。

教匠让人把大铁床送到火药局去。

路上的雪，化得像倒了热茯茶的酥油，附表的泥有些滑。

教匠和军匠在柳树林中歪歪扭扭地行进。虬枝盘绕，有些粗杆上还爬着一点雪，风一吹，雪便断了的裤带般下落。

到了大柳树洞前，看着被子的一面塞住了洞面，军匠伸手一拽，穆斑蝥蜷着的身子直了起来，他对着军匠一笑，跳出树洞，跑了。

也该到冠礼的时候了，还这么顽皮随意。

孩子么，离冠礼还得几年。

孩子。这年纪，许多人家的娃都当爹了。

今年火神庙祭火神时，我们要不要参与。

火神、炮神是一家。年年都要祭的。那个萨镇淮是什么意见。

他什么也没说。

罢了。教匠点燃了烟锅头里的烟。火星一闪，整个柳树林都有了些许的暖意。

知府衙门里的人也真是的，让萨镇淮自己找到火药局。

多少年了，谁又把我们当回事呢。年年的炮弹试制费，到我们手中，就剩不了几个。要不是给私炮坊卖点火药，我们得去当裤子了。

看看那些打马刀、长枪管的铁器坊，他们要是不打些镰刀、犁铧、铁锨什么的，也和我们差不了多少。

两人到了火药局，就见萨镇淮在门口等他们。

这些满旗营的大爷们，枪都生锈了。

教匠说：喝了一壶吧！

萨镇淮掏出一盒烟，递给教匠。

抽不惯那玩意，没劲。

南方迟早会有战事，看看我们的这些火器，打鸟都费劲。

你是说我们都是废物。教匠一甩袖子，手指碰到了烟锅头，他龇了一下嘴。

萨镇淮一人待在了门外。

这是春天吗？他自言自语了一句。

十五

1834年的夏天哈哈一笑，军匠浑身燥热。萨镇淮一把一把地擦汗，军匠劝萨镇淮到柳树林里去躲躲。

萨镇淮推开了火药局后院的门。后院里只有一间房子，四四方方。房子没有窗户，一扇门不大，门上的锁，花狗的脸一样锈迹斑斑。

他闻到了一股腐气。

他问军匠能不能打开看看。

军匠说不能。不到斑蝥咽气的时候，天王老子也不能打开。

萨镇淮往前一走，军匠挡住了他：斑蝥房，三尺远；一成灰，做炮弹。

萨镇淮叹口气。军匠双臂一张：轰轰响，炸上天。

军匠拉过铁钉扣，锁上了后院门。

老役工提着一个芨芨筐跑来，说去倒物索（指垃圾），后院的门还没顾上锁呢。

萨镇淮完全暴晒于夏日的阳光下，他眼前的凉州热成了一枚捂臭的鸡蛋。

出了西城门，来到乱石滩。鹅卵石们发力叫喊。那些不惧炎热的辣辣们蔫了脑袋，钻进了石头缝底下。弹坑里的浮土开着裂缝，缝里有一两只干瘪的蚂蚁。萨镇淮用手一捻，干成粉末的蚂蚁附在指头上，指头上像抹了一点姜黄。

他目测了一下弹坑的深度，被炸飞的已朽了的棺材板斜立着，像大海里烂了的船舷一样无助。

一只狗急急慌慌而来，看了萨镇淮一眼，坐了下来。屁股一挨地，它龇了一下嘴。萨镇淮拔出枪，他看到了狗眼里的红浪在翻卷。

四野很静，有石头憋得难受，砰地响了一下，狗也懒得理会。它盯着萨镇淮，看他一步一步往后挪，它也一步一步往前赶。退到城门口的路上，狗呜呜地怪叫了几声，跑了。

萨镇淮摸了一下脑门，没汗，他坐在城门下的阴凉处，半口半口喘气。

穆用挑着一担水过来，用葫芦瓢舀了半勺水，递给萨镇淮。萨镇淮看到一只红着眼的狗头从水中冒了出来，他哎呦一声，扔了葫芦瓢，拔腿就跑。

这喝过洋墨水的教匠，中邪了。穆用坐在扁担上发怔。

萨镇淮在炕上颤抖，请来凉州城里席家药房的名医席全拿，号了脉，看了舌苔，说没病。

穆用说：让邪煞冲了。他可是从乱石滩上来的。大中午的，魂丢了。

军匠让穆用去找一个神婆子来，给萨镇淮叫魂。

神婆子母鸡一样踮着小脚，端着一只箢篮，里面放着一沓五色纸和一只摇铃。

她让穆用在火炉中烧了一只小石子。

神婆子抓起五色纸，像抓着彩云，在萨镇淮的全身刷擦起来。纸窣瑟着，被神婆子捏出汗来。她叫了一声，让穆用跟着，来到乱石滩。她扯开了嗓音：萨教匠，你是南方来的人，不附北方人的魂，你饿了吃饭来。穆用跟在后面呼应：来了。

渴了喝水来。来了。

冷了穿衣来。来了。

街上没有围观的人。神婆子的声音弱了下去。

到了萨镇淮住的房子里，神婆子呵斥了一声，让穆用拿来加了醋的铁勺子，将火炉中烧红的小石子丢进了勺头中，一股青烟冒了出来，满屋子都是刺鼻的醋味。神婆子绕着炕边，嘴里吐出一连串的长音：好去好去好好去。东来的东走，西来的西去。魂来了，魄来了。萨教匠的病好了。

将一只破鞋底枕到萨镇淮的头下，神婆子让穆用把剩下的醋汤端出去泼到了十字路口。

萨镇淮清爽了许多，看着衣服腋下被神婆子缝的红布条，他竟不敢扯下来。

军匠说：中午的乱石滩，是胡乱去的吗?

十六

穆斑蝥站成了木柱。他望着那面铜镜，拴系铜镜的绳子黑成了乌鸦。

穆斑蝥不动，那面铜镜也不动。

该让风魔匠磨磨铜镜了。教匠从腰间拔出了烟锅。

军匠说：风魔匠去年已走了南方，还没回来。

教匠吸了一口烟：这世道，连磨镜的都不守家了，找其他铜匠看看，穆斑蝥就要入列了，磨光铜镜，挂起来也精神。

谁都不敢接，说这磨镜是个精细活，穆斑蝥是朝廷的，他挂的镜子，除了风魔匠谁敢胡乱磨。

教匠放下了烟锅，让穆斑蝥走近点。

张贴告示，从今天开始，穆斑蝥就正式成为朝廷的人了，凡店铺、住户，他到哪家，哪家就要管饭食。

军匠舒展了眉：噢么！也该贴告示了。这穆用整天拉着个脸呢！让他睡在哪儿?

不是又给他搭好了间草房么?

他不睡，还一直睡在大柳树洞里。

原来的草房地下挖出东西了吗?

没有。

看来传说就是传说。传闻那么凶，我们也想见识一下。明朝末年贺锦攻打凉州，当时的凉州卫职官刘湇埋了金银珠宝投降。后来贺锦找不到埋藏的东西，杀了很多人。

李自成手下的那些家伙，杀起人来，手是不会软的。

我到凉州时，就听说：东坛坛，西罐罐，草房地下把金银藏。

多少年过去了，就是有，早被人挖走了。

还是训练穆斑螯吧。

让穆斑螯背记的东西怎么都是元代人写的。

元代，明代，都重视火炮嘛！我给他开蒙，你督促他，先从《铜将军》背起。背熟这些，一旦把他做成炮弹，准头好，威力大。

穆斑螯觉得好玩，教匠念一句，他跟着念一句。

“铜将军，无目视，有准。无耳听，有声……铜将军，天假手，疾雷一击，粉碎千金身。斩奴蔓，拔祸根，烈火三日烧碧云。”

“人间巧艺夺天工，炼药燃灯清昼间。柳絮飞残铺地白，桃花落尽满阶红。纷纷灿烂如星陨，燿燿喧豗似火攻。后夜再翻花上锦，不愁零乱向东风。”

“黑龙随卵大如斗，卵破龙飞雷兔走。先腾阳燧电火红，霹雳一声混沌剖。”

念着念着，教匠晃着的头不动了，一行涎水从嘴角流下，跌到凳子上，又顺凳子跌到地下。穆斑鳌觉得好玩，也闭了眼睛，涎水却无法流出。他望了一眼教匠，转身跑了。

军匠提了壶水回来，不见穆斑鳌。教匠睁开眼，问穆斑鳌到哪儿去了。

军匠说他也不知道，便去找。

东、西大街都没影踪。军匠到一茶摊前，喝了一碗茶，问卖茶的是否见过穆斑鳌。

卖茶的说昨日见过，像马驹子一样跑了过去。

军匠说账挂着，一并给。

卖茶的说：一碗茶水的事，军匠爷只管喝。

军匠拍了一下脑袋，来到柳树林中。到大柳树底下，朝洞中望去，没人。他折回身，路过穆用家的门前，穆斑鳌正窝在门墙角，睁圆眼睛看着几只麻雀飞来飞去。

他踢了穆斑鳌一脚。

穆斑鳌说：太难记了。我又不上学堂，让我背那些东西干什么。

军匠拽起了穆斑鳌。穆斑鳌像拴了狗绳的狗一样，被军匠拖到了教匠跟前。

一见教匠，穆斑蝥的头便大起来。教匠让他背所教的内容，他吭哧了半天，哼出了一句“霹雳一声混沌剖”。

教匠笑了：就是当斑蝥的料，居然记住了最关键的这句。明天再背。

军匠想，他哪里是在记关键的东西，他是想吃馄饨了。

但他没有说出来。

十七

教匠、军匠坐在八仙桌旁。萨镇淮拱拱手，也坐了。穆斑蝥站在军匠身边。

白水鸡，炖肘子，大烩菜，烂糟肉，丸子汤，烧排骨，煮羊肉，酱牛筋。这凉州八大碗一上，萨镇淮的嗅觉之门一扇一扇被打开，鸡、牛、羊等的味道蚂蚁一般往里钻，鼻孔痒痒的，他捂住了鼻子，那些味道竟不管他的手，往他嘴边冲去。

他望着置于桌子中间的类于蜡烛的一个东西，闻到了一股淡淡的硫磺味，他问军匠这是何物。

教匠笑笑：轰天雷。又叫炮胆。

再问，教匠递给他点燃的一根艾草绳，让他点燃那根捻子。

萨镇淮点了。

一声轰响，萨镇淮眼见得炮身爆开，他跳了起来，带翻了身后的凳子。军匠扯住了他的衣袖，萨镇淮看着巍然坐在桌边的人，扶起了凳子，众人笑了起来。教匠捋了一下胡须：还是从洋人的炮弹窝里滚出来的，怎么会怕这么一个炮仗。

军匠往萨镇淮杯里续了水：凡是来凉州做官的人，第一次接风宴都要有这项，用这个来试胆子，不惊不慌不乱者，才能在凉州待得久长。

教匠一拍手，役工端来一只碗。碗不大，釉面粗黑，里面装着炒面。

萨镇淮问怎么吃。

军匠说：对嘴猛吹着吃。

萨镇淮吹了一口，炒面飞溅，扑满了他的脸，围坐的人又哈哈大笑。

军匠抓过盆里的一条毛巾，塞进萨镇淮的手中。萨镇淮拭了脸，眼前的一切又清亮起来。军匠端起茶碗，倒了点茶水，伸出手指，在碗里搅动，炒面鱼般游动，形成一团后，用手捏成柱状，放在嘴里咬吃。

一股清香味荡漾在桌边。

穆斑蝥依旧柱子般站立。一丝炮仗皮贴在他的嘴边，他卷进嘴里吃了。

这斑蝥胆儿肥啊。教匠说：以前做斑蝥的，一听炮仗响，多多少少有点惊慌。这穆斑蝥，竟然没皱一下眉头。萨教匠，你可见识过这种情形。

萨镇淮喝了一口茶。他看着面前丸子汤盆里的几只丸子静漂在碗面，汤汁清亮，丸子们兄弟般挤在一起，他用筷子夹了一只，舀了两小勺汤。吃饭的人都停了筷子，起身走了。教匠拽着穆斑蝥，瞪了萨镇淮一眼，拂袖而去。

萨镇淮坐在凳子上，望着碗里的丸子，丸子们都笑起来。

他立起身。

军匠洗了手进来，说这怪不得萨教匠，这汤名叫滚蛋汤，要留在最后喝，若提前喝了，表明让大家都滚蛋。

萨镇淮一脚踢翻了凳子。

穆斑蝥背火药诗的情绪不高。教匠叫来军匠，说该让他下虎穴中背了。

军匠嗯了一声。

取来铁衣，往穆斑蝥身上一裹，穆斑蝥肿了起来。

几个役工抬开一块石板，军匠把穆斑蝥推了下去。穆斑蝥跌进洞中，身上的肉像刀割一样生疼。他用手摸摸，慢慢地站了起来，石缝里透出一丝光亮，军匠顺着缝隙喊道：啥时把那些火药诗背会了，啥时再出来。

石板一合，一丝亮光消失了。

萨镇淮站在虎穴前，望着役工用草苫盖了石板，问军匠：不会把他憋坏吧，这又唱哪一出。

军匠凝神回答：每个做斑蝥的，都要经过这一遭。

他吃什么。

硝石、硫磺、柳条灰。

会不会吃死他啊。

军匠说：高妙就在此处。洞里放着许多小罐，里面有教匠配好的东西。那些东西，不好找，找到，吃了也不会致命。做斑蝥的，一到这个份上，就该吃它们了。

一声炮响，西城门外升起了一股烟柱。

问在干什么？

军匠说：那是教匠在验试子母炮弹。

有两股烟柱，升腾着，纠缠着，向白云靠去。

凡做斑蝥者，还得练耳力。虎穴洞中，还有新瓮。每至夜间，有专人在洞外走动，训练斑蝥的听力。军匠拉了萨镇淮，转到了城门洞外。一空心的竹管露出地面。军匠说，从这竹管中可以盯着斑蝥，他一睡，就有人踩虎穴，放毒焰，逼他醒来。

萨镇淮说：这太不人道。

军匠不懂，问萨镇淮啥叫人道。

萨镇淮叹口气。

有人拿了一颗小炮弹给军匠，萨镇淮问是何物。

军匠一脸得色，说这叫地听，若有人攻打城门洞，就用这种炮弹炸。

地听又叫紫青烽烟。别小看它，威力大着呢。军匠说：那些攻打城门的，一见地听就发怵，看不得，也闻不得。

萨镇淮看着一群人围了教匠，欢呼而来，他问军匠穆斑螯何时能出虎穴。

军匠说：那就要看他的造化了。火药诗背熟得越早，他就出来得越快。

十八

萨镇淮找到教匠，教匠正蹲在火药局前面的空地上拔草。

草叫灰菜，是一种下雨就疯长的家伙。有一根老灰菜的枝硬，教匠趔腰一拔，一屁股坐到地上。

萨镇淮说：那孩子，会不会被捂死，饿死，毒死。

哪个孩子。

萨镇淮说：就是关进虎穴的那个孩子。

绕这么半天，你直接说穆斑螯不就行了。炮弹炸得响，斑螯是个宝。不练炮胆，一出膛，有威力吗！

炮弹的威力取决于火药配制的精度和比例，与人身有何相干。

教匠扔了手中的灰菜：老祖宗的法子。

便走了。

军匠过来，说萨爷不要担心。有专人在管呢。

萨镇淮问他究竟何时能出来。

军匠说：不是给你说了吗，他做完了该做的事，就出来了。便领了萨镇淮，来到城门洞旁。

摇了一下竹管，军匠让萨镇淮看。萨镇淮闭了一只眼，看到穆斑螯坐在地上，嘴在蠕动，手里抓着一只小罐。

一块云飘来，天阴了下来，竹管里的穆斑螯模糊了身影。

他什么时候能出来？说确切点。萨镇淮揉了揉眼睛。

这话你问了多少遍。听到响儿就出来了。

听到什么响？

虎穴里练虎胆，听到火药响。

那不把他炸死了。

嘘！军匠噘了嘴，吹了一声：还是洋教习呢，这胆儿。

军匠走了，萨镇淮猛然觉得城门洞大了起来。

他坐在石墩上，看着太阳一点一点挪动。看管虎穴的役工端来一碗水，他没喝。一只苍蝇跌进碗里，碗里的波纹一浪赶着一浪，苍蝇小舟一样旋转着，把夕阳转进了翅膀。

城门上方雕刻着的“大好河山”匾牌，一本正经。

人家的克虏伯大炮一造成，我们的这些炮。他叹了一声，看着役工泼了水，收了碗而去。

那只苍蝇，竟然从地上爬了起来，歪斜着飞了。

1836年的腊月成了一只坏了的洋芋。表皮还光鲜，一剖开，里面亮亮地透出一片黑来。

年味一点一点开始蔓延。

凉州城街上的小贩们多了起来。

乡下的人从东、北、南三个城门涌进城里。

他们来浪一回凉州城。一年的辛苦在凉州城里释放出了光鲜的色泽。筐里的鸡、袋里的米，还有自制的笨土布和各种肉食，都大模大样着。

光景再不好，年景也得撑着。丁包子、蔡臊面、马卤肉摊前，围满了人。桌旁坐不下，有人便端碗蹲了吃。一个没端到碗的人，看到一人离身，飞速地抢了凳子，坐在桌旁。端了碗没地方坐的人骂了起来。那人一脸委屈：一年了，指望着坐到城里的凳子上吃一碗面，面没吃到，还挨骂，我招谁惹谁了。

蔡臊面亲自端了一碗臊面过来，放到了那人的面前。那人抓过辣子罐，挑了几筷子油泼辣子，碗里红成了猪血。

他吃得头上的汗像雨一样下跌。

值了，这年值了。他朝蔡臊面鞠了一躬：穷年不穷肚，值了。

他竟然哼出了一句“一马离了西凉府”的词调。

萨镇淮看着那人拐过了街，还兀自望着。

祭火神要用炮仗。庙祝找到教匠，教匠说今年没做炮仗，让他到私炮坊去讨。

庙祝出了门，碰到军匠，絮叨着。军匠看着庙祝脸上的油光，抬起手搓了一把。庙祝恼了，说不给就不给吧，自古火神、炮神可是一家。年年你们也都祭的。

军匠说火药局也一年不如一年，今年的例钱，没到位，教匠心里窝火呢。

庙祝说到私炮坊买炮仗的人多。

军匠说往年我们也卖一点，今年，知府衙门说例份给了满城的火器营，他们在备战呢！我们预存的那点料，留到造斑蝥弹时用呢。

瘦死的骆驼比马大，一个火药局，连弄几个炮仗的东西都没有了，你们还不如卖了那门铜将军，它还值点钱呢！

呸，教匠从旁边一口唾出。

给这骚毛杂道做两个大的，震掉他的魂魄。这狗日的，等着祭火神时发财呢。

军匠说：噢么。

出了虎穴的穆斑蝥也被裹进了年味中。

萨镇淮看着他一脸红润，便叫住了他。

那些火药诗，在穆斑蝥嘴里，像炮仗芯着了火一样冒着火花，灼痛着萨镇淮。他搓摸着挂在穆斑蝥腰下的铜镜，铜镜上的年味也在一点一点往下掉。围观的孩子捡拾着那些年味，把它们装进口袋，蹦跳着远去了。

问军匠穆斑蝥出虎穴时为何不告知他一声，军匠说：教匠说了，道不同不相谋，你吹你的洋炮弹，我们造我们的斑蝥弹。

萨镇淮抬起脚，踢飞了一块土疙瘩。

他龇了一下嘴。

这人，也有火呢！军匠笑起来。

管他。教匠说：到私炮坊捣腾点钱。年景好不好，年得过。给知府衙门的孝敬也不得少了。役工们能给多少都给点吧。

要不要和萨教匠商量一下。

教匠说：商量个玩意。他来后，知府衙门的人找过他吗？

也是。军匠说：他应该留在南方的。

他那个脾性，整天洋炮洋弹的，哪个爱听。给他的例份也不要少了。不够，把我的份子拿去。他一个人，也恓惶着呢。有没有不给穆斑蝥吃饭的店铺和住户。

除了穆用家，店铺、住户都还给面子。

面子是朝廷的，不是火药局的。

火药局也是朝廷的。

教匠笑了：扯八尺红布，裹了铜将军，也算是给它过了一个年。

十九

又一个秋天鹅卵石一样懒散在乱石滩上时，萨镇淮老是头痛，鼻孔时不时流血。吃了王少八爷的几副药，也不见好。火药局里永远充斥着的硫磺味道，让他憋闷。教匠像一颗生锈了的炮弹，望上去没一点令人精爽的地方。那个烟锅，傀儡般跟着他，睡觉时也躺在他身边。大清王朝好像窝在他的烟锅头中，一吸一抽间，或明或灭地闪现。

秋天的柳树妩媚成一只狐狸，萨镇淮的心里松弛了很多。

他沿着那条小径漫无心绪地走，柳叶跟着柳叶飘着，有的绿，有的黄，黄的落在绿的上面，落得多了，绿的便塌了腰，地下软和了许多。

到了大柳树下，穆斑蝥冲他一笑。

他钻进树洞，收腿坐下，闻到了硝石、硫磺味，还有柳条灰微弱的气息。被子已烂，棉絮小鸡一样往外拱。屁股下很柔软，摸摸，是柳树叶。看到一只小瓶，他拿过来，闻闻，有一股淡淡的清香。穆斑蝥让他吃一点，他用手撮了，放在嘴里，有点涩。穆斑蝥跑到河边，端来半碗水，让他冲喝。他问是什么。穆斑蝥说是碾成粉末的柳树皮。问有何功用，说是治头痛。

一两滴鼻血流下来，萨镇淮用衣袖擦了。穆斑蝥从树洞的一角拿出一个布包，打开，里面的东西已发黄，他让萨镇淮闻闻，无味。他找来一扁平的石头，用火石打着火，一燃，一股焦糊味冒出，那团黄的东西倏忽间缩成一团。穆斑蝥滴点水，把成灰的东西揉成两个小圆球，递给萨镇淮，让他塞进鼻孔。

问是何物，穆斑蝥说是他收集的柳絮，能止血。

历经过西医治病的萨镇淮笑笑，弯腰出了树洞。眼前开阔起来，有的柳条变成了金色，一风吹来，便舞成了半老的徐娘。

还没到允许捡拾柴火的时候。有些干枯的枝条跌落在地下，柳树底下便有了一个两个抬头张望的人。在大柳树的另一侧，萨镇淮发现了一捆柴。他已见识过柳会的威力。他笑笑，转身向穆斑蝥打招呼，穆斑蝥已不见了踪影。

黄昏不情愿地来到凉州城。

城东墙的一豁口前，一捆柴伸了出来，萨镇淮看到了穆斑蝥露出的头。穆斑蝥趴在城墙上，瞅了一阵，跳下城墙，背起柴，躲进一排已废弃的驻军房旁。黑夜下来，他背着柴，来到了一个院门，推门，门已从里面闩了。他抽着柴，一根一根从门下的缝隙往里塞。塞完后，萨镇淮听到了一声轻快的呼喊。

穆斑蝥跑了，黑夜把他裹成了一只麻雀。

那是穆用家。

萨镇淮回到火药局。他点燃了灯。灯是一盏瓷质灯，有夹层，灯的一侧开一圆孔，将清水从圆孔注入夹层的下部，瓷灯燃得时间再长，也不会爆裂。

他觉得鼻孔里难受，一擤，两个黑球冲了出来，鼻孔里清爽了许多。

第二天醒来，鼻孔里再没有流血。

军匠进来，问他头痛是否好点，要不要再请王少八爷看看。

他说不用。

萨镇淮又去了柳树林。

穆斑螯不在，树洞里放着一只煮熟的鸡蛋、一个馒头和一碗水。

那只装柳树皮粉末的小瓶放在碗的旁边。

萨镇淮剥了鸡蛋，就着馒头，喝着水，他觉得这是来凉州吃得最为舒心的一次。

二十

暮秋像老鼠尾巴一样卷了起来。

萨镇淮紧了紧腰带，来到张记羊杂店。吃羊杂的人已不多，伙计道声抱歉，说萨爷明天请早点，我们天麻亮就出摊，这会儿已卖完了。

空着肚子，萨镇淮来到大云寺旁，看到了穆斑螯。

寺院墙根的陶砖上，有薄薄的一层类于霜的东西。有人拿着木刀，在慢慢地刮着。穆斑螯用手指在嘴里蘸了唾液，在白霜上一摁，往嘴里塞去。

萨镇淮绕着大云寺转了一圈，三三两两的人都在刮着白霜，看到萨镇淮，有的问好，有的藏了罐子。他也学穆斑螯那样，在指头上抠了一点，伸出舌头一舔，尝到了一种硝石的味道。

问一个刮白霜的人，刮这种东西干啥。

那人说这是引火物呢。刮了，加点木炭，不用硫磺，就可发火。好使。若有人肚子寒凉，吃点，就好了。

不怕中毒。

那人笑了：是药三分毒，何况土硝呢。大云寺的土硝上落了钟声，吃了肚中会响雷呢。毒大不死人，弄个满肚热，好呢。

便不再理会萨镇淮。

萨镇淮拽了穆斑蝥的胳膊，来到北大街。

卖臊子面的掌柜看到萨镇淮和穆斑蝥来，脸上堆着笑，忙忙地下了两碗臊子面，端到桌上。穆斑蝥面前，放着一碟油泼辣椒。他将辣椒倒进碗里，碗里便红成了高粱，用筷子一搅拌，一股辣冲向萨镇淮的鼻子，他揉揉鼻子，喝了一口汤。

那口汤，香得他抬起了屁股。

吃完面，萨镇淮摸出几枚铜钱。卖臊面的摆摆手：穆斑蝥是朝廷的，你萨教匠也是朝廷的，用不着。

萨镇淮放下钱，转身走了。卖臊面的追过来，将铜钱塞在了萨镇淮的手里。

萨镇淮闻到了一股焦臭味。有人在街角烧垃圾。

二十一

第一次来满城时，萨镇淮的心里比满城还雄壮。当看到生锈的鸟铳和懒散的八旗兵时，问副都统不在，便回了。到火药局和教匠一谈，教匠的火气比他还大。

初到凉州，他像一只秋天的幺鸡，扯开嗓子，打鸣时伸长脖子，半截半截地哽咽。

他想再次去趟满城。

在大柳树洞里拽了穆斑螯，刚出柳树林，就被教匠挡住。他说他想带穆斑螯去一趟满城。

教匠恼了，一把扯过穆斑螯：萨教匠，火器营有人操心，斑螯也有斑螯的规矩，你这算什么。

萨镇淮说他要带穆斑螯去增长点见识。

你洋墨水吃了多少瓶，也就这么点见识。那些八旗老爷兵，提鸟架笼晒裤裆，有什么好看的。

便踢了穆斑螯一脚。

穆斑螯咧咧嘴，腰间的铜镜抖了一下。

一个人来到满城，守门的兵丁说副都统又到庄浪去公干了。萨镇淮说随便转转。兵丁斜靠了枪，说这满城营，又不是窑子店，有什么好转的。

萨镇淮递一支烟给兵丁，兵丁点了，吸了一口，猛然喷出，一个烟圈接着一个烟圈飞飘。

“比你火药局炮弹的烟雾如何。”

萨镇淮没有搭言。

满城看上去比凉州城阔气多了。毕竟是新城。四大城门上的油漆虽剥落，城门的厚木料仍壮实地显摆。四大城楼，像四只鹰在展翅。每个城门间都设瓮城。小城楼、角楼、箭楼骄傲地挺着肚子。进得内城，四条街平得像沤展的羊皮。东、西、南、北四大牌楼如演义小说中包公的四个随从，王朝、马汉、张龙、赵虎般耸立。教场、演武厅孤零在城西北，官署厅比地方的府衙透出一种豪奢。

到了演武厅，萨镇淮的心凉成了冬天的黄瓜。

那种被称为威远将军的火炮上，搭着几条裤子。风吹过，裤子晃荡着，像在打秋千。他在国外，听人说起过这种火炮。炮弹射出后，片片炸裂，威力极大。这种火炮，是戴梓研制的。

他摸了一把炮身，手上爬上了锈迹。他问在演武厅背阴下乘凉的兵丁，炮上晒裤子不是糟蹋炮吗？一个兵丁乜了眼，说多管闲事，这又不是妹子，一个铜疙瘩立在那儿，不晒裤子，难道要晒老屌。

萨镇淮飞起一脚，踢倒了坐着的兵丁。赌牌的几个兵丁围过来，殴揍萨镇淮。萨镇淮捂了头，几个兵丁骂咧着而去。一个布满络腮胡的兵丁跑过来，扯了炮管上的裤子，扔在了萨镇淮的头上。

萨镇淮瘸着腿走出满城。

三里多地的路，到凉州城时，他似乎走了三个世纪，身后的尘土中，裹满了王朝的背影。

碰到军匠，说了缘由，军匠说：那些大爷兵，你招惹他们干什么。把我火药局的人，召集了，不管打赢打不赢，去替你出出气。

教匠过来，拿了一瓶药水，喝止了军匠。

打架。你吃饱撑的。满旗营的人，打仗不行，打架可个个都是好手。

便让军匠扶了萨镇淮去歇息。

军匠说今年的柳会热闹不起来了。有人开始偷柴。

教匠在腰间别了烟锅，来到柳树林。

柳树林中，大的枝条早被人捡拾干净。问看守的役工，役工说他们把一块布单蒙在我头上，把我绑在了柳树上。问瞅清是谁了吗？役工说：他们从背后蒙住了我的头，能瞅清吗。

凉州城如秋天的柳树林一样空旷起来。

穆斑螯弯曲着腰，脸上的汗呈豆形，一滴一滴往下落。拉了他到王少八爷处去看，王少八爷说这种杂耍病，去找席家药房。席家药房的人说是硫磺、硝石吃多了，腐蚀了胃，让喝清水去洗肠。

役工们抬了穆斑蝥，到了柳树林旁的河边，灌一阵水，倒提穆斑蝥折腾一阵。穆斑蝥吐出的水中，有淡淡的黄色，还有腥臭味。

灌了半碗稀饭，把穆斑蝥塞进大柳树洞，役工们走了。萨镇淮抱来一张狗皮褥子，塞进大柳树洞里。那是他来凉州时，朋友送他的，说是凉州寒凉，狗皮当褥，能暖裆护卵。

几只喜鹊没有忧虑地在树上叫着，呷呷呷，呷呷呷，很有节奏。穆斑蝥笑了，萨镇淮问他笑什么。穆斑蝥说它们在叫萨镇淮、萨镇淮。

夜幕下来，妩媚的枝条在暮色中静垂，虬枝狰狞起来，有动物在树林中窜来窜去。

萨镇淮爬进了树洞。

树洞里，他和穆斑蝥相依着睡了。半弯月牙，从云层里抖出来，斜射进树洞。一声不知名的叫，喳地传来，他抖了一下。看着睡熟的穆斑蝥，他想起了那个称作胆肥的词，抓出来拍在了穆斑蝥身上。

二十二

教匠看了几眼柳条，柳条远没有往年的精神，大多枝叶上还有斑点，黑的，瓢虫似的嵌在枝条上。

“开柳会”。教匠吼了一声。

“天年如此，又没有人明目偷伐，如何开柳会。”

“赖天年嘛！”教匠说现在还有多少人在乎火药局，来了个留洋的教匠，尽谈的是什么德什么虏的大炮，连一次正经验试炮弹的事都没做。柳树林中，大点的枯枝早被人偷了。不查不罚，何以立威。

军匠提了铜锣，沿着凉州城东门，一路敲去。

柳会的会老们穿了会服，胖胖瘦瘦着来到了火药局。

教匠端坐在椅子上，屁股像炮座一样沉稳。

又要开柳会了，柳会的会老们脸上的兴奋脓包一样肿起来。

道着寒暄，说着可恶，柳会的会老们说那个穆斑螫活蹦乱跳，像树神一样睡在大柳树洞中，何人竟敢偷捡柳枝。有人说古法造炮弹，还行吗？听萨教匠说，洋人造的炮弹，咣，一炸就是一大片。

教匠咳嗽一声，会老们肃静了，听教匠把荒了几年的柳会条例清晰地从嘴里淌出，流水决堤似般冲来，他们的脚底有了凉气和湿意。

“查！”一行人便紧了长袍，脸色庄严着，挨家挨户搜寻。

穆用家柴房的门紧闭着，会老们看着横锁的锁子，都说算了吧，这可是向朝廷奉送了两个斑蝥的人家。请示教匠，教匠说朝廷法度，不因人而废，查。

便搜出了两大捆柳枝。

“是枯死的，没有砍伐新鲜的。”

没人听穆用解释，便绑了穆用。

身后背着柴的穆用游行在凉州城里。有小孩跟了，快速地抽出一根柴，飞跑了。穆斑蝥冲了出来，抢了柴，横在手里，拦住了军匠。

“柴是我拾的，不是他偷的。”

军匠说：“我不管，你跟教匠爷去说。”

军匠狠命地敲了一下锣。锣声脆响，一条狗惊悸地立了身子观看。

穆斑蝥抽掉了穆用身上的绳子，柴捆落在地上。

“竟敢蔑视朝廷法度。”教匠扬起烟锅头，喝令押了穆用，绑在了柳树林的柳树上。

抽二十鞭子。

穆斑蝥拦在穆用前面，挥鞭的住了手。

教匠上来，拽住穆斑蝥，一拉，穆斑蝥一甩手，教匠跌倒在地。

“去扒了穆用家的锅，看他们再敢去偷柴。”

“穆用说柴是穆斑蝥背去的。”

“那就罪加一等。”教匠挥了一下烟锅杆，烟锅头飞到了街上，围观的人哈哈大笑。

一行人涌进了穆用家。有人拔锅，拔不动，便找来斧头撬。穆用的女人冲上来，推了拔锅的人一把，拔锅的栽进锅中，他爬起来，抡起斧头砸去，锅碎成了片片。穆用的女人一屁股坐在地上，蹬着脚拍着胸脯骂穆斑蝥。

“穆大嫂，再拍那两坨东西就塌了。”有人拉住了穆用的女人。

“欺人不欺锅灶，你们这些天杀的。柴又不是我们捡的，是那个白眼狼偷偷背回来的。”

“他怎么不背到别的人家，你弃穆斑蝥在前，还有脸乱扯。”

“不是雷大隐那天杀的拾了他，哪来的这回事。”

“再嚎，连你也绑了。”柳会的一会老喝叫了一声。

穆用的女人一头撞去，会老仰面倒在了地下，“你索性杀了我。斑蝥粮让别人吃了，名声让别人得了。老娘晦气，生几个只塞嘴口袋的玩意，还让你们砸了锅，我的个天爷，还让人活不活了！”

一行人觉得无趣，扶了跌倒的会老出来。就见穆斑蝥搀了穆用而来。穆用的女人爬起来，冲向穆斑蝥，几个强壮的人拦住了她。

瞧着没多大乐子了，围观的人也就散了。军匠从腰里摸出一把铜钱，扔在地上，让穆用去买口新锅。看穆斑蝥还在门口张望，他呵斥了一声：还不去柳树林，等着挨揍啊。

爬进树洞，穆斑蝥跳了出来。他靠到树的后面，蹲了一夜。天放亮后，他到树洞口一看，里面扔满了死老鼠、石块，还有粪便。他找了根枯枝，将这些东西拨拉了出来，用一只破芨芨筐拾了，提着走出柳树林，到一废弃的沟中倒了。

一根枯枝掉了下来，穆斑蝥抬头看看，没有风。他拾了那根枯枝，在手里转着。剪了软枝条的柳树，冠盖稀疏着，毫无表情地对着天空。

他看到天上的云都长着辫子，一个跟着一个跑。有一大块云，铜将军似的，沉重地往前移动。

他听到萨教匠大喊了一声：终于打起来了。

二十三

穆用家的柴门加了木条。木条不知是哪里弄来的，黑得毫无理由，还有点糟烂。

一见穆斑蝥到门口，穆用家的一个男孩顺柴门缝隙啐了一口。另一个隔墙扔着石头，一块砸在了穆斑蝥的脚上，他踮着脚离开了柴门。

转了两条街，到了仓门街。穆斑蝥看着一囤一囤粮仓的顶，有几只麻雀在粮仓顶上飞来飞去，他扇了扇手，麻雀们望着他，像望一个穿了衣服的木偶，一只麻雀嘴里叼着的那根毛，软软地在风中蠕动。

他饿了。

再次转到穆用家的门口，正是午饭时间。院内传出了穆用女人的骂声，诸如丧门星，诸如讨吃鬼，诸如杂怂，有的穆斑蝥能听懂，有些听不懂。

沿街的人家一见穆斑蝥来，纷纷关闭了院门。城门口一卖臊面的门面不大，三三两两坐着几个吃面的人。见穆斑蝥来，伙计端来一碗面，他用筷子一搅，里面稀零地卧着几根面。喝一口汤，是凉的。他刚挑了一根面，穆用家的一个孩子冲进来，在他碗里扔了一把土。伙计追了出去，孩子跑了，穆斑蝥抹了一把泪。

出了臊子面店，穆斑蝥胡乱在街上转着。到了杨府巷西侧的铁匠铺，他靠在木柱上，看着火红的炉膛，心下也热烘烘起来。看到铁匠停了手，他跑过去拉起了风箱。铁匠停下了手中打的刀具，看到穆斑蝥裤子上的洞和皴裂的脚面，舀了一瓢水给穆斑蝥。穆斑蝥一腔的委屈顺水滑进了肚中。铁匠从布兜里掏出一块饼子，递给了穆斑蝥。

吃了饼子，穆斑蝥笑了。他弓了腰，咬着牙扯拉风箱。

铁匠拽过穆斑蝥：你是朝廷的啊，娃娃。以前做斑蝥的，到哪里都是大爷，大家供吃供喝。这世道，变了，人心也变了。

看着穆斑蝥肿起的脚面，铁匠拿出一个乌黑的罐子，让他脱了鞋，从里面挖出一坨油，抹在穆斑蝥的脚面上。

脚面森凉着。

铁匠说这是蛇油。

军匠的铜锣响起时，没有人出来观看。那家给了凉臊面店铺的伙计，说他也没看清往穆斑蝥碗里扔土的孩子到底是谁家的。问汤怎么是凉的，伙计说：早上臊子中午汤，搁了一早上，能不凉吗？

在穆用家的门口，军匠狠敲了几下锣。里面的骂声传出，说绑的被你们绑了，打的被你们打了，杀人不过头点地吧。按理说，我家也是朝廷的，我们祖祖辈辈都贡献着斑蝥，没功劳还有苦劳。他是朝廷的，谁都有份，凭啥天天要在我家门口转悠。

军匠抱起锣槌，锣声暗了下去。他收了锣，到了火药局。教匠见他扔了锣，问缘由。他说了。教匠笑了：世道人心。人一不把朝廷当回事，这国家，连洋猴儿都来欺侮。熬吧，再熬一阵，过了这个坎，就好办了。一张嘴的事。

看他每天在街上像乞丐，怪可怜的。

这样才能历练人情。没恨，他做了炮弹，杀伤力就低。

这也有点过分吧。

呔！教匠说：你见哪个进了火药局的人，脸是白的。不狠心，就没那个爆劲。现今，连柳条成色都不足，买来的硝石、硫磺，份额也不够。一旦朝廷用起炮弹来，会误事的。

军匠说：萨教匠说我们造出来的炮弹，和西洋的比起来，不在一个档次上。我们的炮重，炮弹轻。

他在忙什么呢！你没问他，西洋的炮弹里有斑蝥吗？

他不是早说了吗？他说仗首先会在广东打起来。林则徐林大人已在广东禁烟了。

广东离我们有多远？西洋人的炮弹再厉害，能打到凉州。

萨镇淮进了门，向教匠打声招呼。军匠拾了锣，看见锣上裂了一条缝，一敲，声音剖成两半，往左往右地跑着。

国门一被打开，百姓遭殃啊。萨镇淮拱拱手，回了自己屋子，蒙头便睡。

军匠听到了萨镇淮的一片哭声，看到教匠把新换的烟锅头里的烟末像炮弹一样吹了出去。他说：都病了。

他也回到屋里，扑到炕上，拉开被子，睡了。

炕上的那只猫，没心没肺地呼噜着。一只老鼠跳进来，它理也没理。老鼠跳进军匠的鞋中，又跳出来跑了。

二十四

春风一吹，天就软了。

萨镇淮坐在火药局大门的门槛上，望天。天蓝得自己都不知道怎么会是这样。他清晰地嗅到了一股家乡的花的味道。那股味道从鼻旁走下，一跳出门槛，便踪影全无。

验试炮弹！

他站起来，对靠在门框上的军匠说。

教匠一听萨镇淮要验试炮弹，问军匠：他一天游手好闲，吃了浪，浪了睡，啥时做的炮弹。

萨教匠一刻也没有闲着，一直在研究炮弹的配方。

他哪来的配料。

用自己的俸银在私炮坊买的。

他偷用了我们的斑蝥灰吗？

没有。

那我们还怕什么。比呗。

早春的西门外的乱石滩，一点也没有春天的影子。

军匠和验试炮弹的役工们划定了地方。一大批风下来，还夹带着沙尘，役工的头发柳枝一样飘起来，在乱石滩上狰狞着。

教匠和萨镇淮没有到乱石滩来。教匠悠然地抽着烟，烟锅头里的烟团，炮弹一样飞出，像在完成着一项庄严的仪式。萨镇淮坐在门槛上，他终于辨识到了油菜花的香味。

军匠望着远去的沙尘，令役工试弹。

两声响过后，军匠到了炮弹落地的地方。教匠制造的炮弹，落后了萨镇淮制造的炮弹一百多米。炸出的弹坑前，军匠看到了教匠制造的炮弹残片的羞涩，他仿佛听到了斑蝥的哀怨。他拖着脚步，来到萨镇淮制造的炮弹炸出的弹坑前，量了弹坑的深度和炸面。他瞧着周遭的草根。这些草根，深眠了一冬，被炮弹惊醒，还未顶出草尖就被炮弹炸出了地面，它们以为该松松筋骨了。一阵冷风过来，它们紧了紧身子。军匠抓起一草根，嗅嗅，有一股火药味。他摆摆手，和役工们到了火药局。

萨镇淮仍待在门槛上，他眼中的海面上，英国人的战舰密布着，炮口对着的海防炮台，寂静成还未完工的裤衩，有人在炮下睡觉，还扯着呼噜。

教匠跳了起来，直视着军匠。他扔了烟锅袋，跑到了乱石滩上。

不对，肯定是斑蝥的分量不够。

萨教匠说我们制造的炮弹，重量、配料的精度不够。

莫不是风向影响了试射。

我们是在同样的风中验试的。

天不佑我们。老祖宗留下的宝贝，怎么能败给一个喝过洋水的家伙。重试。他吼了一声。

叫不叫萨教匠。

你是想让他看我的笑话吗！

军匠吩咐役工搬了炮弹。

试了三发，教匠让军匠和役工离去。他一人蹲在乱石滩上，望着星点的坟包，仿佛它们就是洋人的军舰，炮弹打不到它们，它们也不把炮弹当回事。他拾起一根草根，嚼出了还残留着的冬天的寒意。他眼里跑过去的穆斑蝥，正蹴在铁匠铺门口瑟缩。

回到了火药局，教匠睡了三天。

1839年的初春，广东的洋人们看到了那只沸腾的锅，锅里的肉丸子们正在沸油中跳跃，林则徐眼前晃动着道光皇帝那双期待的眼睛，还有朝臣们嘲弄的神情。

英舰的炮头升了起来。舰上的英军将领，握着盛了红酒的高脚杯，站在甲板上，漠视着岸上拄着红缨枪的清兵。

清兵的辫子，柳枝一样飞舞。

那个春天和夏天，主战派憋红着脸，主和派憋青着脸。他们眼前，英国人的舰艇晃成了许多口在海上漂浮的锅。

道光皇帝把广州捏在手中。广州像一粒米，在他手心轻得像麻雀翅下的绒毛。他还未把米丢进锅里，英人舰艇上的炮，已轰隆隆响了起来。

二十五

八小巷的社长们找到教匠时，农历二月二快到了。

教匠脱下了棉袍。一个冬天的沉重一卸，他轻成了丢了食物的蚂蚁。社长们是专管民间祭祀的，由每个巷子的居民自发选出。一到祭祀之日，他们将聚拢。二月二与火药局无关，社长们作揖道安时，教匠心田的草芽又升起了一截。

“今年二月二，让穆斑蝥爷当一次狼虎头。”三道巷社长恳求道。

“这事与火药局没多少相干。”

“相干大了。这几年不是天旱就是虫多，难得消停。斑蝥爷一出动，五毒就会远离。”

教匠笑了：“这话说的。穆斑蝥又没参与过这种活动，他不懂。”

“我们教他。能在虎穴中背诵那么难懂难记的东西。我们的口歌，好记。”

“行啊！”

“不过斑蝥爷当狼虎头，还得装扮一下。这一点，还得请教匠爷允许。”

“那有什么，一过节，事无忌禁，你们去找军匠吧。”

社长们躬身退出。

看到军匠手里的狼头、虎皮，穆斑蝥笑了。

军匠挥挥手，就有人上来。狼头、虎皮一套，他蹦跳了几下。相熟二月二口歌诀的人把他拉到一空闲的屋子里，教他唱二月二的口歌。

念了几遍，穆斑蝥笑了：就这些。

教的人说：就这些。

穆斑蝥冲出门去，街上的人纷纷躲避，有人叫道：明天才二月二，狼虎头怎么这么早就出来了。

军匠呵止了穆斑蝥，让他先去歇着。二月二，有他疯的时候。

先闹哪个巷，早已成规矩。

金东街，银北街。东街、北街住的富人多，社长们也豪气。他们请了军匠，军匠酒气冲天。大户人家都支起铁锅，炒起了黄豆。一俟社长手中的锣一响，家家户户都要同时打开门，往外打熟豆子，让那些睁眼抬头的毒虫远离。

几个壮汉抬了穆斑蝥到东街。

绕进王府街，他庄严起来。伴着锣鼓点，他开始舞动。满门的豆子奔出来，满大街都是抢豆子的孩子。抢豆子的以西街、南街的孩子居多。他们抢到豆子，往嘴里一塞，咯吧声便响彻大街。肚子不饿了，他们就把捡到的豆子往布袋里塞。这个时候，没有人歧视他们。谁家的豆子被抢得快，谁家的晦气就溜得快，毒虫就不敢到谁家来。

进了高门大宅，就有人高喊：“狼虎头到。”

穆斑蝥就唱了起来：

二月二　拍瓦子　蝎子出来没爪子

二月二　拍大床　蝎子出来不蜇娘

二月二　拍大辙　蝎子出来不蜇爹

二月二　拍墙头　金子银子往下流

二月二　拍石磙　金子银子往下滚

拍完一大户人家的屋瓦、大床、大车轱辘、墙头、石磙，役工收取了赏钱，军匠领着穆斑蝥到了下一家。

一到街上，口歌便换了：

二月二　龙抬头

蝎子狼虫都出游

茶糊眼　豆嚼毒

四季祸患一齐休

有人跟着唱起来，捡豆子的小孩们也唱。东街、北街的小孩是不屑于唱的。大人们抬了豆子，在街上泼撒。西街、南街的小孩们只顾捡拾豆子，再也不跟着穆斑蝥去闹腾了。

北街巷子的社长发现孩子们只管到东街巷子捡豆子，便敲了一下锣，北街的孩子们便齐声大喊：捡豆子，捡豆子，捡了豆子不饿肚。捡豆子的孩子听到歌声，看着东街的豆子捡得差不多了，便跑向了北街。

东街巷子的社长一笑，敲了三下锣，大户人家把装了麦子的小袋往街上扔，小孩们又从北街跑向了东街。

军匠站在街口，骂起了东街、北街巷子的社长。

西街、南街巷子的社长们躬身邀请穆斑蝥到他们巷子去耍耍。数数东街、北街大户人家给的赏钱，军匠吼了一声：到西街、南街去。

穆用家的柴门紧闭着，一看到穆斑蝥，院里的孩子便扔出了土块和石头，一块石头砸在役工肩上，他跺起脚骂娘。

西街、南街巷子的孩子们都到东街、北街抢豆子了，场面冷清了许多。穆斑蝥的声音清晰在街巷前，大多人家从碗里盛了豆子，递到穆斑蝥跟前，让他撒。穆斑蝥抓起豆子，朝天撒去。一阵豆雨过后，四下便活泛起来。有的人家没有豆子，就在碗里盛了精选的小石子，让穆斑蝥撒。穆斑蝥接过盛石子的碗，撒得很专注。舞完最后一条巷子，他虚脱在地。

脱了狼头、虎皮，军匠让役工把穆斑蝥背回了草房。

穆斑蝥像一根草，萎在了草丛中。

教匠掂掂赏钱袋，把烟锅头在炕沿上一磕，叹了一声：人心不古啊。

二十六

教匠看到萨镇淮紧闭的房门，说又在睡觉。

军匠说：人家哪里是在睡觉，天天在火药局琢磨火药呢。

教匠看到萨镇淮满脸的忧国忧民之色，叹了一口气：萨教匠，你那些洋弹造出来有用场吗？

萨镇淮抬起了头。

我们的炮只有这些，铜将军也罢，风神也罢，只适合我们造的炮弹。你这在鸡窝里塞一鸭蛋，鸡能不乱吗？

上次验试的炮弹不就是风神打出去的吗？

也是，你的炮弹炸得响，却毁了我一门炮。我们的炮金贵着呢。别老想着你那克虏什么伯。风神爆膛是啥原因呢！

水土不服。

教匠一甩袖子，出了火药局。

穆斑蝥的体格长了一截，人也瓷实多了。

我们也该抓紧时间了。没有战事的年份，我们可以等。你看萨教匠那劲，好像随时准备要打仗。

也是。知府衙门说上面还没有明确的态度呢。

你见上面啥时候有预见呢。只是头痛医头，脚痛医脚，弄得我们左右不是。

穆斑蝥还小。

斑蝥虽小，事大。也该到给他刷面漆的时候了。

军匠应了。

柳树林是最早对得起春天的。嫩黄吐翠，它们不因春天早迟来推诿，只管在合适的时候舒眉展臂。穆斑蝥坐在河边，手里捏着一根柳枝，他慢慢松着柳枝的皮。皮活泛起来，他掐了一段，褪下皮来，用指甲把皮头抠软，放在嘴里嘟嘟地吹了起来。

河中零散的冰顺势而下，一浪冲来，冰耸起身子，又俯身而下。一河的欢势，在穆斑蝥的眼里翻滚成萨镇淮口中时常翻飞着的海浪。

柳笛不是这么个褪法。军匠选了粗点的柳条，用手指捻过一段，待皮松紧适度，掐出一截，枝、皮便脱离，他用牙齿咬掉皮口的外皮，用舌头舔舔，鼓起腮子一吹，一段悠扬的《塞上曲》调就顺嘴而出。

穆斑蝥也学着军匠吹奏。声音短促，嘟嘟相继。军匠说你就是个当斑蝥的命，不是吹笛的料。多少《塞上曲》，惊不醒梦中人啊。

军匠试试河水。河水冰冷。他让穆斑蝥捧来几抔浮土，用河水和成泥，让他脱了衣裤，在他身上涂抹。

天更加春天起来。

泥巴干了，军匠把穆斑蝥推下了河。

穆斑蝥挣扎在水中，泥也从身上冲下，河中有了一汪一汪的土黄色。他爬到河边，军匠拍打着穆斑蝥的身子，从怀里掏出一只毛刷，仔细刷着，穆斑蝥的身子亮了起来。

军匠用一块皂布裹住了穆斑蝥的下体。

火药局的院中，役工用麦面、豆面和着桐油，一遍一遍地搅，搅拌得黏稠后，教匠起了身，将一小包粉末倒进桶中，拿起一团棉花，在穆斑蝥身上涂擦。

剃了头发。

军匠叫来了街头有名的待诏，让他给穆斑蝥剃发。

待诏的手摁住了穆斑蝥的头。

把你的爪子拿掉，斑蝥的头是你按的吗？

待诏说：不按头，我咋剃。

教匠抓过待诏手里的剃刀，含了一口水，喷在剃刀上。他舞起了剃刀。刀在头上飞动，一撮一撮的头发柳树叶一样往下掉。他一收刀，一个铮亮的头就显在众人面前。

待诏合拢了嘴巴，好不容易啊了一声。

让穆斑蝥到柳树林去。春日阳生，让他多接受点柳树林春天的阳气。一待夏日，柳叶长长，阳气就弱了。

萨镇准看到一个黑黄相间的人立在面前。从穆斑蝥忽闪的眼里，他看到了一丝顽皮。他用手指蘸了一点桶里的汁水，一舔，嗅出了一点硫磺的味道。

二十七

军匠看着役工在穆斑蝥身上刷漆。

萨镇淮问他为何天天这样做。

斑蝥就得天天刷，防潮防湿。

加硫磺做什么，对皮肤有伤害的。

你做炮弹加硫磺吗?

没硫磺怎么做炮弹。他还是个孩子。

操好你自己的心吧。一天南方南方，军舰军舰，你才拿几个俸禄。

萨镇淮甩甩袖子。一阵风过来，他闻到了一股尿臊味，他抬起袖子，捂住了鼻子。

那个站在墙根拿块板子的人呵斥着尿尿的人。

尿尿的抖了抖裤裆说：吃饱了撑的，大路朝天开，墙根又不是你家的，你管老子，我爱往哪尿就往哪尿。

拿板子的人一板子轮过去，尿尿的腿一弯，栽倒在地上，他爬起来扑向拿板子的人。

穆斑蹩瞅着拿板子的人，一股久违了的亲切涌上心头。

巡街的衙役过来，问明缘由，一铁链锁了尿尿的人，绑在了铁匠铺前拴马的柱子上。

管不好鸡巴，就罚钱。

官爷，谁也在墙根下尿尿呢，为何偏偏锁我。

那我就管不着了，你要喊一天：我再也不敢尿尿了。再罚十文钱。看你以后还敢胡乱尿尿。

官爷，又没个指定的地方，尿急憋死人呢。

憋死人碍我何事。知府说了，一到夏天，一城秽臭，不惩戒，你们难不成还到衙门里去尿尿。

尿尿的再不敢接话了，他瞅见了衙役眼里的那团火。

那火邪性。尿尿的哪里知道，衙役一次尿急，在知府衙门的墙根下尿尿时，被知府瞧见，挨了两脚。

知府骂道：再胡乱洒尿，割了你的玩意。

凉州城里有三下：喊早的更夫，唬尿的条狼，挑粪的闲汉。

喊早的是清晨专门为叫醒知府衙门公干的人所设的一个职业。一到点，他们便拖着长长的竹竿，到了人家后窗前，啪啪地敲打几下。往往搅醒了人家的梦，惹得人家一阵谩骂。到点敲不及时，人家迟到了，挨骂免不了，遇到暴躁的人，还要被踢上几脚。

唬尿的专管在大街胡乱尿尿的人，兼管在知府衙门前乱扔垃圾的人。古时把他们叫条狼氏。条狼氏也是个不好干的活。人有三急，内急为上。大凡实在无法憋住尿的人，常常到没人处，便开裤洒尿。遇到条狼氏，胆小的便告饶。遇到蛮横的，免不了要动干戈。一年中挨打的次数多，还讨人嫌，得到最多的一句话则是：闲毬的没事干，管人尿尿。为挣几个糊口钱，条狼氏非不得已，是没人做的。

三为挑粪的汉子。大户人家，每家都有粪桶。每天一早，到指定的人家，挑粪的小心地进了边门。到固定的场所，会看到一溜尿罐。有大的、小的。地位不同，材质也不一。挑粪的便一一倒了尿罐。大户人家吃的鸡鸭鱼肉多，粪便便臭了许多。挑粪的已练就了功夫，不管多臭，在大户人家是不能捂鼻子的。干的时间一长，则香臭难分了。有时挑粪出来，臭了一街，人家不骂挑的是谁家的粪，都骂挑粪的人。偶尔碰到办喜事和丧事的，避不及，还会挨一顿打。

第二个觉出那个唬尿人有点相熟的人是军匠。

那人长披着头发，衣服丝丝缕缕。穆斑蝥看到的是脊背，军匠闻到的则是他那股在裤裆里散发出的恶臭。

那天黄昏，太阳的余晖狗尿一样洒在凉州城。天黑得很慢，慢得让沿街的老树都不忍打开卷了的叶子。军匠立在一门下，看着唬尿人拖了木板，趿拉着鞋走向东城门。在东城门南边的一间低矮的草房里，唬尿人走了进去。

天被唬尿人关在了门外。

军匠坐在草房门前的一块石头上，屁股上渐渐有了热意。他刚立起身，草房门开了，唬尿人把披着的头发扎起，说军匠爷安好。

你果真是雷大隐。

那人叹口气：一个厨子，手艺破了，待下去就会让人的唾沫淹死。

如果那条做汤引子的毛巾不丢，你会不会跑。

雷大隐苦笑一声：那些东西，哪个手艺人都会弄出点玄虚。到现在，说了也就无妨了。我最后去做席的人家娶的姑娘，其实是我的相好。她家要的彩礼多，我还没有攒够，她爹就逼她出嫁了。她嫁的人要比我好，我也就忍了，居然比我还穷。我恼了，就耍了那家。耍完了，我自己的名声也臭了，便跑了。

跑到了金城，想凭我的厨艺，混口饭不难。不想金城的厨师比黄河里的鱼还多，好不容易站稳了脚跟，在一家小饭店里混了个大厨。那家掌柜的有一姑娘，偏偏长得像我的相好。人家姑娘早有婚约，我不死心，就骚情。一来二去好上了，被人家逮个正着。那些王八蛋也狠，把我拉到雁滩一无人的地方，生生地割了我的家当。金城没法混了，就一路乞讨回了凉州。托了人，做个唬尿的差事。自己的家伙被人割了，一见长家伙的，我就来气。有时望着尿了一半的人，我从背后大喝一声，吓退尿尿的人的半截尿，以后他尿尿就不利索了。人家常常找我算账，没地方躲了，一到收工，我便悄悄来到这个地方。可恨金城的那帮家伙，割了我的家伙，又没药疗治，有时恶臭得连我都恨不得再割一回。

一个人影一闪，军匠喝了一声：谁。

四周宁静成药杯里的药。

军匠回到火药局，向教匠讲了雷大隐的事。教匠打个哈欠：男人么，为那屌屌事，弄得人不人鬼不鬼的，可惜了他的厨艺。

他挥手扇灭了灯。军匠退了出去。

二十八

穆斑螯背着一口锅，来到河边。锅是铁锅，是他向铁匠借的。

雷大隐立在河边，穆斑螯把几块毛巾碎片递给了他。

雷大隐的眼里亮了一下。他把一块毛巾碎片放进嘴里咀嚼，无尽的岁月就在牙齿的蠕动中咽进了肚里。他吐出了那块毛巾碎片，毛巾碎片顺着河水漂流，不一会便不见了踪影。

趁他一愣神，穆斑螯把他推进了河中。

雷大隐在河中挣扎着。河水在他的拨拉下形成一圈一圈的旋涡，他像狗熊一样翻腾。

上岸后，穆斑蝥把他的衣服晾晒在石头上，把一件衣服扔给了他。

他说是军匠给的。

雷大隐找到一块大石头，慢慢解了缠在裆前的布条，一股恶臭冒了出来。

他耸了耸鼻子。

穆斑蝥熬着一锅药。药的成分不复杂，有丁香、硫磺、麻雀粪。

凉州的丁香树不多，只有大云寺有一棵。和尚们看守得也不紧。穆斑蝥天天去捡拾丁香壳，放在一布袋里。麻雀粪多，要的是白色的，他便天天在树冠大的树下蹓跶。城里的麻雀吃得杂，粪便黑的居多，他就在柳树林中找寻。傍着田野、河水，柳树林中的麻雀粪白色的果真比城里的要多。他一粒一粒捡拾，也积了一袋。

把丁香和麻雀粪交给军匠时，军匠教了他熬制的法子，并给了他一块硫磺，让他按一定数量下在锅中。

仰面向天，雷大隐恍若隔世。当年的荣耀麻雀一样飞过，又像麻雀粪一样掉在地上。一切从这柳树林开始。在这里，他碰到了穆斑蝥。朝廷有了斑蝥，他的命根子却没了。他抓起一块石子，扔了出去。石子砸在另一块石子上，发出了不悦耳的声响。

穆斑螯把药水盛在一砂锅里端了过来。

雷大隐摆摆手。

穆斑螯到了河沿边，手里拿着一根柳条，拍打着水。有水花溅到他脸上，他也不擦。

洗完后，雷大隐望着石头上的斑点，把这块石头扔进河中。他换了穆斑螯洗干净的布，穿了衣裤。身上一干净，人也光鲜起来。

他看了一下天色，说该去守墙根了，便走了。

穆斑螯熄灭了火，把锅放在柳树洞中，也进了凉州城。役工看到他，又在他身上涂抹了一遍面漆，他又黄灿灿的在凉州城里徘徊。在杨府门洞前，他碰到了那位姑娘，身子动了一下，心里动了一下。

他不知道那是谁家的姑娘，大凡从大门洞里走出来的姑娘，和窄门穷家走出来的姑娘不同。

他跟了姑娘，一直往前走。

姑娘穿着绸花衣服，绿绸裤子，扎着裤角，一条油亮的长辫子甩在身后，一双绣花鞋轻盈在她脚上，鞋底扇起的风散发着淡淡的香味。

穆斑螯的鼻子像蜜蜂一样，嗅着花香奔跑。

他的脚悬浮着。路过知府衙门后墙时，他看到雷大隐竖了板子，靠在墙根的阴影下。

一晃眼，姑娘不见了。他耷拉着头，到了达府街。他坐在一块石碑前，按了一把似棍子般挑起的裤裆，羞羞地往左右瞅了瞅。

没有人注意他。达府门前的那对石狮子，还在做梦。

他回到了杨府门洞前。门洞里走出来的，都是男人。顶着瓜皮帽，不慌不忙地走。衣袖上甩出来的富足一点一点落在地上。穆斑鳌瞅到了门洞里的那枚铜钱，他扑上去，踩了几脚。

等到天黑，再也未见那位姑娘进出门洞。他在仓门街的小摊上吃了一碗馄饨。卖馄饨的问他要不要再吃一碗，他看着最后一只馄饨在碗里急切地等他下筷。他扔了筷子，卖馄饨的吓了一跳，问口味不合适吗？穆斑鳌骂道：日他的妈。

卖馄饨的停了摇麦草扇的手，站了起来。

穆斑鳌端起碗，把那只馄饨喝了下去，点点头，跑了。

卖馄饨的舒了口气：这斑鳌爷，一到天黑像家雀，不飞回家，神心不宁啊！一天在街上乱逛，倒学会骂人了。

他噗地吹了一下火，天便灰一样低沉了下来。

二十九

穆斑鳌发现那只狗卧在东城门边草房前的草丛里是一个黄昏。

那天太阳老是不落，天又热，凉州城里的人烦得像吃了馊饭，在街上乱窜。穆斑螯习惯了冷热，他看着雷大隐抡了板子在地上猛拍，便转身来到东城门。

他把军匠给的硫磺放在了草房的门边。

狗站了起来，歪着脖子，看到穆斑螯后，它汪地叫了一声。穆斑螯不知道这只狗来自哪里，也不知道它为何卧在雷大隐栖身的草房前。凉州城里大大小小的狗他都知道。这只狗，一看就不是凉州城里的。

他进屋时，狗窜了过来，挡住了他。

狗不大，眼里充满着果敢。

穆斑螯离开了草房，狗又跑回了草丛。

夜市的灯在城隍庙前一盏一盏亮了起来。

这个时候，是穆斑螯惬意的时候。他可以坐到任意一个摊上，吃他想吃的东西。他每晚都换一家，从臊面、行面、馄饨、汤圆、卤菜一一轮着。给他吃饭的人再也不敢讨厌他，他也不看人家的脸色，只管在各种饭、菜中饱吸着香味。吃完饭，他给人家鞠一躬，饭摊的掌勺者慌忙还礼，说斑螯爷吃好了吗，请走好。他笑笑，快速地穿过街巷，到他该去的地方去了。

月亮升得迟，像旱地里撒下的种子，好不容易等了一场雨，才顶开土皮亮相。天像田地一样严密合缝，似乎有人拿铁锨一铲，才能露出点缝隙。那条月亮，像铁匠用废铁打成的小镰刀，可怜巴巴地在天上收割星星。

雷大隐忠义、忠义地一叫，那条狗冲出草丛。他从怀里掏出一个饼子，一点一点掰碎，喂着狗。一个粗瓷大碗里的水，晃荡了一下，那条月亮，鱼一样滑动在了碗中。

看到穆斑蝥离雷大隐近了，狗用头顶顶他的腿。雷大隐抚搓着狗头，讲了这条狗的来历。军匠上次找他的时候，他吁吁了几声，狗隐藏了身子，待军匠走后，他才喂了狗。他每天都要给狗一个饼子，哪怕自己没有饭吃，也得信守此约。

这是他给自己立的一条死约。

金城人割了我的家伙，把我扔在了雁滩。那黄河大啊，那飞起的浪花像在砸石头。我疼醒后，找到了一个废了的木船。木船倒扣着，我找了根树枝，把破船顶了起来。黄河岸边风大，我的骨头都是凉的。我已经几天没吃过东西了，伴随我的，只有我身边的那把剔骨的刀。那帮人坏啊，用我的刀割了我的家伙，还把刀扔在我的身边。

那只狗就在我还剩一口气的时候来到了我身边。我当时饿得什么也顾不得了，哪怕是狼是虎。咬着牙抱住了那个长毛的家伙，我实在没有力气，只咬下了一撮毛。我摸出刀，狠命砍去，只听吱咛一声，那个长毛的家伙用头掀翻我，跑了。我趴在地上，摸到了一块东西，是软的。我塞进嘴里，是饼子。我平常听人说狼吞了虎咽了，还老笑人家。当过厨师的，该见的都见了，该吃的都吃了。我感觉自己又活过来了。用手再一摸，有一只碗，碗里还有点水，我喝了。睁开眼一瞧，这条狗就蹲在我身边。

那些日子，我不知道忠义每天是怎么弄到一只饼子的。它用嘴叼着那只碗，到黄河边上去舀水。舀了水，叼着碗，一点一点往前挪，到我跟前时，水只剩下一碗底了。

这是老天爷赐予我的一条救命狗啊！

我能爬起来时，才发觉了它脖子上被我砍下的一条口子。可能伤了一根筋，它的脖子有点歪了。

我能走路时，便带着忠义，离开金城，一路乞讨。路过乌鞘岭时，遇到了那场雪。那是八月的天啊，我的乖乖。我穿的单，上下牙在打颤，我自己都能听到格巴巴的响声。忠义带着我，找到了一小窑洞。它把我顶进了窑洞，自己挡在外面。好在乌鞘岭的雪，说下就下，说停就停。我们都获了命。

到了凉州，我想人们再可恶，我的房子还在吧。那天晚上，我和忠义从西城墙的豁口处翻进了城。来到我院子前，院门里面闩着，我翻墙进去，出来两个半大小子，用棍子敲我。我说我是雷大隐，这院子是我的。那两个王八羔子说我管你是雷大隐还是雷小隐。雷大隐早跑了，谁知道死到哪里去了。他欠我们家的，早把院子抵顶给了我们。亏了忠义，跳过矮墙猛扑了上去，两个王八羔子回到了屋中。我坐在院中，一想，罢了，罢了，便带着忠义，来到了这里。

穆斑蝥知道雷大隐骂的是他的两个哥哥。柳会的人砸了他家的锅后，他母亲找到教匠，说她家也是为朝廷做过贡献的人，她家孩子多，雷大隐领了多年的斑蝥粮，也该补偿一下她家了。教匠还没发话，她便领着几个孩子砸开雷大隐的院门，搬了进去。

把那个破院子留给了穆用，说他是窝囊废。

那个院子，穆斑蝥知道。他路过时，他的母亲傍在门框边，见他过来，龇了一下嘴，拍上了院门。

三十

萨镇淮把一个布袋扔在了军匠桌上，说如何得了。

军匠笑了：这有什么。

你知道。

我若不知道，我就不能在火药局待了。

我刚刚配好的料，还没验试呢。

军匠打开布袋，倒出了点配料，嗅嗅。

怪不得他们专拿你的，成色足，在私炮坊能卖上好价钱。

怎么是拿，是偷。我听过以各种名目偷库银的，还没见过这么明目张胆偷炮弹火药配料的。

见过蚂蚁是怎么啃骨头的吗？

说正事，不惩戒几个偷盗和怠工的，这火药局就完了。

只要他们在，火药局就完不了。完的是上面。

军匠指指天。

萨镇淮说：这与天有啥相干。

军匠说：我说的是朝廷。你看，火药局的这些人，有几个是正儿八经学火药制造出身的。都是师傅带徒弟，徒弟再带徒弟。这是一种。算是学了点本事。还有一种，不是知府衙门官员们的亲戚就是拐着弯能找出关系的人。火药局盘剥的地方本身不多，只有硝石、硫磺进料的时候能压压价。至于柳条，本身就没利，加上柳会的规矩，他们知道也犯不着去惹那些事。朝廷拨给火药局的钱，督抚衙门留点，知府衙门留点，县府衙门留点。我们还得有点积存。到年头节下，孝敬不能少，不得已，我们和私炮坊就有了约定，每年给他们点原料。至于下面的人，你看。军匠拿起一只布袋，指着上面绣的一朵花。这也是有等级的。上面绣着牡丹的，这个人的亲戚在督抚衙门；绣芍药的，与知府衙门有关系；绣个野花的，都是给这些人跑个腿的。就像一锅饭，稠的让人吃了，总得留点清汤寡水。水清则无鱼啊。就拿教匠来说，他初到火药局时，比你还拧。今日严惩，明日除名，不到半年，人都跑光了。他不得已去请，人们才三三两两地回来。他本身是放任知县的料，祖上以制火药为名，为朝廷立过很大的功劳。他姓凌，怕辱没祖宗，连姓都不让人叫了。我们只叫他教匠。

南方终有一战，战事一开，我们拿什么跟人家拼。我们的火炮本身笨重，如果炮弹没有杀伤力，这仗，怎么打。

不是还有斑蝥嘛！

扯淡。萨镇淮拿起那个布袋，扔在了门外。就有人闪过，道声：谢谢萨教匠。便没了踪影。

就这么啃，莫说一堆肉，就是一根骨头，也经不起咬噬。

萨镇淮朝桌子拍了一掌。

军匠动也没动。

萨镇淮来到柳树林。河清，林绿，这夏日的凉州倒有些江南的情调。他除了衣服，试了试水温，跳入了河中。

穆斑蝥钻出树洞，看到了在河里扑腾着的萨镇淮。

下来。萨镇淮朝穆斑蝥喊道。

穆斑蝥朝柳树林瞧了瞧，没人，便到了河边。萨镇淮扑到河边，将他拉到了水中。

穆斑蝥叫了起来。

扑腾了一阵，萨镇淮拉着穆斑蝥来到岸边，糊在穆斑蝥身上的面漆居然没有脱落，经水一浸，有了小缝，水浸入缝隙，刺疼了他的皮肤。

坐在岸边，萨镇淮洗了穆斑蝥裹遮下体的布料。布料上隐约着硫磺的味道。他拍打了几下水面，上了河堤，从衣服里抖出来一个麻纸包，是一只卤鸡。

吃吧！

穆斑蝥摇摇头。

若荤素而论，长矛刀剑是素的，炮弹子弹是荤的。不吃肉，炮弹就不称其为炮弹了。

穆斑蝥不懂。

萨镇准撕了一块肉，塞进穆斑蝥嘴里。穆斑蝥闻出了韩卤鸡家的味道，便抱起卤鸡啃起来。卤鸡不大，穆斑蝥啃完，望着满指头的油，便一根一根吮吸。

萨镇准把没了肉的鸡架扔进了河中，穿了衣服，吼了声：一马离了西凉府，该吃卤鸡就吃卤鸡。

穆斑蝥顺着河堤追着那个鸡架，跑了几里地，早已不见鸡架的影子了。

他放声大哭。

三十一

雷大隐抱着穆斑蝥找到军匠时，军匠正望着火药局院内的一株树。这株树的花开得艳，艳得能跟桃花、杏花、梨花一决高下。在凉州，桃红梨白是一种常态。杏花一开，往往会扰乱人的心绪。苹果花开了，凉州人心中就有了一种想跟人拥抱的冲动。军匠知道在凉州，一朵花一开，会错讹出许多不该有的想象。

这株树叫什么，军匠不知道。问教匠，教匠说他也不知道。眼见得它开花，眼见得它落红，眼见得它又成光杆。教匠老认为这株树生错了地方。若生在衙门，它会红出血来。开在大户人家，会惹来小姐们的轻扇摇香。生在火药局，与硫磺、硝石和一群伺弄它们的人在一起，开了也就开了。偶尔有人一望，心中生出的也是褐色，哪怕花开得再红，也红不出人生的浪漫。军匠有时路过此树，也会望一阵，他望不出教匠的欲望，有些不平，往往会朝树踢上几脚。

穆斑蝥的肚子胀得如鼓。

雷大隐把穆斑蝥放在那株树下，拍了一下他的肚子。嘭嘭的声音传出，他扯开嗓子喊道：教匠爷，胀成鼓了。

他慌慌地走了。

教匠度出屋中，看到了树下的穆斑蝥，虎起了脸：谁把他放到树下的。

军匠说是雷大隐。

雷大隐不懂，你也傻，把他抱到炕上。

军匠抱了穆斑蝥，放到了炕上。

教匠敲敲穆斑蝥的肚子，说他吃了什么。

军匠说我不知道，萨教匠知道。

你不知道说屌事。

萨镇淮说穆斑蝥吃了韩家的卤鸡。

吃了一只。

萨镇淮说是。

教匠白了萨镇淮一眼，让役工把穆斑蝥抱到柳树林去。

他让军匠再到韩卤鸡家去讨一只卤鸡。

柳树林中，嗡嗡的蜜蜂往来不断，在柳枝间穿梭。教匠让役工搭了三叉石头灶，支起一个瓦片，捡拾枯了的柳树枝，烧。瓦片红了，他撕着鸡肉，一块一块丢到瓦片上。鸡肉在瓦片上翻滚，焦成一团。他让军匠找来两块平板石，对着碾起来。焦肉碾成粉末后，他撬开穆斑蝥的嘴，和着水，灌了几小勺。

把他背到狄台下面的空地上，莫臭了柳树林。

军匠让役工放平穆斑蝥，让他抚掌揉他的肚子。只听轰隆隆一阵响，穆斑蝥爬起来，跑进了草丛中。

草长莺不飞，一阵臭气跃过草丛，奔到了军匠鼻前。军匠捂住了鼻子，避到了狄台的另一边。

役工趴在一边，哇哇地吐个不停，说臭得恶心。

一个时辰后，穆斑蝥站起来，走出了草丛，他望了萨镇淮一眼，笑了笑。

萨镇淮松了口气，问军匠这叫啥法子。

军匠说：教匠的肚子里，装的货色多得数不清。

我还以为要找王少八爷看呢！

王少八爷只能看正常的病，席家药房的席全拿也看不了。这病，只有教匠能看。他对斑蝥，熟悉着呢。

萨镇淮将脚一跺，把整个夏天踩到了脚下。

雷大隐听说穆斑蝥好了，便立直了板子，靠在墙边，遮在头发后面的脸，舒展了许多。收了工，他扛了板子，有人问他又抓了几个胡乱尿尿的。他说没有。店铺的人说一看到雷大隐，他们的尿就会吓了回去。雷大隐不应。到东城门时，他看到穆用背着一只草筐急急地擦身而过。

他叫了一声。穆用加快了脚步。他赶上去一扯草筐，一只锅露了出来。

你偷了穆斑蝥借的铁匠的锅。

让你管呢。

雷大隐一板子拍向穆用。

穆用说：你等着。

便背着草筐跑了。

雷大隐刚到房门前，就见穆用的女人领着两个儿子，手里提着木棍赶来。

他提着锅跑进了草房。

穆用的两个儿子踏开了房门，朝着雷大隐，抡棍乱打。

又没偷你的，让你多管闲事。你若不瞎操闲心，我们怎么三番五次受辱。

穆用的女人叉着腰，把一轮太阳骂到了后山，又骂出了星星。

穆用在房门外吼叫了一声：再打要出人命了。火药局的人又会来找我们算账的。

算你个头。你个窝囊废。

锅怎么办?

砸了。我们得不到，雷大隐也休想得到。

给火药局的人怎么说。

怎么说，他们能把老娘撕着吃了。我可是给朝廷生下了两个斑蝥。

两个儿子各自抱了一块石头，砸向了锅。

锅星星般散落在了地下。

三十二

祭坛的大锅在大十字一架，秋决的时候就到了。斩犯人时，涌出的热闹从划定的区域一直延伸。那种热闹，夹杂着不同的情绪。一旦刽子手举刀，观看的人中，有一种快感就弥散，隐隐中夹带着兴奋。

今年秋决主刀的是麻老六的儿子麻小六。

人们见惯的刽子手是：红展展的裹头布，胖楞楞的脖子，肥嘟嘟的肚子，粗杠杠的腿，旋抖抖的灯笼裤，亮晃晃的刀。麻小六一出场，那种精瘦，让人们想到了褪了毛的小公鸡。

这麻小六，太瘦了，瘦得像一根麻秆。

祭坛的大锅里的热水在咕嘟嘟冒着泡。那口大锅等了一年，到了展现自身的时候。水一冒热气，锅就沉稳起来。锅后面，排着一个刀架，上面插着五把刀。刀把是木柄的，柄头上刻着虎、狮、狼、豹、狗，它们狰狞在刀柄头上。这五把行刑的刀按次序称大爷、二爷、三爷、四爷、五爷。

大锅里滚沸的水是暖刀的。

跪在刀架前的有三个人。

一个是个书生打扮的人。

一个闪着眼，眼里有无限的委屈。

一个粗壮汉子，是祁连山里的土匪头。

斩土匪的头，人们看习惯了。官匪两立。每年贴出的告示上，人们或多或少总会知道点土匪的来历。

眼里充满委屈的是杨大户家的佣工。他无视衙门条令，在街上乱倒垃圾，还蛮横不已。按规定，垃圾要在离城远点的地方倾倒，一埋二烧，偏偏这佣工每天都推了独轮车，将垃圾随处倾倒，一次居然倒在了知府衙门的墙下。搁往常，倒也就倒了，打几板子了事。偏偏那次，知府已得到升迁的线报，倒垃圾的第二天，却莫名地原职不动。知府恼了。这倒垃圾的佣工便被捉进了牢，秋决时陪杀。

那书生模样的倒昂了头。他是凉州东乡的一读书人，考了多年秀才不得。一日熬粥，眼见得能数出数字的米毫不情愿地在锅里七七八八，他拿起勺子往锅底捣去。这口锅用的时间久长，书生用力一大，竟把锅底捣开了一个洞，粥哗啦啦跑进了炉子，炉火忽地升腾一阵后，灭了。

书生长叹一声：道光道光，锅底捣穿。

让人举报了，称之为大不敬。

书生跪在最中间。

麻小六的目光落在第五口刀上。他抽出五爷。刀头上的狗头龇了一下嘴。他看到军匠领着穆斑蝥立在人群前面，招招手，让穆斑蝥前来，把刀递在了他的手中。

也该让斑蝥爷练练手，再升升胆气的时候了。

军匠点点头。

狗头刀在穆斑蝥手中一趔身，他向前扑了一下。麻小六一叹，抓过刀，朝天扔去。狗五爷在空中转了一圈，麻小六伸手一接，狗头刀便攥在了手中。

他把刀仍递在了穆斑蝥手中。

请斑蝥爷试刀。

穆斑蝥举起刀，朝书生的脖颈砍去。书生的脖子缩了缩。

麻小六说：斩人的刀不过三，斑蝥爷用点劲。

穆斑蝥又挥了挥刀，刀头软塌着栽向地面。

麻小六抢过刀，让穆斑蝥退回人群。他大喝一声，书生的头飞起来，麻小六将刀托平，头稳稳地落在刀面上，刀头晃了晃。

土匪头望着书生的那颗头，笑了。

倒垃圾的佣工，一堆泥般瘫在地上。

麻小六抓了一把血，抹在了穆斑螯脸上。

还有点胆气，就是气不定，力不大。

他把狗头刀扔进锅里，几点红在水的滚头上冒了上来。

三杯通大道，好去好去好好去。

他举起了酒杯。

穆斑螯到柳树林的河边洗了脸，窝在大柳树洞中，睡了三天。军匠把这事告诉教匠。教匠说睡去吧，那几把刀太阴冷，穆斑螯震不住的。

问有何法子。

去让紧皮手抽三鞭，胆气便回升了。

穆斑螯眼里的狗头刀影一退，他又活泛了起来。他问军匠：那个书生捣通了锅底就该斩头吗！

军匠说：你不懂。皇上的锅，是那么容易捣的吗。

明摆着是他自己家的锅嘛。

如果管不住嘴，锅就不是他家的了，头也不是他自己的了。

三十三

在杨府门洞里又看到那位绸衣绿裤长辫子的姑娘时，穆斑螯的心里，河水在哗哗流淌。

姑娘如剥了葱皮似的小葱一样，摇晃着穆斑蝥的眼睛。

他弯着腰咳嗽了一声。

姑娘理也没理，摇摆着出了门洞。

风一吹，姑娘的绸衣绿裤鼓了起来，裤腿臃肿成两只灯笼。

他跑到了姑娘前面，努力地张开双臂，鹰翅一样扇了扇。

姑娘瞪了他一眼，穆斑蝥退到一边，紧了紧勒裆的布袋。他嗅到了丁香一样的味道。

穆斑蝥在路上碰到了雷大隐。

雷大隐看着汗一层一层在他脸上流淌，问他遇到了啥事，要这么跑。

他没有应答。跑到大柳树下，从洞里扒出了衣裤，穿戴整齐后，他庄重成了一棵小柳树。

他从南城门跑出了凉州城。

一出凉州城，南门外的景致渠水般流到了他的眼中。看惯了大柳树，南门外的几株粗大合围的白杨树阻住了他的视线。他坐在沙涝池沿上，沙涝池里的那些像卷心菜一样硕大的芍药花勾疼了他的眼睛。他环顾一阵，沙涝池边一个人也没有。他扑进沙涝池中，掐了一朵花，揣进怀中，又放开腿跑起来。

他看到了那所庄园。庄园很大，大得令他有点害怕。

他知道那是牛家花园。

牛府里进进出出的人多为男人，偶尔有一两个女的，穿着打扮远没有那位绸衣绿裤长辫子的姑娘勾他的魂。

他是凭直觉跑到这里的。到牛府门前，那股丁香味消失了，他闻到了牛门酒肉的味道。

牛府的门前很开阔。牛府家丁疑惑地盯着他。牛府左侧有几户人家，他走进了一家敞开的院落。

院里坐着一个老人，女的，手里端着一个筛子，筛子里盛着的豆角，已抽了边丝，她在晒干豆角。

他坐到老人的前面，老人眼里的慈祥绸缎一样轻柔，他问老人见没见过一个穿绸衣绿裤长辫子的姑娘，老人咧开嘴，笑堆满了皱纹。

她说牛府里绸衣绿裤长辫子的姑娘多得是，你想找哪一个。

他说身上有丁香味的那个。

老人眯着眼，朝牛府望了一眼，说牛府里没丁香，有十几棵大柏树。

他站起来，看到了院侧的一间柴房。

他从木栅栏门挤进柴房。

柴房里没柴，只有一些陈年的麦草，发着霉。横躺着的几根鸟毛，有的大，有的小，有一根飞起来，落到了他的鼻子上。

他从栅栏缝中盯着牛府。

太阳跟着那位老人回了屋。

穆斑螯看着月亮爬了上来，毫不费力。他怀里的月光亮了。他掏出那朵花，嗅嗅，满怀的香气出来，争着奔向牛府。

牛府的大门咣地上了栓杆。

他推开栅栏门，望着月亮并不羞涩地把光华一点一点洒在牛府的门前，也洒在那位老人的院中。

肚子饿了，他揪下一瓣花塞进嘴里。

嘴里便有了姑娘一样的味道。

趁着月亮歇息的瞬间，他扑向了牛府大门。侧耳听去，里面静得跟身上的衣裳一样。他把鼻子贴到大门的门缝，没有闻到一丝丁香的味道。他把那朵花插到门缝里，转身跑了。

他听到月亮在笑。笑得奶疼。两只都疼。

淌过河，他回到了大柳树洞里。一摸，树洞里的两个馒头，月光一样闪亮到他的眼前。

三十四

军匠三天没有见到穆斑螯，便去问雷大隐。

雷大隐说夜里在，在大柳树洞里睡觉。他每天都穿着衣裳出去。挺俊俏的一个孩子。

军匠的心抽了一下，又抽了一下。

教匠打开了那口松木箱子。箱子里裱糊的白纸已发黄，还有些许的霉点。这口箱子，一至每年的农历六月六日，历代做教匠的都要打开它，在太阳下暴晒。那些斑蝥成长中的大事，都憋在箱子中裁订的齐整的簿子上。年久了，这些事都累了。它们一寂寞，就会回溯着比较，有时碰到相同的怪诞之事，它们都笑，然后还原出斑蝥的模样。斑蝥们的身影，都在油腻中摇曳，把无限的精力挥发成发情的公狗，奔跑在凉州城的街巷。教匠翻着发黄的簿子，狗爪子般的字眼跳动着，刨出一行字来：绸衣绿裤长辫子。后面备注几个字眼：春萌。精旺。固元。跑步。

一个男人成长过程中的特殊时期，便在八个字中展开。

教匠合上箱子，上了街。

他在绸衣绿裤和粗衫肥裆中徘徊了几日。

在杨府门洞前，穆斑蝥一见教匠，便跑了。

教匠在那块磨得渗出人影的石头上坐了。杨府中进出的人，从门洞里闪出一种阔绰和自得。老的小的女人们步履下的从容和包着头巾、挎着篮子在街上行走的女人们的慌乱一交汇，就有了白面和黑面的区别。精细和粗糙，口味和色调，白的白出了风姿，黑的黑出了寒碜。

“送哥送到红柳滩，红柳滩上红柳多。红柳叶子往下落，绿绸裤裤往下脱。”

有人坐在树荫下唱小曲，教匠耳朵里吹进这几句话后，他的屁股底下热了起来。他抬起屁股，裤子粘在石头上，他用力一扯，只听嗞的一声，裤子被撕烂了一块。他望望那块石头，离开了杨府门洞。有相熟的说：教匠爷，尻子上的肉出来了。他笑笑，背了手，烟锅袋在后面一晃荡，那块闪着的布遇到了知音似的，和烟锅袋一起摇动。

回到火药局换了裤子，一出门，碰到了一伙娶亲的人。一穿绸衣绿裤绣花鞋的姑娘骑在骡子上，盖头随着身子一晃一晃。一群孩子跟在后面唱着：新媳妇，穿绿裤，裤裆里塞个小老鼠，黑夜里吱吱着找奶吃。他在孩子群里发现了穆斑蝥，便吼了一声。穆斑蝥挤出了孩子群，缩在一巷口，望着远去的娶亲队伍。

街上有看热闹的人问教匠：这个新媳妇怎么骑在骡子上，犯禁讳呢。

教匠说：自古骡子不娶亲，狗肉不上席，缎子不进坟。你眼花了吧。

那人说：哪能呢。缩屌骡子直屌马，这点，我还是能分清的。这娶媳妇的人是骟匠家的。也难怪。他拍了一下自己的头。

红颜色，绿颜色，太艳的颜色惹人眼啊。教匠把左手里的红字和右手里的绿字一拍，竟拍出一团水来。

历代的斑蝥便在红、绿相间中飞翔。

命数啊。教匠晃开了步履。不泄精气，就惹红绿。那口松木箱子里的斑蝥们都奔出来，披红挂绿，向着一群女人飞驰而去。

盯紧点。教匠说这个年龄，最容易骚情。固本保元，才能保证斑蝥的威力。

军匠派一个精细的役工，让他去盯着穆斑蝥。

役工换了装，脱落了的泥皮一样萎在对面的街门。他看到穆斑蝥坐在杨府门洞前，像门口的一尊石狮子。半天过去了，穆斑蝥一动不动。进进出出的人，谁都在忙自己的事，没有人停下脚步，没有人问他在做什么。喧闹果子般落地后，杨府中的一位中年妇女端来一碗面，说杨老爷的七孙子过生日，让穆斑蝥也吃一碗长寿面。

穆斑蝥眼里的泪，云中的雨一样掉落到碗里。那根长寿面蟠龙卧虎地卧在碗中，用筷子一搅，便翻天覆地地抖擞精神，挤兑着碎成末的香菜和葱花。

穆斑蝥不知道自己的生日，也没有人给他煮过一碗长寿面。

他看到那个绸衣绿裤长辫子的姑娘在碗里舞蹈，那根面成了她的辫子，盘髻在碗里。

中年妇女取碗时，看到面还一动不动，她的脸色变了。

在凉州，没有人会拒绝长寿面。

役工跳过街，端过碗，吃了长寿面。穆斑蝥笑了。中年妇女说：这孩子笑起来也很可爱，怎么就这么不晓事呢！杨府家的长寿面，有多少人能吃到呢。

她收了碗，迈着细碎的脚步，走了。

役工憋了一泡尿，在杨府门洞前走来走去。他弯了腰，吸溜着嘴。杨府巷中铺面多，人也多。他转过杨府巷，看到雷大隐拖着板子在逡巡。他猫了腰，钻进了王家铺面的后门。那里有一块菜园。一泡尿下去，他长长舒口气，轻松着到了杨府门洞口。

穆斑蝥不见了。

绕着凉州城，役工脸上的汗像脚步一样紧密。他不敢问人，只管在街巷里搜寻。

他瘫倒在铁匠铺前。

铁匠端来一碗水，役工喝了，问他见没见过穆斑蝥。

这话扯的。铁匠把打好的一把刀倏地插在水里，一股蓝烟升腾，役工闻到了一股臭味。

刀快还是炮弹快。他问了役工一句。

役工回到火药局，见了军匠，说穆斑蝥跟丢了。

军匠挥挥手，役工回到工房去了。

军匠坐在大柳树下，将夜风一把一把捏碎。

他看到一团黑影顺河淌过来，他避到了一边，看着穆斑蝥把湿了的衣裤搭在树枝上，精赤裸裸地钻进了大柳树洞。

他卷了蹲在一边的老皮袄，也睡了。

天亮了，穆斑蝥还在沉睡。军匠盯着穆斑蝥的脸。穆斑蝥脸上的渴望汗珠一样跳跃。

穆斑鳌醒来，看到军匠，没说一句话。刷面漆时，他扭动着身子。

军匠用一块新布裹罩穆斑鳌下体时，他捂住了裆部。

军匠没有问穆斑鳌去了哪儿。

一场雨下来，凉州城便湿成了母鸡。

雨天是火药局的歇工日。教匠提了酒壶，叫来萨镇淮和军匠，仨人对饮。萨镇淮喝了几杯，说头疼，便回去睡了。教匠的酒杯中盛满了兴奋和沧桑，他说这姓萨的憋了劲，和我们争做炮弹。今年朝廷给火药局的钱款增加了，看来，有大战事了。

教匠谈有关火炮的话题时，军匠一般不插嘴。

把穆斑鳌盯紧了。雨天，泥地里会留下行踪。

军匠倒扣了酒杯，出了门。

杨府门洞前，一行脚印蜿蜿向前。

到南城门洞前，脚印断了。问守门的兵丁，兵丁说出去了几个人，没注意。这雨天，麻雀都不愿出窝呢！

绕过沙涝池，那行脚印又出现了。军匠拔着脚，一步一步前行。到牛家花园，那行脚印胖了起来，在泥地里大大方方一阵，又不见了踪迹。

牛府门前的石狮子，在抖落雨水。

拍了半天门，有人开了门缝，问军匠有何事。

军匠问他见没见过穆斑蝥。

那人答道：吃饱了撑的，这挨我牛府啥事。

便闩上了门。

一门的雨，和军匠一道被挡在外面。

军匠甩着雨，仍到了柳树林。

雨在夜里，爽性地泼着。军匠躲进了大柳树洞。他听到了踏雨而来的声音，便钻出树洞。

城门关了。东城门楼间的二龙戏珠雕匾没在雨中，模糊不清。他靠着城门，在雨中过了一夜。

雨一停，凉州城里的一切恢复了原样。穆用提着一把铁锨，在排雨水。商铺门前跑出的泥，在穆用的铁锨下往树边走。

树边有了一截矮矮的泥墙。

喝了一碗姜汤，军匠身子有了暖意。他向教匠讲了雨中追踪的过程，说是不是有鬼附体了。

教匠喝了一口茶：哪个鬼敢附斑蝥的体。他吃了那么多的硫磺，再胆大的鬼怪也会避他三分。

女人啊！教匠长叹一声。

三十五

时断时续的鼾声，震醒了半城的凉州人。

穆用挑着水桶，咣啷到草房门时，停了脚步。

一声呼噜，从门里冲出。那响声，似雷，又似推磨声。他刚一抬脚，那声音倏地落下，变成了吁吁声，像戳破了的一只风口袋。过片刻，那声音又像冲破了堤坝的水，酣畅在渠里。

穆用的脚被钉在草房门前。

草房还是那年倒塌后重修的。传闻中的财宝没挖出来，倒挖出了几具死人骨架。知府衙门说塌了就塌了，不修了吧。教匠不答应，说这是历代斑蝥的歇身之所，必须修。草房修好后，教匠在草房里走了一遭，说铁床不放了，穆斑蝥也习惯了住大柳树洞，每月的初二，他必须住在这里。

草房成了麻雀们的住所。

穆用刚一抬脚，那雷声又起。吁声悠长陡峭，又倏地跌落，将他惊坐到地上。

莫不是猪精。穆用握住了挑水的扁担。

看着雷大隐扛着木板过来，穆用叫住了他。

他说猪精。

雷大隐提着板子要往里冲。

猪精啊，你傻啊，还往里冲。穆用拽了拽他的衣服。

天快亮了，什么精怪敢在光天化日之下待着。

那声音，瘆人，凭我俩收拾不住。

那就找衙门里的人。

便见几个衙役握着腰刀柄，甩袖昂首而来。

他们来到草房门前。

领头的衙役说莫不是那几个死人骨架在做怪。

太阳都快出来了，几个死人骨架哪有那么大的阵仗和胆量。

你进去看看。

雷大隐说：我还要去赶那些专把早尿往墙根下尿的人。

衙役头说：今天，就是他们尿断墙根也不赖你。

雷大隐说：就这么点胆子，一天还到处嚷嚷着抓贼捕盗。

便举着板子冲了进去。

他朝着鼾声拍了一板。

从地下铺着的草上蹦起一个人，问雷大隐：干什么，搅人好梦。好多年不来，这凉州人怎么变成了这副德行。

衙役们冲进来，按住了他。

我是徐凉州。

管你是徐凉州，还是王凉州。一夜搅人不安，到知府衙门去说。

便捆了他。

我是牛鉴牛大人的厨师徐凉州。

知府喝令松绑，问他不直接去牛府，为啥半夜三更歇息在草房。

天太黑了，我摸了半天，才从西城墙的豁口处爬了进来。走到草房那儿，见门开着，就进去睡了。太困了。睡死了。

听闻牛大人马上要赴两江，你怎么这时候跑了回来。

是牛大人派我来的，要我来收麻皮。

知府问收麻皮干什么。

我也不清楚，只听他们说要缠绕海上洋人铁疙瘩上的轮子。

越说越离谱，听说过鸡腿上绕麻能缠死鸡，哪听过麻皮缠轮子。麻能缠住军舰，我一泡尿就会浇退军舰。

徐凉州拱拱手，说大人们忙吧。我还要去收麻皮，大人们的尿啊屁啊和我没相干。

你果真是牛鉴大人派来的。

徐凉州从怀里掏出一封信来。

知府读了信，笑道：你何苦要收麻。派你去到洋人那里住几天，凭你的鼾声便能吓傻洋人们。

府衙里一片笑声。

听说洋人有三臭：口臭、腋臭、粪臭。你在他们那里臭遍了，又来臭我们。收麻皮这等小事，去找找县府吧，让他们督促一下。麻皮不是朝廷的专用物资，不费事的。

知府喝了一口茶。

县衙隆重迎接了徐凉州。

听徐凉州叙说完缘由。知县笑了：多大点事，也劳烦你跑一趟。师爷，这事咋办。

这事说大不大，说小不小。师爷捻了捻胡须。

怎么说。

论公，这事看似用于抗击洋人，但没有朝廷的文书；论私，麻皮除了我们每年按例征收的，其他由麻农们自己售卖。

知县问徐凉州咋办。

徐凉州揣了书信，说凉拌。

便甩了衣袖，出了县衙。

县官不如现管啊。他在县衙门外跺跺脚，便出了南城门，径直走向牛府。

家丁盘问了半天。徐凉州一甩袖口，往里走，家丁伸出手臂，挡住了他。

徐凉州一个耳光扇过去，家丁捂住了脸。

不长眼睛的东西。老子虽是个厨师，在牛大人府衙中，还没这等孙子过。

管家晃晃悠悠地走过来：我说谁这么横呢，原来是徐爷，请吧。

看了信，管家说：徐爷忘了更重要的东西吧。

徐凉州说：什么东西。

银票。这么一大家子，老爷不会派你空手而来吧，还要收麻皮。

银票。徐凉州说：老爷做官，一向清廉，哪来的什么银票。

县衙、府衙不管，我们管什么。打洋人冒烟的铁疙瘩，是朝廷的事，碍我们啥事。徐凉州，莫不是你犯了啥事，假借大人之名，到凉州来招摇撞骗。

徐凉州站了起来。

出了门，管家说：脾气还大。大人这官做的，别人家做官派人往家里送银子，他却派个做饭的来收麻皮。

徐凉州头也没回，身后的大门沉重地响了一下。

三十六

徐凉州分明是被那种味道吸引到巴子营的。

京城的味道太浊，河南的味道太浑，江南的味道太腥。只有这种味道，很纯。远离着喧嚣，透着一种亲切。

是麦子的味道，洋芋的味道，抑或是泥土本身散发出来的味道。

跟着牛鉴牛大人跑了许多地方，作为厨子，他敏感于各地的食材味道。牛大人喜欢喝洋芋米拌面，喜欢吃老虎拌汤。说洋芋米拌面暖胃顺气，老虎拌汤长人精神。这是两种简单的吃食。可天下的事，越简单的越不好弄。吃食也一样。洋芋米拌面中调的腌酸菜，他在南方试了很久，味道就像弹琵琶的女人，换成三弦后，总不得要领。他在菜园里拔几棵小白菜，一捏，汁水满手，他终于明白，凉州种的是旱地。日照时间长，昼夜温差大。小白菜的生长期长，迎风沐雨，历练了小白菜的韧性，菜叶和菜帮上附着的风尘也多，经河水一浸泡，会激活沉睡的味质。腌制半月，发酵出的酸味便散发出岁月的芬香。捞几根，切碎，入锅。小米的香味，洋芋的瓷糯，经酸菜一挑逗，味道便勇往直前。一碗下肚，肚内大定。再来一碗，肚子便幸福成一只锅，只管接纳油香米乐。

老虎拌汤做法简单，食材却讲究。老虎拌汤，其实是牛肉拌面汤。选牛犍子肉，细细地切成小指头大的块，加葱、蒜、胡椒、八角、草果等料熬煮，煮好后用漏勺捞出，浸干，热了胡麻油，将大葱切段，下锅，待葱有了焦色，下入牛肉块，爆炒后放入加盖的瓷坛，做时挖出一勺入锅。拌的面是个技术活。将面置于盆中。加水多，面会稀；加水少，面会干。水不多不少，用双手搓，搓得面成絮状，薄成绸状。面跟肉跑，肉面相融。舀时淌哩，喝时响哩。插筷能立，手攥则团。一碗下肚，精神大增。牛大人领军时，每早总来一顿老虎拌汤，军中壮汉，大呼痛快。

到了巴子营，以前住过的地方，立着一座庄院。院门起了楼子，有鸽子在飞舞。

他折回身，在路上走来走去，碰到一位老人，他问徐狗娃家搬到了何处。

老人眯了眼，说千万不能再叫徐狗娃了。他跟着牛大人，起了阵仗，盖了庄园，买了铺面，过得富足着呢。

他问老人能不能和他换换衣服。老人说：日怪，早上喜鹊喳喳叫，破衫换个新衣袄。换了衣服，老人快速离去。他弓了腰，走到院门前，敲了敲门，一个女人开了门，很干净，看了徐凉州一眼，问他找谁。

他说找刘翠兰。

女人叫了起来：妈，有人找。

从中院走出一个女人，手里拎着手帕，碎步前移，到了徐凉州跟前，哇地哭了起来。

是娃他爹，你怎么混成了这么个怂样。

干净的女人叫了徐凉州一声爹。

从屋里走出两个娃，一男一女，望着徐凉州。

叫爷爷。

两个娃努力地从喉咙里挤出两个字来。

自从你跟了牛大人，每年都会托人送来银两。来人说你吩咐的，钱够了就修一所院子，多置些田地。院子修了。田地我置得少。雇人种，家里杂人一多，是非多。这几年老天动不动旱麻麻的。水不好浇。上沟的人老是截水。他们有三不浇：刮风不浇地，下雨不浇地，夜里不浇地。连人丁多的中、下沟的人都争不过他们。我一想，干脆在凉州城里买几间铺面，租了。留一间，雇我娘家哥照料，我家的娃做不了生意，由他去。这样，遭人忌恨少，又能把日子过好。

女人的话如决了堤的水一样倾泻，水势一缓，徐凉州问送银子的长什么样。女人描述了一番，见他脸上阴一阵，晴一阵，问他是不是病了。

他叹了一声：牛大人啊，牛大人。

在自家的土炕上一躺，徐凉州的鼾声船一样在海面上颠簸。孙子们偎在奶奶的怀中，说这爷爷是不是雷神爷转生的，声音大得要掀掉房皮。奶奶说：让他打吧，把跟牛大人走南闯北的呼噜都打出，他的心气就顺了。你们住这么好的房子，他的心气不顺呢。孙子说：爷爷享不了福吗？奶奶拍了孙子一掌：他的福让你们享了。

太阳脱了裤子，光着腚胡乱在天上走。

徐凉州进了凉州城，他找到舅哥。舅哥放下手中的鸡毛掸子，让座，倒茶，道安。他问了问大麻的情况。舅哥说：凉州成片种麻的只有城郊的金羊，麻质好，韧劲足。在凉州，这大麻剥下的麻皮，用处不多，人们除了纳鞋底，便是搓麻绳。

问牛大人要那么多麻皮干什么。

徐凉州掏出银两：你只管去收。

新麻才吐穗。旧年的麻，大多走了张家口。我到各铺中去收收，再到金羊乡下去，把他们积存的都买了。

牛府的管家找到徐凉州时，他正在花门楼上喝酒。管家赔了小心，说那日灌了几盅猫尿，怠慢了徐爷，想请他到牛府去住几日，好好款待款待他。

徐凉州把杯里的酒泼在地下， 搛了一块牛肉，慢慢咀嚼。

管家等得无趣，便躬身告退。

徐凉州告诉舅哥，他要去一个地方，让他安心收麻皮，十天后他要押麻皮回返。

舅哥问他去那儿。

他笑了笑。

三十七

北泉林，南湖滩。一出凉州城北乡，泉眼穿了绳的铜钱一样密布，互相连缀。有泉必成溪，溪汇则成河。树荫匝地，苇疯成林。到东乡，一汪一汪的湖，面积渐次缩小，湖水依然清蓝。滩涂地边上，有细碎的霜般的东西，太阳一照，鱼鳞般闪亮，那是湖水干涸后渗出的白碱。

柳树林翳翳坐大。

柳树林南边是一条河，东北边是湖滩。河是石羊河。那条石羊河，蜿蜒于祁连山下，形成八大支流，六条流经在凉州境内。千里沃野，在石羊河水的滋润下，夏秋绿意滚滚，冬季白雪漫漫。麦浪摇穗之时，胡麻开花之日，谷穗垂头之夜，一天繁星，两地蛙响，自古兵至兵争，民居民安。明乱清衰，灾祸连连，倒把个塞上江南弄成了陇上贫瘠之地。

西乡、南乡，则与北乡、东乡不同。一俟河水因季节断流，便吃涝池水。涝池是乡人们的俗称。又称旱湖。每个村都有。这些人工凿挖的大水池，经祖辈传代，已神圣起来。涝池的大小，与一个村的人丁兴盛有关。人丁繁茂，挖得就大。一到春、冬，涝池无法补水，阳晒冰融，往往池会见底。一窝泥水，牛争鸟抢，人也顾不得体面，从牛蹄窝中舀着一丁半点的泥水，有时舀出几粒水虱，用漏勺滤了。那种转百刀面条一样的狗头鱼，跳出了漏勺，有鸟扑下来，一嘴叼起。

这是乡人们最难熬的时节。

河中一见水，涝池便快活起来，水溢苇摇，蜻蜓展翅。牛欢羊叫，再不进池。麻雀们也不扑天而下，渴极了才会光顾，在苇头一荡，振翅离去。人们挑桶提水，只管甩了脚板，任水在桶中欢唱。

凉州最大的涝池在巴子营。叫大涝池。

在这大涝池中，紧皮手余大喜激过水，韩义马洗过澡。乡人们一听穆斑鳌要来试麻，便引大权河水灌满了涝池。一风激水，水在池边涌起波浪，池边诸树倒影在涝池中，婀娜出水宫幻像。

役工们推着独轮车，车上堆着麻皮，吱吱扭扭地来到大涝池边。

教匠、萨镇淮、军匠、徐凉州站在大涝池旁。穆斑鳌一出现，乡人们便涌了过来。紧皮手的根在土地，韩义马的魂在草原。穆斑鳌一直生活在凉州城，难得出城一次。巴子营的人过会般涌出门来，引得周边的村人也呼朋唤友，奔向了大涝池。

在凉州，萨镇淮第一次见到这么大的水面。

他的心莫名地悸动了一下。

那天晚上，徐凉州在花门楼设宴，邀请教匠、萨镇淮、军匠一坐。席间，徐凉州谈了牛鉴牛大人想用麻团缠困洋人军舰的想法。萨镇淮端起酒杯，满口灌下。军匠从没见过萨镇淮如此喝酒，忙往空杯里倒满了酒。酒杯里漂出一艘军舰，向萨镇淮嘴边冲来。他扔了酒杯，下了楼。

徐凉州想跟下楼去，军匠挡住了他，说萨教匠就那样，肚里盛不了几杯酒，心中则有一个大海。

教匠猛灌了一口酒，说他哪里是盛不住酒，他认为我们又在痴人说梦，这家伙，心中装满了洋炮弹。

他在海边长大，又是留过洋的，对洋人的那些玩意儿更熟悉。

船大炮猛。徐凉州说那是真的。

说到炮弹，徐凉州说他亲眼所见，洋人的一发炮弹，炸坏了半个城楼。

教匠撇起了嘴，说他们就爱夸大。

徐凉州说不是夸大。那些铁家伙就是大。一开动，那烟冒得，直冲天际。一走动，满海的浪都会涌起。如果把那铁家伙的轮子缠住，它们就跑得不那么快了。

便说起了收麻皮的事。

多少麻皮才能缠住轮子呢，军匠问。

这得问问萨教匠，他见过的舰多。

教匠说：你弄几车麻皮，把穆斑蝥叫上，我们到巴子营的大涝池中试试。

要不要我们拉上炮，到大涝池中去试试炮弹。

你不要命了。除乱石滩，谁敢在别的地方试炮。朝廷历来对火药局管控严格。

教匠又点起了烟：鸡腿上缠麻，越缠越乱。

抓几只鸡，先试鸡，再试轮。

散了吧。教匠扶着楼梯下了楼。

几片牛肉委屈在盘中。

那一晚，萨镇淮坐在炕上，遥望南方，一夜没有合眼。

麻皮一进大涝池，便水蛇一样漂游了起来。役工把几只鸡丢进了大涝池，拿木杆拍打水面。鸡们在水中乱撞，麻缠到了鸡腿上，越缠越多，鸡们相互冲撞着，在水中挣扎。

教匠喝令卸下独轮车的两个轮子，绑在穆斑蝥的胳膊上，将他推进水里。

穆斑蝥一入水，胳膊上的轮子带着他，沉向了麻阵。

麻皮们在水中肆意漂荡，一看到轮子，都冲了过来。它们顺着轮子的空隙，钻缠着，有的缠绕在穆斑蝥的腿上。远处漂着的麻也冲了过来，那些缠着鸡的麻团，带着兴奋，和鸡一同冲了过来。穆斑蝥的身边涌来一团一团的麻皮，缠绕着他。他渐渐没入了大涝池中间。

拽他上来。教匠喝了一声。

几个役工跳进大涝池，用抓钩拽住麻团，把穆斑蝥拉到了大涝池边。役工们抽着麻皮，越抽越乱，穆斑蝥的呼吸紧迫起来。

先把轮子上的麻皮砍断，赶快卸了轮子。军匠拔出了一个役工的刀。

浸了水的麻皮，在刀下一蹦一蹦地跳。

军匠挥起刀，砍断了缠着的麻团。

麻团一松动，其它的麻皮耷拉着身子，慢慢松开。穆斑蝥浑身一轻，坐了起来。

围观的乡民笑了：这些城里人，吃饱了没事干，玩鸡呢。散了吧，散了吧。

眼尖的喊道：鸡被人抢了。

又有人叫起来：把麻皮晒干了，今年就不愁没纳鞋底的麻绳了。便冲过去抢麻皮。

一行人拥着穆斑螯，往回走。

军匠说：萨教匠去了哪里。

教匠说：他满脑子的海和洋人的炮弹，谁知道又去扯啥淡了。

徐凉州问：这招行吗?

教匠说：鸡腿上缠麻，关键是怎么个缠法。我也不知道。

两个轮子和几只鸡，就用了这么多的麻皮。洋人的那些家伙的轮子，用多少麻皮才能缠住它们。

这你就得去问牛大人了，把穆斑螯身上的水擦干了。教匠摸出烟袋。烟袋里的烟被水浸湿，软成了柿子。

教匠抡了抡烟锅。有役工从腰里摸出烟袋，往教匠的烟锅头里塞满了烟。

军匠掏出一盒火柴，嗤地擦了，一团火冲起来，一股硫磺味便飘起。

这是啥玩意。教匠问。

萨教匠说这叫洋火。

教匠抬起脚，将烟锅头在鞋上一磕，说困了。

三十八

林则徐途经凉州的消息，一夜之间传遍了开烟馆的掌柜们的耳中。

他们聚在了一起。

“紫气冉升”烟馆的掌柜咳了一口痰，说他不就是个犯官么，怕他做啥。只要凉州的府衙、县衙不管，他能咋的。

瘦死的骆驼比马大。广东的商人们怎么样，有洋人撑腰呢。虎门销烟的那个阵势，铺天盖日。

那我们就这样认怂。

他是路过。一旦成犯官，都得低贱几等，他又不能在凉州待一辈子，别理他。

“腾云驾雾”烟馆的掌柜拍拍椅子扶手：咱们小心点吧。你不看，府衙、县衙的官员们都像在等天神一样。

听说那林则徐一见烟馆，眼睛就红了。

那怎么办?

我们卸牌停几天，也顾顾县衙、府衙的脸面。他们的脸上挂不住，我们的麻烦也就多了。

要停大家都停。“腾云驾雾”的掌柜看了“紫气冉升”的掌柜一眼：再不要像上次，我们都老实停了，有些人却趁机捞财。

“紫气冉升”的掌柜喝了一口水：放心，傻子这回才往火坑里跳呢。那个林大人，余威还在。

掌柜们卸了牌子，再三告诫烟民们不能出门，谁坏了规矩，哪家烟馆以后都不容他进出。实在忍不住，可从后门来，买点烟膏到自己家里抽去。

凉州县令洪茂香穿了官服，让衙役去巡查各烟馆的情况。衙役闻到烟膏的味道，一脚踹开了一道窄门，一个瘦成麻秆的女人出来，说：爷，这个不要命的是偷抽的，你捆了他，我实在管不了。衙役挥刀打翻了灯盏，那人爬起来扑向衙役。衙役拎小鸡般揪着那人的衣领，将他摔出门去。洪县令让衙役找个僻静的地方，将烟鬼们集中关押。他去向知府禀报，知府衙门里的人说知府已去了道署。洪县令赶至道署，道台郭远堂听了情况，说：很好。

1841年，软得像快要坠落的柿子。

这年，林则徐被“发往伊犁、效力赎罪”，旋又奉旨留任河南开封祥符，襄办治理黄河决口。

1842年二月，风分割着春天，林则徐的衣袍鼓成了船帆，诏命又将他“仍发往伊犁”。他赶到西安时，一病就是半年，便“呈请病假”，待七月初病情好转后，再次启程。

海疆一带的消息，一浪一浪击打着他。他一路上嚼着广东，海腥味在他嘴里晃荡一阵后，就顺嗓子冲向胸膛。他的胸，闷成了留在沙滩上的鱼，有一口血堵在嗓子眼，他弯腰一咳，便是一片广东。

八月初，林则徐到达了古浪。

自作为钦差大臣赴广州禁烟，到虎门销烟，再被革职，短短五年，林则徐仿佛天上人间了一回。一进北地，竟是一番平和。北地山水的雄浑与清冽，无法抚平他内心的伤痛。他被革职后，牛鉴升任两江总督，赶往海疆主持海防事务。他在前，牛鉴在后。临危受命时，都一腔豪情，两袖狂飙，誓与英人周旋，一展天朝大国之威。可惜。可叹。可悲。可惜在手里滑下去，在戈壁滩上裸露成石头。可叹砸在可惜上，兔子一样奔跑了几步，也委身在石头间。可悲从鼓满了风的袖中窜出，冲向嘴际，他一张嘴，满口的风沙挟裹着硝烟，打得牙齿嘎吧作响。他裹住了头。待马车停住，黑松驿驿站老气横秋在眼前。他揉揉眼睛，那块嵌在驿站门楼上的匾，威势在夕阳下，摇晃出的“凉庄保障”四个字，沉沉重重。

古浪县令陈世熔迎候着林则徐进了驿站。

洗脸盆里的水黑了，忧国忧民的风尘仍贴在林则徐脸上。手抓羊肉，山一样隆起在盆中，根根肋条海堤般横亘，用筷子一夹，便倒伏在盆中。冲鼻的香味在暮色中环绕，一只苍蝇肆意在他头顶飞翔，嗡嗡出的声音空洞成炮管。看着三子聪彝、四子拱枢无忧无虑徜徉在羊肉间，他长叹一声，泪眼婆娑。

陈县令对坐着，听凭他把一腔愤懑置于酒杯，闷闷地坐喝。

陪坐的人望着他喝得把黑松驿摇晃成了海滩上的一只孤舟。当乌鞘岭又跑到他眼前时，他用手一推，乌鞘岭滑到了桌下。

过乌鞘岭时，一场雪纷攘而至。路旁山岭上的雪，白出了一个宁静的世界。白雪如宣纸，拓出了万山的根根筋骨。那些筋骨，层层上扬，构成了山的脊梁。他想，如果每个人的筋骨都如此，海防何以如此艰难。作为南方人，他对雪的理解与北方人不同。在京城时，一日大雪，他与友人踏雪赏景。赏完皇城外的大雪，一进胡同，看到了几个缩手呵气的人，他们身上的单薄与他们身上的皮袄形成了鲜明的对比。友人慨叹：同样是雪，下在皇城，则是皇家之雪；下在胡同，就成了穷人之雪。当时他认为友人矫情。时值八月，在乌鞘岭碰到飞雪，他才切身感受到了友人慨叹的缘由。

一过古浪峡，陡峭壁立，偌大的石头立在路边，岁月把它们侵蚀成各种姿态。他饱读史书，石头的表层落满了历朝历代的风尘，一朝压着一朝。前朝的呼吸在后朝的尘灰中打着喷嚏，吹开一点空隙，过往鸟儿的一滩粪便，污脏了前朝的脸，后朝便开心起来。这些石头，记住了雄壮和剽悍，也记住了萎缩和荒唐。它们立在那儿，不偏不倚，没羽的长箭刺穿不了它们的身子，迸出的火花一闪，就是一段历史。

那一夜，林则徐坐成了一块石头。

三子聪彝立在他身旁，父亲鼻孔里吹出的气息，让桌上油灯的光焰生动起来。

光焰闻惯了各路官员的气味，林则徐的气息，让它们兴奋得竭力挺直了身躯。

一至凉州靖边驿，地势一下子平坦。收割后的麦田黄出一种诗意，兀自在田野里平仄。视野从雪山、戈壁收回，跌落在平如脊背的地方，落差很大。一片秋色下来，秋庄稼们都在爆绿。远处的牛羊，星星一样。黑在蠕动，白在跳跃。林则徐仿佛闻到了秋庄稼成熟的气味。那种气味，远离战争，远离血腥。凉州知县洪茂香派来的人说：这是凉州八景之一的黄羊秋牧。

深藏在心中多年的凉州城，已跃跃在目。

三十九

到大河驿用完饭，林则徐问洪县令派来的人：牛府在哪边。

来人说：牛府在凉州城南门外。从这里到凉州城，要进东门。

一路田野平畴。林则徐看到一座城池，接他的人说是满城。

一大片柳树林横亘在眼前，林则徐有了一种“年年柳色、灞陵伤别”的惆怅。在西安时，他寓租在一民宅中，大病缠身，古都西安的风貌从他眼前溜过。他脑海里出现的尽是“春风不度玉门关”的荒寒。从诗海中跳出的凉州词风沙迷茫。黄河远上，征人铁衣，在他梦中一遍又一遍地呈现。到了凉州城东，湖滩中不知名的花和鸟自然出一种恬静和谐。这片柳树林没有林冲进入野猪林的猛恶，倒有一种别致的婀娜。马车绕过柳树林。他问为何不在林中穿过，接他的人说：这片柳树林，不能通车，闲人也不能乱进，只有开柳会之前，人们可以去捡拾枯枝。再问，接他的人说：大人到凉州城去就知道了。如果我们今天碰上穆斑蝥，大人倒先看一看了。

林则徐问穆斑蝥是啥?

接他的人说：人炮弹，炮弹人。

再不言语。

林则徐一头雾水。

到了狄台。接他的人让停了马车，请林则徐上台观赏。

进至没入人身的草丛，“天苍苍，野茫茫，风吹草低见牛羊”的诗句在草尖划过，向林则徐奔来。上了狄台，他极目远眺。听接他的人给他讲掌故。北宋狄青当年征战，受奸人谗陷，胜而不得归国，羁于台上怅望不已。

一朵白云马一样跃过，一腔长泪流滴于草丛，林则徐眼里的草也开始疯长，京城在草中若隐若现，虎门在草中波浪汹涌。

下了狄台，行走片刻，东城门林立眼前，接他的人纵马飞驰去报信，那颗雕浮于东城门楼“二龙戏珠”间的铁珠，威猛地向他滚来。道台郭远堂、凉州县令洪茂香、镇番县令周兆锦、永昌县令涂文光、满城都统文祥都候在路边。文祥已七十二岁，不披甲胄，精神也不输于其他官员。

郭远堂说凉州知府正在丁忧，请林则徐到道署歇息。

一拨一拨的大小官员前来拜访。虽然劳累，林则徐心中却暖流阵阵。自到凉州地界，这种温暖跟着他，一浪一浪涌着。在人们的眼中，他不再是一个贬谪伊犁的犯官，倒像一个游历山水的朋友。歇息一阵，他说要到凉州城里去走走。洪知县陪着他，给他讲着一个别样的凉州。鱼跃龙门，夜雨打瓦，意象一个接着一个。悠闲的白云轻轻扯着深巷的古藤，拉出的诗一首一首延伸，二十四个城门楼上的每一块砖下，都压着一个故事，一翻起来，就是一部凉州传奇。

没有看到一家烟馆，只见得商铺林立，熙攘繁盛。雷大隐靠在墙根下，木板一样直立。穆用挑着水桶，忙忙地往大户人家送水。林则徐的心，包卷的菜叶一般舒开。

他说终于见到了没有鸦片烟馆的地方，也不枉他被贬谪伊犁。洪县令脸上的尴尬跳上跳下。回到道署，林则徐向郭远堂躬了躬身，深谢他治下地方的平和安祥。郭远堂还着礼，请他先去歇息一阵，养养精神后，晚上他要设宴，好好给他洗尘。

这一觉，林则徐睡得波浪不惊。

黑夜母鸡回窝一样，把热闹裹在了道署衙门。一干官员围坐，在酒酣耳热中，听林则徐讲虎门销烟。

他说虎门销烟哪有那么轻松。不说收缴，仅如何销烟，就大费周章。

虎门销烟前，惯用的方法是“烟土拌桐油焚烧法”。他任湖广总督时，收缴了一批鸦片，拌上桐油点燃。那种场面颇为壮观，熊熊大火直冲天际，热浪拂动着他的衣袖。烧毁了鸦片，也震慑了那些利欲熏心的商人和深陷其中的烟鬼。鸦片还未烧完，一大批烟鬼便闻着味道涌到了焚烧鸦片的地方，有的带着锄头和筐，没带工具的，用手刨。他们疯抢烧过的渣滓。装满筐的，脱下衣服，把渣滓倒在衣服中包起来。后面的烟鬼哄抢着盛满渣滓的筐和衣服。兵丁奋力弹压，这些人竟不管不顾，待驱散人群时，焚烧鸦片的地方已经成了大坑，连坑边缘的地方都被刨了。未抢到渣滓的烟鬼，无视兵丁抡砸的枪托，有的抓着泥土就往嘴里塞。后来，有乡民到衙门哭诉，焚烧过鸦片的地方再也无法耕作，成了毒地。

受命钦差大臣后，他再也不敢冒然焚烧，他要选择一种彻底焚烧的法子。在经过多方试验之后，他获知了鸦片的两大克星：卤盐和石灰。并把焚烧的地方选择在了海边的沙滩。为让道光皇帝和朝臣明了鸦片的危害，他曾有一个宏大的愿望，想把收缴的200多万斤鸦片运到京城，在天子脚下去焚烧。他向道光皇帝上书，呈请心愿。不想被回绝。他没有想到道光皇帝算了一笔账。这么大的一批鸦片，需要动用4万多人和5000多匹骡马，代价太大，花费太大，道光皇帝居然用了“折腾”两个字。

看着水旱灾害、战备匮乏等字眼的批折，他觉出了皇上的艰难。

战得有资本。

和得有条件。

烧得有银两。

朝廷，太穷了。

鸦片越禁越多，越查越多，竟究原因，并非朝廷禁查不力，是因国库无银。不仅衙门，就连广东水师，也把查禁鸦片做成了生意。水师官兵的收入大多靠捣腾鸦片来获得。各级衙门，也把售卖鸦片作为分肥的来源。

英国人一张嘴，滚滚的鸦片便从嘴里鱼贯而出，一摞一摞的银圆跑进了他们的口袋，一袋一袋从海上流入英国。

在这种情形下收缴鸦片，需要的不仅是勇气，还得决绝的胆量和行之有效的铁律。还有，根绝一切，义无反顾的自我牺牲精神。

英国人在望着，朝廷在望着，商人们在望着，各级官员们在望着。英国领事义律鼓动澳门商人，他们云集广州，看着他如何收场。

他选择了虎门。

虎门是清朝的海防重地，有坚固的炮台，有看似强大的军队，也利于防范监守自盗。那些天，他的脑子里只有禁烟、焚烧几个词。他派人挖了几个大池，每个池子派500兵丁把守。兵丁一律穿短裤。各级官员轮流盘查。储存鸦片的仓库驻守重兵。整个虎门销烟前后，抓获了监守自盗的官兵只有10多人，一箱鸦片也没有带出去。

一场销烟，看似大长了国人志气，英国人的铁舰利炮一动，朝廷便疲软了下来。

我是被鸦片打败的。虎门销烟的背后，是一个国家的整体悲哀。几个朝臣在皇上面前喋喋不休几句，我便得了个“发往伊犁，效力赎罪”的罪名。即便有江海心景的邓廷桢，也先我远戍伊犁。

围坐在道署衙门的官员，仿佛闻到了鸦片焚烧后的味道。有人问英国人是否红发飘飘，像恶鬼一样。

林则徐沉思片刻：恶鬼即人心。一个国家不强大，一个朝廷没底气，一个民族没骨气，有再大的勇气也是匹夫之勇。牛鉴，牛大人，也会落得和我一样的下场，也许，会比我更惨。

没有人接话茬。

郭远堂长叹一声，说散了吧。让林大人好好歇息。他太累了。

那天晚上，陪同林则徐远道而来住在隔壁房间的安定县主簿陈子茂，听到了一阵一阵的鼓声。他披衣下炕，挥手让聪彝和拱枢去休息。

他在门槛上，坐了一夜。

他把星星坐了下去，又把太阳坐了上来。

四十

凉州城和满城，在隶属上没有多大关联。在满城居住的八旗子弟，雍容和蛮横的步履中有一种自得。林则徐进了满城，心里有几分不快。都统文祥年龄毕竟大了，步履迟缓地跟在林则徐后面。

看到火器营的火炮，林则徐心中凉了下来。他在广州曾比对过守军和英军的兵器。清军大多还使用160多年前的火炮，他曾问过邓廷桢为何不配置新武器。邓廷桢说国人重技击而轻火器，而练兵又重兵不练将。练兵不练将，不练骨，即便武器新式，也难发挥作用。

看到已上了锈的火炮，林则徐想起了虎门炮台的火炮。那些火炮，摆放得威风凛凛。一接战，射程、炮弹杀伤力、炮手们的操作能力，都出现了问题。现在的战事，从海战已演变成口岸争夺战。优势在哪里，他看不出。曾问邓廷桢。邓廷桢长叹一声：谁都想保存实力。战打败丢的是阵地、口岸，只要实力仍在，手握兵权的大臣就永远是胜者。都说兵士武勇，我们的许多兵士一战即溃，有的甚至扔了子弹已上了膛的枪支，跑得比子弹还快。

就看见几个军官过来。一个手里操着鞭子，一个架着鸟笼。看到擦炮的兵士，那个操鞭子的“呔”了一声，那位兵士手里的抹布掉在地上，军官上前就是一鞭子。

文祥呵斥了一声，几个军官懒散着过来，唱个诺，说文大人。

这是林则徐林大人。

不就是能烧个鸦片的犯官么。架鸟笼的抖抖鸟笼：还看枪看炮，你操一支枪试试。

文祥大怒，林则徐挡住了他。

林则徐看到那位兵士拾起了抹布，在炮身上有气无力地擦着。

那位擦炮的是个汉人士兵吧。

文祥说；是。他是灰役。在八旗营中，干这些粗笨活的，都是汉人士兵。

林则徐说回吧。

文祥说：今日说好的，要在这里设宴。郭道台、洪知县他们都要来。

林则徐道了谢，让文祥去忙，他和陈子茂要回凉州城拜望几个同乡。

到了东城门，就见一个差役模样的人立在道旁，叫了声林大人。

林则徐问他何事。他双手捧上一个布袋，说是驿站的官员让他来请罪的。

陈子茂接过布袋，挥挥手让他回去。

差役舒了一口气，转身走了。

林则徐问为何要接受这个布袋。

陈子茂抖抖布袋，说我们在大河驿歇息时，这个驿官很傲横，要了孝敬份例，听到郭道台、洪县令亲自迎接，才变了态度。

林则徐说这种前倨后恭之辈，理他做什么。

陈子茂笑了：大人身居高位，哪知这里面的奥妙。大凡驿站之人，见惯了往来官员，升者升，贬者贬，情形不一。现在哪里都缺钱，当个驿官也不容易。升迁的官员，往往不付车马费，还要孝敬。久而久之，他们就练就了一副眼神，看哪些官员前途无量，哪些官员一蹶不振。他们随时传出消息给地方官员，博得些支持。大凡往来官员，有关系的，往往会住上一个阶段，还要招待周全。若没关系的，他们就认为是潦倒之辈，常常住几个时辰就会赶着走人。大人为官清正，一路有地方官员相待，所以少受了不少世态炎凉、人情冷淡之苦。实话对你说了吧，这个布袋里的钱，是从聪彝那里拿走的，算是钱归原主了。

林则徐的身子摇晃了几下，陈子茂扶住了他，让陪行的人叫了车，把他送到了道署。

王少八爷诊了脉，郭道台问是何症。

王少八爷叹口气：林大人心中的郁结之气一直未能化开，又感风寒。此病称脱汗，又称绝汗。病发到一定程度，正气衰弱，阳气欲脱，往往大汗淋漓，呼吸急促，四肢发冷。

问何以治得。

王少八爷说：大人莫慌，此病来得慢，若对症下药，去得也快。

问咋治。

王少八爷说：也简单，葱须焦米加姜糖，用三仙汤即可。

王少八爷让人去找去年的大葱须，陈年的小米和新鲜的大姜。

找的人说大葱、小米好找，这新鲜的大姜哪里去找，凉州又不种姜。

陈子茂说他那里还有几块姜，是让人从西安买的。

王少八爷笑了：这林大人洪福齐天，三仙齐备，喝几碗三仙汤，发几身汗就好了。

送走王少八爷，郭道台问陈子茂，出去时好好的，为何突发此病。

陈子茂讲了在满城的经历。

郭道台说：这文都统也是，让林大人看什么火枪、铁炮。散了吧，去火药局叫萨镇淮来，让他们见见，说说话，也许能舒缓一下林大人的情绪。

四十一

萨镇淮来到道署，林则徐披衣坐在炕上，脸色已经红润不少。聪彝、拱枢问了安，便到别的屋中去了。

一晃即失。林则徐因禁烟而被发配伊犁，牛鉴因一失吴淞口，二失镇江，旋即参与签订《南京条约》，“以贻误封疆罪，褫职逮问，谳大辟”，定为斩监候，拟秋决。

林则徐伤感不已。

“非吾不力，镜堂亦非不力战。英人区区，仗坚船利炮，长驱直入，究其因：一朝廷怯懦，半战半和，上下无法同心；二海防军备，水师不可谓不先进，然官兵疲战，虽有将而无应战之能；口岸火器，矛炮相并，利近战而不利远射，一俟轰击，便望风而溃。军民又通敌者多，军见银军溃，民见银则导行。吾虽抱必死之愿，无奈回天乏力。悲哉悲哉。”

“大人所见甚是。我从德国学成回国，发愿效力，誓效西欧之法，改造火炮、弹药。人家疑我，我再三辩抗，认为我大清一朝，非坚船利炮不及，国家法器也不及。因而遭人诬陷，被谪凉州。我曾上船观之，军人以嬉戏者多，且互相拆台。且我军中，漠视军事教育，缺乏能干的中下级军官，将兵无法同心，焉能不败。即便将有必死之心，也无法挽回败局。”

“战事不是仅靠精神。所谓天朝大国，封关锁国者久，压力不够大，挨打不够疼，还有退处。退到无处可退时，才能痛定思痛。”

“大人所见极是。我来凉州，本以为能潜心造炮，可满城火器营将官认为，鸟铳、竹炮是为宝，战备仍以抬扛刀矛及劈山炮为根本。他们认为战争在人不在器。即使有造之法，也不更新，只一味模仿。我们所模仿者，皆为人家淘汰之械。即便造成，也无新可言。没有先进的技术，只能处处滞后而受制于人。”

“没有先进的眼光，何来先进的技术。”林则徐叹口气：“朝廷的格调，决定着百姓的格调；而百姓的情怀，则是国家的情怀。罢，罢，我们且去一转凉州城吧。”

郭道台和洪县令要陪，林则徐谢了，让他们去忙，有陈子茂和萨镇淮陪他就行。

“火器历来是朝廷严控之物。各地火药局，由督抚直管，上达朝廷。除知府衙门兼管开支，其他，地方官员无权过问。火药局经费有限，且供役之人，多为督抚衙门官员的亲朋，不要说开发火器，有时连日常开销都难以供给，只能靠卖点硝石、硫磺等给私炮坊来维持。”萨镇淮请林则徐到火药局去看看。林则徐说先转转街吧。一个凉州，汉唐经略，为国之屏障。有清一代，便沦落成军备废弛之地了。

看着街铺繁胜，林则徐叹道：我来凉州，不见烟馆，看来鸦片虽兴，在内地还有净土。郭、洪治下，晏然平和，倒也令人欣慰。

萨镇淮没有接言，望望陈子茂，陈子茂摆摆手。

到得一牌楼前，林则徐见牌楼中间有一瓷坛，问是何物，萨镇淮说是盛斑蝥灰的器物。

林则徐问何为斑蝥灰。

萨镇淮叹道：我来到凉州，总认为地处僻远者，多无知之人，多愚昧之事。很不以为然。后看宋人《武经总要》等典籍，才知自火药入战事以来，有许多传闻并非妄谈。久而久之，便成惯例。这斑蝥，乃是火药局制作炮弹的四宝之一。

硝石、硫磺、柳条灰，加上斑蝥震天威。大人且到火药局去看看那副炮弹联，确实令人心惊。

转到东门，林则徐问东门外的柳树林为何禁止乡民捡拾枯柴，亦禁止人、车通行。

萨镇淮看到穆斑蝥一闪而过，便叫住了他。说这就是斑蝥。自出生后，便要被朝廷供养。一切要按规矩行事。一俟身老病死时，便承担斑蝥之责。

穆斑蝥看到生人，也不怯，立了足观看。

也看不到有啥过人之处。陈子茂问道。

这不是一句话两句话能说清的。萨镇淮让穆斑蝥自去玩耍，他一一向林则徐道诉原由。

林则徐说：奇哉！我来之途，遇人便问俚俗僻事。这些，史书上根本看不到。传闻凉州一有紧皮手，二有义马，今日又亲见斑蝥，总觉不可理喻又不得其解。说荒诞吧，其势可存；说愚昧吧，其怪自在。若说一种精神吧，倒也能说得过去。这些都具有献祭精神。魂魄有依凭之处，便会聚拢一种精神。罢了，我们先去柳树林看看。一个地方，对树木有如此保护周全之法，倒也鲜见。待到火药局，再详究竟。

四十二

一只狗抱着自己的命，蹲在道署的门口。

萨镇淮来到道署门口。那只狗望了他一眼，他也望了它一眼。

接了林则徐，一行人到了西城门。西城门与东、南、北城门相比，店铺稀，行人少。那些走出西城门的人，步履裹满风尘，骆驼们甩着铃铛，望着跟在后面的牛车，一劈腿，牛慌乱地偏了偏身子。

炮神庙巍峨着，空旷出一种落寞。与号称文笔三峰的大云寺、清云寺、罗什寺相比，少了香火气，多了几分冷寂。铜将军浑身铮亮，隐隐出一种怒威。林则徐摸摸炮身，没有一丝灰尘。这种炮型虎门炮台也有，他曾和邓廷桢站在炮身旁，远眺海面，望着悍然在海上的英国军舰，生发过打掉它们的万丈豪情。

可惜。可叹。可恨。林则徐拍拍炮身。

铜将军威武在大殿，林则徐望着墙上挂着的画像，问是葛洪还是孙思邈。

教匠说，打出去是葛洪，收回来便是孙思邈。

问是啥意思。

打出去要伤人，收回来会救人。

一行人都笑了起来。

到炮弹库房，有几颗供着的炮弹望着林则徐。林则徐伸出手，教匠挡住了他。

大人，供着的这几颗炮弹不可乱摸。

看着教匠一脸寒肃，林则徐收回了手。

几颗炮弹，努力了一下身子，仿佛等待有人把它们塞进炮膛。

拿起箱子中的炮弹，林则徐的手趔趄了一下。

萨镇淮说：凌教匠做出的炮弹，分量足，杀伤力大。

比起英军的炮弹如何?

从炮弹本身来说，没问题，问题出在火炮上。

林则徐又望了一眼那几颗供着的炮弹。

后院里的那间房子森严在一行人面前，林则徐停住了脚步，萨镇淮说这是斑蝥房。

林则徐问能否看看。

教匠说：不能。此房在一个斑蝥的一生中，只开两次。一次是把活的斑蝥送进去，二是把斑蝥灰刮出来。

看着糟朽的椽头和灰白的麦草，林则徐突然想到了一副对联：

好一座危楼 谁是主人谁是客

只三间老屋 时宜明月时宜风

萨镇准躬躬身，请林则徐到试弹场去看看。

乱石滩开阔出一种气象。遥远的祁连山上的雪把目光截断，一条路蜿蜒向前。脚下的骆驼蓬草正在盛期，红绿得姿姿势势。

回吧！林则徐眼前的乱石滩恍然成了海面，英军冲上了口岸，大清的兵士们乱石一样朝前飞窜。

郭道台、洪知县已在道署相候。

“牛筋床已做好，大人看看是否合意。”郭道台指着摆在屋檐下的一张床。

“非常舒坦。爹，这回你的身子骨就少受颠簸了。”拱枢躺在牛筋床上，摇晃着身子。

“费心了。”林则徐拱手致谢。

午休罢，来到会客厅，凉州的官员们和地方名流都在会客厅相候。几个面生的人，洪知县都一一做了介绍。书桌上已摆了纸笔，众人都请林则徐挥毫留赠墨宝。

写着写着，林则徐抬头一瞧，陈子茂孤独在角落，全没有众人的兴致。一股悲愤之气涌上心头，他揉了已写一半的宣纸，让人重新铺了一张。喂饱了墨的毛笔突地悬起，腕随笔走，笔随意行，一气呵成后，他扔了毛笔，掩面而泣。

一干文武看着聪彝扶了父亲出门，都呆立在桌旁。

洪知县读了起来：

送我凉州十里程 自驱薄笨短辕轻

高谈痛饮同西笑 切愤沉吟拟北征

小丑跳梁谁殄灭 中原揽辔望澄清

关山万里残宵梦 犹听江东战鼓声

这就是林则徐有名的《次韵答陈子茂德培》一诗。

“林大人此诗，好像把心都吐了出来。”总戎长长松亭抖着花白的胡须，猛灌了一口酒。

郭道台和洪知县对望了一下。郭道台叹口气，吩咐重摆宴席，待林则徐洗漱后为他离凉饯行。

这一顿晚宴，远没了盘盏酬唱。众人各怀心思，看着月亮自己把自己轻薄在空中，郭道台说散了吧，让林大人好好歇息。

一片云靠向了月亮，月亮庄重起来。

林则徐披衣下炕，出了门，见陈子茂望着月亮出神，他苦笑一声：失态了。

陈子茂说：大人哪里是失态。大人一腔热血，报国无门，远戍边地，一泻心中郁气，令人感怀不已。

“月下有人笑，月下有人哭。我大好河山，外夷强进，宵小乱朝，眼见得英人肆虐，却壮志难酬。”

“郭道台已被朝廷斥训，说不促大人西行，反纵容大人在凉州寻欢作乐。”

“难得柏荫和凉州众文武肺腑相待，明日一早，我便西行。子茂，你也该回定安了，免得遭人诬陷。”

陈子茂笑道：我就一小小主簿，且早有退隐之志，送走大人，我也该还乡了。大人早点歇息，明日还要赶路。

蘸着月光，林则徐写完了《荷戈纪程》之凉州篇。看着聪彝、拱枢在月光下恬静地酣睡，林则徐把拱枢的胳膊放进了被窝。

四十三

雨龇着牙，野猪一般冲向凉州城时，穆斑蜇缩立在廊檐下。望着牛车上的牛筋床，他伸手扯了扯牛筋。床的四角绑在车厢四角，像浮在车厢上，船似地晃动。他跳到牛筋床上，蹦了几下。车夫一呵斥，他跳下床跑了。

郭道台领着文武官员，在道署门口立着。谁也没有理会不管不顾下的雨。

知府衙门的人冒雨送来一个布袋，林则徐问是什么，来人说知府托人捎话，丁忧未完，不能亲送大人，聊表点心意。林则徐一甩袖，布袋掉在地下，在雨中碰出几声响来。

辞别了郭道台一干人，七辆大车没在了雨中。

“这雨，啥时停啊！”拱枢问陈子茂。

“早雨不停，一天稀淋。今天是不会停了。洪县令已在四十里铺安顿好了。我们到那里去歇息，等雨停了再走。”

出了西城门，一个身影一直跟着。陈子茂问萨镇淮是不是朝廷盯梢的人，萨镇淮说：不是，是穆斑蝥。

他跟着干什么？

孩子么。林则徐看着在泥泞中歪斜着行走的萨镇淮，让他上车。

萨镇淮说他想走走。

让他走一走吧，来凉州的这几年，也真难为他了。不知长松亭总戎长去边境会哨到了何处，大人让他捎给邓廷桢大人的信能不能提前送到。

陈子茂抹了抹脸上的雨水。

行伍之人，哪像我们。长松亭大人已六十又六，看他在马上的身姿，还有英武气概。

萨镇淮一脚踏进了一水坑，雨花四溅。

国难当头，文武携手，是国家之幸事。像林大人和邓大人这样肝胆相照的，现在已不多见了。

也是。吴淞口一仗，陈化成力战而亡。牛鉴大人战海塘，一炮弹飞起，他伏于地上，竟然受了伤，弁兵扶他上马，洋人的炮弹仍追着轰炸。那匹马也被炸死了。所谓兵败如山倒，确实如此。哪像林大人，严防死守，英军不敢捋其虎须，只能出其阴招，让朝廷罢免了他。

林大人被贬，牛大人被判秋决。皇上雷霆一怒，谁也回天乏术。

雨笑了起来，道旁的杨树叶子在笑声中银子般清亮着。

坐在轿子中的林则徐听着萨、陈二人的对话在雨中跌到地上，又弹起，他掀帘望了一下天。

云急急忙忙往山里赶，有几块云旁开了缝，透出一点亮光。大车轱辘在雨中吱吱呀呀，它们无心理会萨镇淮和陈子茂谈论的沉重话题，它们只管一圈一圈在泥地里往前滚动。

车队到四十里铺，雨停了。

四十里铺驿站不大，十分精巧在几排房铺中间。林则徐把心里的云一拨，脸上朗润起来。

大盘的羊肉上来，聪彝和拱枢望着巍峨的羊排骨，睁大了眼睛。陈子茂笑了：这两个孩子，不怕跟大人栉风沐雨，倒怕起羊肉来了。

我来时也怕。后来一吃，竟觉得天下之美味，莫过于凉州的羊肉。不管黄焖、清水煮，肥而不腻，香而不膻。吃完羊肉，在汤中下了黄米，和面条一煮，用葱花一炝，一碗下肚，什么宠辱得失，全会抛之脑后。

萨镇淮拂了一下袖子上的雨水。

看来，凉州这地方就是养人。这萨教匠来了才多久。

这地方，待久了才能觉出妙处。凉州畜牧为天下饶。凉州自古是水草丰美之地。前凉末主张天赐被掳南京，曾以“桑椹甜香，鸱鸮翅响，乳酪养性，人无妒心”回击嘲弄他的朝臣。我初来凉州，吃不惯，睡不香，听他们说话，硬如石头，直若木桩，习惯了，才觉得在这个地方生存久了，人应该就是这样。

酒一上来，他们打住了话头，看着聪彝和拱枢抱了大块羊肉，头缩在羊肉后面，只见肉动，不见头升，便笑了。

陈子茂端了酒杯，声音哽咽起来：大人，吃了这顿饭，喝了这场酒，就要作别了。西出阳关，务请大人善自珍重。

万事无如归去好，一官已是过来人。有劳子茂了。这十多天，你驾驭马车，从安定一直陪我到凉州，令则徐平生难忘。

大人说哪里话。大人国之栋梁，朝之砥柱，西行路途遥远，大人一定要保重自己，待到重返朝廷，我等有望，也是国之大幸啊！

皇上无杀心，是我之幸也。岂不闻牛鉴大人在备战之时，伊里布正与英人谈判。他还在奏请“拨铜铸炮”、“筹备军饷”，好在道光皇帝念其官声，留了他一条命。我之被贬前，风流文采、照耀江左的邓廷桢大人已先我一步被发配伊犁，我等亦算不幸之中的大幸了。个人荣辱事小，国家事体则大，邓大人亦有“承丹诏，向酒泉西望，定远归来”的慨叹。我们归来之日，便是重新报国之时。

猫脸打粉还是猫啊！陈子茂端起酒杯，一饮而尽。

子茂还是耿介如斯。林则徐亦回敬了一杯酒。

我一个小小主簿，人微言轻，只盼大人能重回朝廷，力挽狂澜。

林则徐叹道：想我天朝帝国至今，就像一棵大树，内有蠹虫蚀其根本，外有洋人肆意遭践，还有更多人在冷眼旁观，这样一种局面，战何能胜，国何能固。

萨镇淮觉得此话耳熟，他说他也想回南方了。以后会有人思考这些问题，若有先进的制造局，他愿以所学精研火器。

会有这么一天的。林则徐叹道：南方局势大乱，你还是暂留凉州，若我有重新起用之日，再来函相邀。

萨镇淮应了。

那个孩子没跟来吗?

那个穆斑蝥，出了西城门不久，便不见了踪影。

你要善待他。泱泱中华，有许多奇事。我看那孩子面呈黄色，身子倒还健壮。

历代做斑蝥的都如此。他每天都要服用硝石、硫磺、柳条灰，肤色如此，在情理之中。

有些事，妄评易，回溯历史，便见怪不怪了。

看来，老天也要为大人送行了。此时云开日出，适宜大人上路。陈子茂叮嘱聪彝一路要多多留心照顾父亲。他和萨镇淮望着林则徐上了轿，立在路旁，双目一酸，竟相互望了一眼。

吃人的牙长在心中。林大人这一路，不是路颠，而是心簸。

刚转身，就见聪彝飞身而来，递给陈子茂一个布袋，说父亲拜托，请他回安定前去拜访一下牛大人的家人。

四十四

教匠心中的草矮伏下去的时候，牛鉴的话题又在凉州传播起来。

“总想林则徐林大人离开凉州后，就能安静点了，谁知牛鉴牛大人的事，在老百姓中间波动这么大。”

“林大人是外乡人，过路客，这牛大人可是本乡本土的。他们平常见惯了官府中人在牛府来来往往和牛家人吃香喝辣，一俟牛大人倒台，心中的兴奋便猛长，若有人起头，他们会去砸了牛家花园。”

“这牛大人贫寒出身，官声甚佳，按理，他们不应该啊，地方上出一个人，容易吗？”

“他们哪想那么多。谁让他富，谁让他官。据说有人还往牛府门上扔牛粪呢。牛老太太病了，请王少八爷，他说忙，硬是没去。倒是席家药房的人去了。”

“官不在大小，在于时运。别人的今天或许就是我们的明天。罢了，我们只管造炮弹吧。穆斑蝥呢？”教匠磕了烟锅里的烟灰。

军匠说自林大人离开凉州后，萨镇准倒和他亲近了不少。

亲近了好。

可他减了穆斑蝥所服的药量。

那不行。自做了斑蝥，就得按规矩行事。

军匠出了火药局。天上飘起了雪花，他望望天，想这不应该呢。雨还没死，雪怎么就提前来了呢。

穆斑蝥在杨府门洞口待得无聊，看见雪花便奔入了雪中。雪花成了穿绸衣绿裤的姑娘，在尽情地摇晃辫子。街上的女人不多，终于，出南城门时，他看到了一位女人，挎着篮子，在急急地走。他冲上前去，拽住了女人的辫子。女人啊哟一声，转过了脸。这是一张半老的脸，在雪中把愤怒挤了出来，雪粒一样砸向穆斑蝥。穆斑蝥转身就逃。女人拾了篮子，骂了起来：哪个瞎怂，大雪天里揪老娘的辫子。

女人在飞雪中没了身影。穆斑蝥跑到牛家花园，牛府的门紧闭着，他蹲过的那间柴房里堆满了麦草。拉开门，麦草把他挤了出来，一只麻雀扫过他的耳膜，飞了出去。

雪停了，赤足在雪地里，穆斑蝥拍打着胸膛。他想，拽女人的辫子也是一件好玩的事。

他挤进了凉州城，来到了草房。草房墙上开了一道缝，他拾了半条破口袋片，卷了点麦草，塞住了墙缝。漏不进星星的草房，比大柳树洞舒畅了很多。没有了铁床的冰森，麦草们便很温暖地拥抱了穆斑蝥。

第一次湿了裤裆的穆斑蝥奇妙了一个晚上。

裤裆一湿，绷紧的身子莫名地舒畅着，眼前飘动的绸衣绿裤的姑娘仿佛一捆麦草般偎依在他身边，顺门吹进的风也亲切着，草房里有了一股说不清的味道。这味道有点甜，有点腥，还有点秋胡萝卜的气息。

乞丐们是不敢进草房睡觉的。乞丐头曾告诫过他们：宁可到大户人家姨太太炕上去寻欢，不可到斑蝥的草房里去睡觉，没图头还挨揍。有胆大的乞丐不听，被火药局的役工们抓到火药局。军匠把硫磺抹在乞丐身上，烧了烙铁，烙铁一着身，乞丐觉得骨头们争先冲出皮肤，想看看皮肤外的世界和那只拿烙铁的手。乞丐身上的黄水淌了一年，在凉州无法待下去，便走了。

老鼠们也很少光顾。

徐凉州被衙役们从草房里捉走的那次，乞丐们心中很是不平。他们很想看看徐凉州挨烙铁时的情形。徐凉州很快被放了，他们觉得人生少了些许趣味。有乞丐找到军匠，说徐凉州也在草房里睡了觉，为啥不用烙铁烫。军匠觉得有趣，问乞丐是否是牛大人家的。乞丐灰了脸：我若是牛大人家的，能成讨吃。

这不结了。你若想尝尝烙铁的滋味，今日我趁好闲着。

乞丐跑到乞丐头那里，问牛府的人为啥可以睡斑蝥的草房。

乞丐头正在抠脚。

宰相的家人七品官。你生下吃草的命，还想吃油饼。你个苕怂。啊呸!

他啐了乞丐一口。

杨府门洞里的风咬到人的皮肤上和街上的风不同。街上的风是分散的，杨府门洞里的风是聚拢的。天气一冷，石狮子们也寒了身子。

那个穿绸衣绿裤的姑娘一直没有出现。大街上的女人们大多盘着头。不盘头的包着头巾，花花绿绿着。一个小挑个子的身影吸引了穆斑蝥的目光，他跑上前去，拽了辫子一把。那人回头，穆斑蝥看到了一张男人不怒自威的脸，他返身跑了。

那一夜，穆斑蝥躁动在草房里，他像掐了头的苍蝇一般乱撞。有寻夜的衙役把情形告诉了火药局的役工，役工告诉军匠，军匠说：吃了硫磺的人，身子会发热，大惊小怪什么。

役工噢了一声，也有了想吃硫磺的念想。

天太冷了。

穆斑蝥拽女人辫子的事比牛鉴牛大人贬官要砍头的事，在凉州人心中更波涛汹涌。想砍牛大人头的是皇上，皇上的事他们管不着。秋决的犯人他们也见过，刽子手们拿五爷斩人的时候，他们觉得和砍葫芦差不了多少。拽辫子的事和他们很近，倘若谁家的女人被穆斑蝥拽了辫子，虽无伤风化，但毕竟不是什么光彩的事。

若是别的男人，揪住，揍一顿，也能出出气。穆斑蝥，谁敢动。

一夜之间，大凡姑娘、媳妇甩长辫子的，都将辫子盘了起来。

军匠说：这穆斑蝥，怎么拽起了女人的辫子，还尽找姑娘。

教匠吁口气：他也到了拽女人辫子的年龄了。

军匠说：咋办，满城人都在骂呢！

教匠猛吸了一口烟：骂吧，骂吧，谁骂得狠了，让他家的孩子来当一回斑蝥试试。按规矩，斑蝥不能作奸犯科，但没有规定不拽女人的辫子啊！

军匠说：总归不是个事呢。

教匠磕了烟锅头里已成灰烬的烟：春天成为男人，夏天成为男人，秋天成为男人，冬天也能成为男人。这穆斑蝥，怎么就不能成为男人。固元守精，河流也会成为男人。

军匠眼前的教匠成了一坛酸菜，他越来越看不懂了。坛边鼓起的疙瘩，好像也不是包浆，里面的味，狗尾巴一样翘了起来。

四十五

“到了男人的年龄了，该让穆斑蝥每天跑跑步了。”

“让他在哪儿跑。”

“一个这么大的凉州城，还不够他跑骚的。”

军匠到了草房，不见穆斑蝥。到杨府门洞前，见穆斑蝥靠在旁边的墙上，像挂上去的一幅图案。

跟着军匠，跑了一条街，穆斑蝥拔腿飞奔，军匠也加快了步子。东街的人看到穆斑蝥在飞，军匠在追，也跟在军匠后面跑起来。一人一跟，其他人都跟着跑起来。有的店铺把门一锁，伙计在前面跑，掌柜的跑不快，边跑边骂。

到了柳树林前，穆斑蝥站住了。军匠上前，挥手朝穆斑蝥拍去，到了头边，又抽回了手：你跑那么快干啥，跑魂呢！

穆斑蝥笑了。

聚拢到一起的人问军匠发生了什么事。柳树林里出现了啥新鲜玩意。

军匠抹了一把汗：有毬事，教匠让穆斑蝥跑步呢。

有人便骂起来，说人家在跑骚，我们傻不哈哈地跟着跑什么。

旁边的人笑道：人家又没请你跑。

我是看又发生了什么稀罕事。

这年月，牛鉴还没被砍头呢，再没点有乐子的事，心里憋屈呢。

散了吧，散了吧。

关了店铺的掌柜开门后，骂伙计听风便是雨，害得他现在还心跳。

伙计腹诽道：跳死你个娶了三房女人的老鬼。便依旧拿鸡毛掸子在柜台上掸来掸去。一片鸡毛漂在了酱油缸里，他理也没理。

做了斑蝥，吃喝不愁，一天自由自在，还能揪女人的辫子。伙计无端地在栏柜上拍了拍，他感到自己活亏了。

军匠让穆斑蝥一天早、晚各跑两个时辰。穆斑蝥问在哪里跑。

军匠说：教匠爷说了，只要在凉州，哪里跑都行。但不能忘记吃饭、吃药。

军匠叫来原来盯梢穆斑蝥的役工，让他仍跟着穆斑蝥，督促着他跑步和吃药，回草房睡觉。

役工跟了几天，发现穆斑蝥还是跑出南城门的次数多，便每天蹓跶到南城门，看到穆斑蝥风一般跑过，就回到草房前等候。

那天役工的女人给他生了个大胖小子，他的心里像春天的柳枝一样抽出了芽。他破例找了家酒馆，请穆斑蝥去喝几杯。穆斑蝥看着桌上的一盘猪头肉、一碟花生米，呷了口酒，说他还没跑步呢。便站起来。一个长辫子的姑娘来买卤猪肉，穆斑蝥跳起来，拽了拽姑娘的辫子，抓起一把猪头肉，跑出了酒馆。

姑娘甩甩辫子，肉也没买，便跑回了家。她的父亲找到了教匠。

女人的头发，是随便摸的吗。以后让她怎么嫁人。

教匠说：穆斑蝥能摸你家姑娘的辫子，说明你家姑娘好。穆斑蝥是吃朝廷饭的人，你家姑娘的辫子，别人能摸，穆斑蝥更能摸。

姑娘的父亲出了火药局，拐过一个街口，看到穆斑蝥跑过去，啐了一口。他在穆斑蝥跑过的地方，狠狠踩了几脚。他脚下的穆斑蝥成了尘土，他笑笑，笼着手走了。

教匠叫来军匠，说这穆斑蝥到了惹事的年龄，让他多留点心。别人好惩戒，这穆斑蝥不能伤其体肤，怎么才能让他长点记性。

军匠说：跟不住，也看不住。他已很少往柳树林跑了。他每天都要在杨府门洞里待一阵，然后跑出南城门。役工说他跟了几次，穆斑蝥到牛家花园后，望一阵牛府门，便跑回来了。

牛府里有什么令他牵挂的呢，他连穆用家都不去了。

这个年龄，除过女人，还有什么值得他那么上心。

役工有没有发现穆斑蝥与什么姑娘来往。

他拽人家姑娘辫子，人家又来告状了。

前一阵为拽辫子的事，一城人不高兴。我训诫过他。他说再也不揪女人辫子了，怎么还这样。

算了，这种事，说大就大，说小则小。看紧点。现在这局势，别让穆斑蝥再整出什么事来。我听说林大人已到伊犁，风传他和牛大人都要被重新起用。你没看到跑牛府的人又多起来了吗。萨教匠在忙什么。

他忙着在纸上画炮，画炮弹。

他就这样闲。

他才不闲呢。据说是林大人临走之前交待的，让他把所见到的西洋火炮都绘成图，有机会要造新式火炮呢。

这我们就管不着了，我们还是抓紧造我们的炮弹，上面已在催要。

斑蝥灰已用完了。

教匠说：先造别的炮弹。造斑蝥弹，我们只有等了。

等吧。情非得已，我们还不能采取断然之策。这穆斑蝥，体质好着呢。

你去查查杨府和牛府的姑娘，和这两家有了关联，扯出事来，总归是不好收场。

军匠到了杨府。杨府的人说杨府能生个姑娘是稀罕事。他们祖上以军功起家，姑娘宝贝着呢。问与牛府有关系的姑娘。杨府的人说：有这么一回事。我家少奶奶的一个远方亲戚领着她姑娘来过，据说和牛家沾点亲，还到牛府拜访过。就那么一次，我们都忘了，军匠爷从哪里得知的。

军匠从杨府出来，在门洞里没见到穆斑蝥。他想，这绸衣绿裤的姑娘怎么这么能勾牵穆斑蝥的魂魄呢。

去问教匠，教匠说：本性。你去看看记录斑蝥事的册子，这些斑蝥，哪个还不一个样。

四十六

又一年的雪提心吊胆下了一夜，凉州白成了鸽子。

徐凉州叩响了牛府的大门。

管家的傲气矮了多半，他问老爷怎么样了，凉州还在传言老爷要被押到京城砍头呢。

徐凉州说他要见老夫人。

老夫人靠着炕上叠摞的被子，眯了眼，盯着徐凉州。

徐凉州跪在地下，向老夫人磕了一个头。

老夫人说牛鉴这老实娃到底是栽了跟头。头没了，就不成人了。

徐凉州说老夫人放心，大人已被派往河南效力了。

老夫人坐直了身子：河南好。他就是个跑腿办差的，偏要派他去领兵打仗。

徐凉州把一包银子放在炕上，辞别了老夫人。管家送他到门口，张了张嘴，再没有问什么。

巴子营家门口小路上的雪已被扫除。小路一条河似地蜿蜒，两边的雪垒成了河岸。

进了屋，女人把惊喜藏在大襟衣下，忙忙让儿媳妇去做饭。

把宅院卖了吧。

你说牛大人已不会被砍头了，卖宅院干啥。

卖吧，卖了心安。城里的铺面我也让卖了。

我们又不急需钱。

牛大人急需。

女人说我们住哪儿。

我已在岔口驿买了几间房子和几亩草场。你们先搬过去，等我给牛大人送完钱，我就回来，我们去过我们的日子。

牛大人不是说让孙子们再大点去考取功名吗。

功名。要多大才算功名。牛大人战战兢兢了半辈子，说砍头，头就会被砍。派他到河南去治水患，就得去。现今，命总算先保住了。

女人说：家里的东西拉不拉。

我已雇好了车，到了晚上，悄悄地走。

我们又没犯罪。这么偷偷摸摸算什么。

每个人的脸都像天啊。阴了晴了雨了雪了。我们还是悄悄地走吧。

也是，已有人在我家门口扔脏东西了。

出了南城门，军匠邀徐凉州到一个叫月满楼的酒馆坐坐。

俩人喝得小心翼翼。

也别瞒着掖着了。我押了麻，冒了风，淋着雨，不分昼夜地赶。一进江苏地界，就听乱嚷嚷一片，说牛大人已被锁拿进京。我找到江南盐道黄恩彤，交卸了麻，便去赶牛大人。一路上人们都在骂牛大人，骂他跟着那些怕死的人跑到英国人的军舰上去签订了什么约，骂他卖了南京啊。

那也由不了他。

还不如让那一炮炸死了他，就不辱没祖宗了。人可以卖天卖地，就是不能卖国啊。我虽是个厨子，听得评书多了，知道忠臣必死才算忠，这牛大人浑啊。

他不是已被改判河南效力了吗。

原来在河南做官时，河南发大水，水都要漫过开封城头了，别的官员都跑了，牛大人立在城头上，水在他脚下跑着，那种气势，令我一辈子都难忘。水患一平，河南人就为他立了生祠。想来这牛大人就与河南有缘。当年穷在凉州无法上京考试，是河南人给他资助了银两。这次被判秋决，河南人纷纷上书，并组团到京城请愿，还说什么“牛公不出，河患难息”，并传言，平河南水患不可无牛公。道光皇帝还是最终留了他一条命。

这不很好嘛！你为何卖了宅子、铺子，又把家搬到别处。

我卖宅子、铺子，是为了筹钱报答牛大人给我的恩典，为情也；我去和牛大人诀别，为义也。他如果不背负卖国贼的骂名，他被斩头后，我会收了他的尸体运回凉州；他被流放，我会跟了他去伺候。可惜，他竟和那些人搞在了一起卖国，这就没得说了。

说完，把酒碗一推，下了楼，豪迈在了路上。

军匠一人喝完了那坛酒，摇晃着雪，进了南城门。

他叫起教匠和萨镇淮，在院里燃了柴，让役工去买了酒、肉。

萨镇淮说冷，到屋里去吧。

军匠挥手打散了几把雪：天冷，怕什么。我怕这徐凉州一到河南，牛大人的心会被凉成冰窟窿。

教匠说：好汉子。

萨镇淮扔了酒杯，要了碗，倒了一碗，和军匠对喝：我读史书，说“烈士武将，多出凉州”，我还好笑。从徐凉州身上，我看到了何为情，何为义。

雪下得越发紧了，像林冲在草料场所遇到的雪，一直没有停歇。三个雪人在院中，坐出了三种姿态。军匠一歪身子，跌倒在雪中。教匠的烟锅扔在一边。萨镇淮解开了衣襟，任风灌雪涌。

教匠扶他时，萨镇淮推开了他：多大的凉州，能装下这门炮呢。

他向前一窜，炮弹一样飞了出去。

役工抬着仨人，送回了各自的房间。院中的火已经熄了，还有嗞嗞啦啦的声音，那是雪落在还未熄灭的火星上发出的响声。

役工把仨人衣服上的雪抖了，衣服已经半湿，他们蹲在炉火边，烤着衣服。屋内的气温低了下去。教匠的鼾声传出，像打炮弹的声音。役工觉得这徐凉州，何苦呢。这三位大人，又何苦呢！他们喝完了剩下的酒，也摇晃在了雪中。

他们看见穆用扛着扫帚和木刮板，在知府衙门口扫雪，便把穆用摁在地上，狠狠地揍了一顿。

雪堆成了几堆，毫不在意穆用的呻吟。

穆用闻到了酒味。他想：我这招谁惹谁了。要是现在有几口酒喝，该多好！

四十七

穆斑蝥一口咬开了春天。

他脱下了裹身的羊皮袄，绕过柳树林，找到了那片桃树林。

桃花裹苞，在枝头粉嫩出底色，很软。穆斑蝥伸出舌头，舔舔，舌尖上有了丝绸的滑润。他仿佛听到一大群的花苞小姑娘般的吵闹声，便回转了身。

他要等到桃花开。

桃花一开，桃树的叶子便慢慢绽绿，那时，无数个穿绸衣绿裤的姑娘便会在桃树下穿行。

柳枝先于桃花软了起来。

他跑进了柳树林，拽断一根柳枝，在每棵柳树上抽了几下。

军匠和萨镇淮站在柳树林中，看着穆斑螯抽柳树。

他们来查看大柳树倒地的原因。

大柳树太老了，老得像失去了交配权的狮子，只能孤独在狮子们谁也看不见找不到的草丛里。它齐根倒地，没有从树洞那里断开。

军匠捻了捻根部的一块朽皮，说这大柳树根都腐了，能忍耐到现在，还容穆斑螯在树洞里歇息了这么多年，它是怎么做到的。

萨镇淮心里涌出了一个想法，这大柳树多像大清王朝，但他没有说出来。他踢了大柳树一脚，一块柳树皮剥落，官帽般趴在地上。

打累了柳树的穆斑螯看到军匠和萨镇淮，垂头站在他们面前。

萨镇淮摸了摸穆斑螯的皮肤。皮肤上布满细小的皴纹，像一个蹩脚的画师，没润开颜色，就自负地在纸上涂抹，不经细睹，是难以分辨出线条的。

军匠说：我们已停止了刷面漆，再刷，他的皮肤就会皴裂。

他也该天天穿衣服了，这样能保护一下皮肤。炮弹也得有弹壳呢。

军匠搓搓穆斑螯的头发：他的心已经开裂了。你看，他打柳树的那个狠劲。

那就让他回归正常好了。

不可。谁有谁的使命。炮弹也得有人气。如果没有人的魂魄附体，再好的炮弹也是废料一块。

萨镇淮知道，再怎么争论，他们也无法回归到一点，便岔了话头，说林大人已得到朝廷谕旨，以三品顶戴代理陕甘总督，估计这次路过凉州，能多住一些时日。

1845年的凉州，在军匠和萨镇淮的谈话中，像麻雀一样，从这棵树梢荡到了那棵树梢。他们青豆角一样把1845年放进嘴里嚼来嚼去，实在没有味道了，便噗地吐在了柳树林里。

桃花终于开了。

穆斑蝥坐在桃树下，看着花瓣在风中曼舞。他捡拾着落在地下的花瓣，一片一片放进嘴里，心底的燥热也一片一片升起。在衣服口袋里塞满花瓣，他来到河边，刨了土，搓绵，把花瓣和在泥中，团成圆球，在河滩上晾晒。等这些泥球干透后，他脱了衣服，将泥球放在衣服中，挽了衣袖，包袱样抱着，来到牛府门口。

牛府的家人打开府门，看着这些泥球炮弹一样摆在门槛上。

他们找到军匠，说牛大人已到河南，谁还在想着炸了牛府，天天送这种东西。

军匠剖开泥球，里面的花瓣笑了，军匠也笑了。

牛府的人问军匠笑什么。

军匠说：好兆头，牛大人也快回凉州了。这是桃花泥弹。不伤人，伤心。

牛府的人不懂。军匠让他们别再打碎泥球，等桃花落完了，泥球也就不会出现了。那时，牛府又该到热闹的时候了。

四十八

穆用送完水，把木桶放到墙根下，抹了一把汗，就见三儿子急慌慌地跑来，说妈在叫你。

女人病蔫蔫了几个月，躺在炕上，一睁眼就骂穆斑蝥。从贼怂、王八蛋、要命鬼、讨吃的，每天都换个骂法。穆用实在听不下去，便躲到院中。女人仍不消停，骂他见天挑着水桶，走东家，到西家，替东家的女人倒尿，给西家的女人送柴。穆用心头的火抽动风箱般冒上来，他跳进门，拿了灶台上的抹布，塞住了女人的嘴。三儿子扑上来，扯掉妈嘴里的抹布，拽住穆用的衣领，把他拎到了门外，一松手，穆用水桶一样跌落在地上。

躲不开，又无法逃，穆用便在被子中抽了点棉花，团成团，塞进了耳朵。女人骂的时候，他就坐在炕沿上，女人骂着骂着没趣味了，便让穆用滚。穆用还是坐着。女人伸出手，推了穆用一把，一个棉花团掉了下来。女人怒了，说秋风过了驴耳朵，你居然塞住了耳门。穆用拾起棉花团，塞进了嘴里。棉花团卡在了嗓子里，他呕呕地叫唤。女人爬下炕，在穆用的脊背上拍了两掌，棉花团冲出了嗓子。穆用的嗓子一顺畅，脸也红润起来。女人坐在地上又骂起来。穆用把女人抱上炕，在她的脊背垫了被子，倒了一碗水给女人。女人喝了一口，继续骂。

穆用说娃他妈，我实在憋不住屎了，等我拉泡屎，你再接着骂。

女人噗地笑了，伸手抓起碗砸了过去。碗碎了，女人闭了嘴。

穆用说我该去送水了。

便挑了木桶出门。

穆用的耳根一清净，凉州城里的一切都亲和了起来，他叫住了正在跑步的穆斑蝥，从怀里掏出了一只芝麻饼，递给他。

穆斑蝥接了饼，咬了一口，继续跑。几粒芝麻掉在地上，穆用蹲下身去，用指头蘸了唾液，粘了芝麻，用舌头一舔，芝麻滑进了喉咙。雷大隐过来，在穆用屁股上踹了一脚，说拾元宝呢。穆用站起身，挑起桶子走了。

送完水，穆用回到家，女人说三儿媳妇熬了米汤，在锅里，让他自己舀了去喝。

穆用揭开锅盖，端出了碗。他看到碗里浸了的米汤皮，用手指一提，躺在碗里的米汤皮，粉皮一样成为一串。他喝了一口米汤，米汤稠稠地顺嘴而下。他的泪就下来。他知道他们吃的是小米稠饭，在往锅里搅面时，给他舀出了一碗米汤。

他们把稠的吃了啊。他问女人吃的是稠饭还是喝的米汤。

女人说你眼瞎啊，不就是米汤吗。

喝完米汤，穆用上了炕，拉过被子，蒙住了头。

女人居然没有了骂声。他从被子里放出头，看着女人。女人瞪着眼盯着他，他忙把头缩进了被子。

一觉醒来，穆用觉得身边少了出气声。他推推女人，女人的眼仍睁着。他一摸女人的鼻息，哭了起来：你怎么就走了啊。

三儿子进来，说也该走了，整日躺在炕上，骂天骂地，最终把自己也骂死了。

她是你们的妈啊！穆用挥起了手，看着三儿子瞪圆了的眼，他缩回了手。

打口棺材吧，她把你们几个都抓养大了。

先后赶来的儿子们同声说：钱呢！

穆用找到了军匠，说看在他女人生了两个斑蝥的份上，能不能给买一口棺材。

军匠说：顶住门头的几个儿子呢。

穆用不再言语，只是蹲在地上呜呜地哭。

军匠对教匠说：怪可怜的。

教匠说：你说谁不可怜。这女人，不像女人呢。好歹穆斑蝥也是她胎胞里抖出的，怎么就这么心狠呢。

说不清楚。世上最说不清楚的就是女人。

火药局也没这项开支。这钱，我和你出了吧。

还有我。萨镇淮也把手伸进了口袋。

穆用拿着钱，问了棺材铺柏木棺材的价格，交了钱，把剩下的钱藏进了衣服里面的口袋。

儿子们问他安葬妈的钱呢。

穆用说：钱都由你妈管着呢。

三儿子放下了手里的碗，说死的可是你的女人。

她是你们的妈。

三儿子说是我们的妈没错，但她是你的女人。

穆用掏出定棺材剩下的钱：这可是教匠他们凑的。

儿子们谁也没有吭声。

棺材抬到家里时，穆用说怎么成了白杨板板棺材。

抬棺材的伙计说，你养了几个好爹爹，他们说人死了就死了，有个匣匣就行了。他们要了差价，换了棺材的材料。

我日他的先人啊。穆用蹲在女人尸体旁，放声大哭。

分发孝帽、孝衣时，三儿子说：还有那个讨吃的呢，他为啥不戴孝。

穆用说：你们要点脸吧。你们吃了多少年的斑蝥粮啊。就连这个院子，不是他，雷大隐能饶了你们。

三儿子去找军匠。

军匠抽出了门后的顶门杠，叫来役工：打断这个白眼狼的腿。

三儿子跑出门去，说他也是儿子呢。

棺材钱我们掏了，抬埋费我们出了。你们几个狼心狗肺的王八蛋。

三儿子扳住门框：他也是从妈肚子里跑出来的，他总得出点钱吧！

军匠从抽屉里摸出一块银圆，顺门扔了出去。

三儿子拾了，笑着跑了。

打还是不打，役工问道。

人都跑了，打什么打。

和教匠谈起此事，教匠说：待穆用的女人出殡时，让穆斑螯去跪一跪吧。朝廷法度不可废，礼仪也不可缺啊！

穆斑螯跪在门口，看着远去的棺材，他把一个“妈”字在嘴里嚼碎，咽了下去。

待客时，穆用盛了一碗烩菜，端着出了门。三儿子追出来说：给他吃还不如喂狗。便抢了碗。

穆用蹲在门槛上，望着一只狗窜进门里，叼了一根骨头，他刚抬起身，那只狗从他身前飞了过去。

雷大隐拖着板子，拉起了穆斑螯，说走吧。

穆斑螯走了几步，回过身，可着嗓子叫了一声“妈”。

那声“妈”，顺街道而去，拐了几个弯，落在东城门口。

穆斑螯冲出了东城门。

四十九

青草是跑到春天才变绿的。

林则徐出了车轿，肃州、甘州、凉州一干文武官员都齐声呼道：林大人好。

风尘与风尘不同。两年前，林则徐途经各地，脸上一片肃杀，而今，虽有疲惫，春风却荡漾在脸颊。

郭远堂躬身上前：林大人一路辛苦了。

林则徐叹道：一晃两年，物是人非。海疆倒也暂时平静，但内地边民之患又起，杀官吏，抢马匹。朝廷这次起用我平复边乱，还得多多仰仗诸位。

郭远堂道：我等荣幸，此生能为大人效力。打洋人，朝廷掣肘太多。平复边民之患，我等同心勠力，这种疮疥之患，大人威名到处，必所向披靡。

在肃州用完膳，车队一路东行。沿途的景色，枯黄中透出一丝两丝的绿来。天空辽阔得让游弋的几朵白云如海中的渔船般渺小。烽燧、坍塌的长城在荒原中起起伏伏，大丛大丛的芨芨草白硬着，在风中威怒。

一路的客气，围罩在林则徐身边。在短暂的调整后，林则徐周身舒爽着，聪彝和拱枢黝黑的脸上也江南起来。

千里河西走廊，林则徐捏不碎风霜，便把汉唐攥在手中，一路默念着《凉州词》，慷慨雄浑地到了凉州四十里铺。

一下车轿，四十里铺亲热成一只肉丸子，在肥美的汤中四溢着欢畅。

聪彝和拱枢眼前又晃动着如山的羊肉。

伊犁的羊肉肥美，总有一股膻气。只有在水果飘香的季节，他们的肠胃才会快乐。一进河西走廊，肠胃即便在面条面前，都兴高采烈着。

“若子茂在，我们定可把盏畅饮。”

“大人所说极是。子茂义高云天，得知大人又能一展鸿图，他也会高兴异常。大人鞍马劳顿，好好在四十里铺歇一晚。凉州的官、民，还等着欢迎大人再回凉州呢。”郭远堂站了起来。

林则徐酒杯里的酒，春风十里般飘香。

林则徐弃轿上马。人流涌在两边。凉州城的大街小巷，都走出了欢乐。临街的烟馆，在窗子上都蒙了厚厚的窗帘。旧沉的烟气，小心地附在屋中的屋梁上，一动不动。烟馆的掌柜得到的指令是：一月之内，要烟不要头，要头不要烟。

有几个烟鬼，被捆绑，移送到八十里大沙漠旁的客栈里。

凉州又一下子飘动起汉唐的气息。

郭远堂腾出了自家的住所，衙役们觉得这林大人更像林大人了。

盛大的欢迎仪式在道署隆重举行。

陌生的几张面孔晕晃着，郭远堂一一向林则徐做了介绍。

林则徐说中华大地，物华天宝，他在伊犁短短年余，领略的不仅仅是异域风光，更是那种直触人心的壮美。海疆陆地，均是我大好河山。则徐以待罪之身，承蒙皇上厚爱，又能与诸位为国效力了。

大人一到，边民之患定闻风而平。一大片呼声四起。

林则徐招手叫过萨镇淮：改良火炮之事，你要加紧。这次边民之患，我们便试试新火炮的威力。

萨镇淮将手中酒杯里的酒一饮而尽。

军匠扶着教匠回到了火药局。

“宦海沉浮，人跌倒了还有爬起的时候。炮弹打出去了，就再也收不回来了。”

“看来，这次林大人要在火炮制造上大动干戈了。”

“动吧，动吧！只要不动斑蝥，怎么动都行。火药局一向属督抚衙门直管，趁林大人雄心万丈之时，我们也该显显身手了。”

“这次针对的是边民之乱，火炮恐怕派不上用场。”

教匠瞅了军匠一眼：自古慑人在魂不在器。洋人是那么好打的吗？你没听萨镇准说，人家只需手在机器上吧嗒吧嗒几下，就能在千里万里得到指令。我们向朝廷上奏事情，快马加鞭，得多少时日。等朝廷下诏，优势早失。人家都跑到你家门口了，你才防备，不挨打才怪。

你说的那是电报。这下，萨教匠又该得意了。

有铜有人就有炮，我该睡觉了。

凉州在道署的灯火中醉了一夜。

军匠听到急促的敲门声，打开一看，教匠扳着门框，问他林大人能在凉州待多久。

不好说。听说他很快要去西宁。

知道了，知道了。待几天就想试制新炮，谁都醉了。

教匠摇着一身酒气回了房间。

许多年后，军匠回到故里。有一夜听到敲门声，他爬出被子，下炕时栽到了地下。披了衣服出门，月白风清，一个人影也没有。回到炕上，他无端想起了林则徐回到凉州后的那个夜晚教匠敲门时所说的话。他拨亮油灯，倒了一杯酒，又倒了一杯酒，他碰了碰放在桌上的一杯酒，酒杯倒了，教匠的身影出现在桌前。

那一夜，军匠耳旁的炮声响了一夜。

五十

蝗虫来袭的消息在凉州城区和四乡六渠像乌鸦聚于树上一样聒噪着。四面八方的信息都往衙门飞，缠在一起，把道署挤得满满当当。郭远堂疾步向林则徐汇报时，被一拨一拨的消息一绊，栽倒在地。

跟在后面的洪知县扶起了郭远堂。郭远堂觉得回自家的路长得像捻好的羊毛线。自家的住宅请林则徐暂住，心里老是觉得塞满了说不清道不明的东西。他不知道洋人在广东、江浙横行时，生活在那里的人有没有感到屁股上像扎了刺，站着难受，坐着也不舒服。

他仿佛看到蝗虫遮天蔽日地扑向林则徐，林则徐臃肿起来，自家的宅院臃肿起来，道署臃肿起来，整个凉州城也臃肿起来。

凉州相邻的知县都来到了道署。

林则徐落座后，扫视了一下。众官员都低下了头，没有人奉迎他的眼睛。没有穿官服的林则徐把一群穿官服的官员们压迫得缩了身子。

“蝗祸猛于虎。”林则徐咳嗽了一声。

到凉州后，他老是咳嗽。

“是。”下面一片应和。

“边民暴乱未平，近期蝗祸又来。边民暴乱要灭，蝗祸之灾要防，一定要联防联控。”

“是。”下面又是几声应和。

“各县各守其地，又要相互联系，不留死角，严防死守。”

“是。”下面仍是同声应和。

“诸位要加强督查，作为父母官，灭蝗就是爱民。”

“大人所见极是。”郭远堂扫视了一下众知县。

众知县告辞后，林则徐和郭远堂出了道署。

“大人的三防之法，亘古未有。”

“哪里！这是古人之法。这三种方法，看似平常，但再也没有更好的了。”

“只是蝗虫没来，是不是防得早了点。”

“防患于未然。我读史书，每每看到灾情，都心有余悸。旱灾、水灾、冰雹、沙尘暴、地动，哪一样都会把百姓陷于水深火热之中。这蝗虫之灾，更是令人心惊。蝗虫过处，树叶、庄稼一扫而光，赤地千里，颗粒无存。饶是丰腴之地，也会赤贫一片。”

“据传蝗虫要从西边或北边而来。”

“不管哪边，东西南北都要防控。有些事，我们无法预测。我大清王朝，这些年事也太多，外患难平，内忧不断，灾祸连连。朝中重臣，却依旧歌舞升平。”

郭远堂看到雷大隐拖着木板，急急地往东城门而去。

许多人扛着木棍，抱着布料，有的还披着被子，跟在雷大隐后面，步履匆匆。

“他们往哪儿去。”林则徐问道。

“看样子往柳树林去。”

“柳树林属于何人管辖。”

“火药局和柳会。”

“在凉州，能让那片偌大的林子长久保持如此规模，实属不易。”

“这有一套规则。柳会看似民间组织，发挥得作用不小。”

“听说这柳会规矩森严，违规者会被拔锅拆炕。”

“事关朝廷法度之事难缠，民间自发之事好弄。柳会之做法，沿袭百年，已成定律。”

“我们去看看。”

“是。”

柳树们把胳膊一伸，春天便翘起了尾巴。

倒了的大柳树斜躺着，教匠指挥一群人在旁边搭台。看到林则徐，他躬身问好。

郭远堂问他搭台干什么。

教匠说：搭了斑蝥台，蝗虫不敢来。

林则徐笑了。

城区百姓、邻近的乡民都被划分了地段，在柳树林百米之外，忙着栽杆、拉帘。商家、富户挂着布幔。穷家小户，有的抱来了破被子。穆用把裤子两头拴了，扯吊在杆上。他的腰间围着一块破布，一走动，裆中的东西便左右甩打，引得人们哈哈大笑。说穆用这方法好，精赤尻子撵狼，狼都怕，几个蝗虫算什么。

教匠一脚踩倒了木杆，骂起来。

穆用举起了手中的东西。他把两只旧鞋底钉在木板上，“我就剩下这条裤子和这一双鞋底了。裤子挡不住，就用鞋底拍、打。”

转了一圈，看着各种布幔、被子围起的围栏，林则徐问为啥不挖壕沟。

郭远堂叫来教匠。

教匠说：柳树林一面临河，两面靠湖，一面朝着凉州城东门。河、湖是柳树们的生命线，擅自开挖，会破坏水系。这片林子，能保持百年不败，一有柳会约束，二赖湖、河之水。若蝗灾真起，我们会再加一道防线。

穆斑蝥手里提着两个木板过来，林则徐看到木板头上拴着的牛皮，接过来，掂掂，说这东西管用，劲大，杀伤力也强。

“把铜将军拉出来，在西门外摆了，关键时刻放几炮，吓不了蝗虫，也能震慑它们，还能激发老百姓的活力。”

“大人莫不是要试试斑蝥弹。”

林则徐望了郭远堂一眼，看着自在飞舞的柳枝，他拽了拽衣袖。

一群人围了穆斑蝥跳跃，林则徐问他们在干什么。

军匠说在扮火神。蝗灾一起，穆斑蝥会坐在法台上，双手挥着牛皮板，再厉害的蝗虫也会怕的。

“怕的恐怕不是蝗虫吧。”林则徐挥手拍飞了衣袖上的一只苍蝇。

定好试发炮弹的日子，萨镇淮忙碌着。他改造了几门火炮，又改换了炮弹的型制。教匠看着玉米样式的炮弹，说自古炮弹皆为圆的，这东西行吗?

萨镇淮说德国研制的炮弹就是这样的。它省力，速度快，杀伤力也不弱。

西方人头扁毛发长，造出来的东西也扁长。

萨镇淮笑了：这哪跟哪啊。林大人要试斑蝥弹呢。

铜将军已摆列出来了，试就试吧，只一颗。

能打响吗？那些炮弹搁得时间太长久了。

我凌家自宋朝起，就没出过哑弹，爱试不试。

这教匠，火气一直都这么旺。

造炮弹久了，谁的火气不旺。火气不旺的人造出的炮弹，火力能强吗？军匠看着教匠气咻咻地走了，对萨镇准说。

试炮的那天，教匠换了新衣服。

一直没见过教匠穿过新衣服的军匠，看着衣服艳鲜的红色，觉得怪诞。

教匠拜了炮神，躬着身，请出来一颗斑蝥弹。

军匠接过斑蝥弹，孩子般抱着。

“你以为林大人真的是在防蝗灾。”

“这么大阵仗，不防蝗灾防什么。”

“林大人的三防之法，是为平定边民之乱做准备。他的壕沟法，是为困其暴民；布幔法，是为掩人耳目；牛皮、鞋底打法，是除恶务尽。这次试炮，是为了震慑。”

“他相信了斑蝥弹。”

“林大人饱读史书，又在广州与英夷对峙，他深谙个中之道。再好的火器，没有了精神，都发挥不了作用。这次以戴罪之身去平乱，他会将这几年积聚的火气全发泄出去。今日试弹，你要多加小心，这一颗炮弹，附载着我们的荣誉、自尊、威信，还有朝廷的体面。”

他朝斑蝥弹做了三个揖，打开了门。

门外的役工们肃然而立。

军匠问教匠为何不去西门外观看试炮。

教匠说他要到柳树林去看斑蝥要法。待军匠走远了，教匠长叹一声：这时节，草木未起，庄稼未出，除非蝗虫犯病了，才跑来凉州肆虐。

街上空无一人，教匠像一匹老马，被人遗弃在没有草的荒原上。他想这朝廷病了，人也病了，看似没病的林大人，其实也病着。

他深一脚浅一脚地来到柳树林。

柳树林里只有三个人。

穆斑蝥。雷大隐。穆用。

收了的布幔、被子趴在地下，风在它们身上乱窜。

穆用的裤子，在挂杆上晃晃荡荡。他穿了雷大隐送的一条裤子。裤子肥大，伸出裤腰的头，瘦弱成秋秧上的一只葫芦。

五十一

教匠和穆斑蝥呢？林则徐扫视了一下众官员。

郭远堂望了一眼洪知县，洪知县望了一眼军匠。

“回大人，他们在柳树林。”

“试炮怎么能少了他们。”

洪知县让军匠去叫。

军匠说得等段时间。

林则徐说：等。

站在林则徐面前时，教匠眼中布满了风雨，乱石滩上的狗不见踪影，他拽着穆斑螯，怕他乱跑。

我听闻任何官员到凉州上任时，有试胆一说。

郭远堂笑了：回禀大人，这只是给新任官员接风时做的一种游戏。

游戏。中间放一隐形的炮仗，在人毫无防备之下，点爆，任何人都会惊惧。我听闻你们还用此法试过穆斑螯。

试过。教匠眼中的风雨退去，一丝得色涌到了脸上。

林则徐说：好。

试炮的观察点设在一大土墩上。高出平地的土堆，凉州人叫大土疙瘩。据说此地曾葬过前凉时期的国主，乡人们又将它叫作张家大坟。

设点时，郭远堂曾把这些告诉过林则徐。林则徐说好啊，我们就站在历史的遗迹上面观赏以后成为历史的壮举。前凉，那可是一段令人荡气回肠的时期。西望洛京，凉州大马，横行天下，该是多么的令人神往。先试炮吧，把穆斑螯拉上去。

教匠的脸被蜜蜂蛰了似地抽搐，他扑了过去。

几个兵丁按住了他。

穆斑蝥站立着，他的眼前晃出了那位绸衣绿裤的姑娘。几丝风，姑娘的手一样拂过，他笑了。

传令的兵丁飞跳到林则徐跟前，说穆斑蝥笑了。

雷大隐拖着木板、穆用扛着一把扫帚，跑到了穆斑蝥身边。雷大隐在左，穆用在右，护守着穆斑蝥。

教匠挣脱兵丁，扑向了穆斑蝥。

军匠也跟了过去。

“大人——”，郭远堂侧身望着林则徐。

既然他们如此胆豪，我们就炮试群胆。

军匠站在了穆斑蝥前面，教匠把他拽向后面。

距离怎么样？林则徐问萨镇淮。

我把炮前移，按弧射法，炮弹会从他们头上跃过，落地爆炸后不致伤了他们。

这铜将军能有那么远的射程吗？

这门炮，是由戴梓设计的，性能及射程应该能与英、德的大炮一较高下。

切不可伤了他们。

不行就换几个囚徒。

林则徐摆摆手：不可，民心难禁，非囚徒可以替代，群聚者难撼。射。

萨镇淮开了炮。

炮弹越过五个人的头顶，在他们身后爆炸。穆斑蝥立着，雷大隐和穆用蹲了身子，教匠和军匠一屁股坐在地上，大口喘气。

萨镇淮测了穆斑蝥与炮弹爆炸点的距离，又测了炸出的弹坑，腿哆嗦了一下。

斑蝥弹，飞弹，仁义弹。围观的人中，兴奋也像炮弹一样炸裂，向四面飞溅。

我们终于在活着见了一次斑蝥弹的爆炸，它长眼睛呢，硬是从斑蝥爷头顶飞了过去。

他们抬了穆斑蝥，抬了穆用，奔向了凉州城。

穆用一路眼泪不断。这辈子，他还没有被人抬过。

“大人，也该歇息了。”回到道署，郭远堂脱了官袍。

“不必，我们去南山马场。”

跑到夏天前面的草甩着脖子，任马蹄在上面飞扬。

一匹马立在草场。

“这就是传说中的汗血宝马。”

林则徐在马身上捋了一把，对着太阳晃了晃，没有血珠。

“大人，此马静立则无血珠，驰奔则血珠满身。”

一大群马腾奔而过，蹄声似雷，飞溅的声音震颤着人的耳膜。

林则徐问牧监马匹的储备情况。

去年和今年的马匹，陕甘总督府还未调用。我们已接到布彦泰将军函令，凉州南山马场的马今年要全部征调西宁。

林则徐笑了。

回到道署，聪彝对拱枢说：从广东到新疆，还从没看到爹这么高兴过。

拱枢说：爹一高兴，大事就会发生了。

聪彝拍了拍拱枢的肩，眼里钻上来一丝忧虑。

一觉醒来，教匠看着窗外一朵一朵的星星。星星们不睡觉，开放在凉州的夜空。它们稠得像盛开的金盏花，密密得挤满了人的心田。喝了一杯水，见军匠立在炕边，便问穆斑蝥去了哪里。军匠说不知道，可能在草房，也可能在柳树林。

布幔撤了吗？

全撤了，洪知县传令，斑蝥弹神威，蝗虫已不敢飞临凉州。

林大人在干什么。

去了南山草场。

有炮。有马。戡平边民之乱，林大人还未动，已得先机啊。

军匠问为什么。

教匠说：神威。便倒了两碗酒和军匠碰了。

萨镇淮披衣进来，教匠扔了碗，说：滚。

一天空的星星全都愤怒了起来。

五十二

出西城门五里许，有两个岔道。一条道朝甘州、肃州方向而去。这条道，林则徐已走过一遭。另一道条通向莲花山。远山盖不住田野的辽阔。绿平坦着一直往前走，走得没有起伏。莲花山移到眼前时，林则徐眼里的绿硬了起来，浓了起来。

候在山下的是一道士、一和尚、一书生。

莲花山形似莲瓣而得名。

道士、和尚、书生异口同声。

林则徐笑了。

“还是让书生说吧。”郭远堂瞅瞅书生。

书生打开了折扇。

“莲花山汉唐时开始建庙，宋、元、明时均有兴建。民间传闻，凉州城有多少观寺庵殿，莲花山就有多少。莲花山现存寺院、道观七十余处，亭榭、楼阁、塔、僧房、堂舍近千间。为享誉西北的佛、道胜地。”

“佛殿主要有莲花寺、达摩庵、极乐宫、西竺寺、弥勒殿、准提殿、无量殿、大悲阁、上朝阳洞、下朝阳洞、观音殿、转轮寺、百塔寺、大观音殿、白衣洞、接迎寺等；道观有玉皇阁、五龙宫、药王殿、财神殿、黑虎殿、七星殿、娘娘殿、土地庙、雷祖殿、三教殿、灵官殿、牛王妈祖宫、三皇殿、五岳殿、老君洞、文昌宫、新百子阁、旧百子阁。沿小路盘旋而上，经头天门、二天门、上天门、天桥，可通南北各寺达金顶宝塔。南、北两山，各设一学馆，凡近山村落，有贫者子弟，可来就读，校舍用度均由本地乡绅供给。”

书生一摆折扇，仰山而吟：“呜呼！莲花诸山：仰之，则九峰遥接，碧莲千尺；俯之，则万畴直逼，绿绸兜底。接引庙前，兽纹石卧，青质白纹。黑石窝旁，岩画天成，苍苔四涌。五龙宫侧，半石斧削，横马竖卒，形肖棋盘。石繁而形密，画精而兽众。之为一奇。文昌宫之铁钟，索巴让姆之铁像，金顶之铁冠，称为三铁。铁钟穿山，书声朗而学子立；铁像静穆，佛音稀而行者冥。铁冠摇铃，莲瓣开而杨柳飞。为二奇也。高适兴至，则物皆荃蹄；少穆挥毫，墨香而众盼。佛者合什，道者寄符，儒者振衣。僧侣相宜，绅民相和。官拾级而静心，民负石而持修。羊蹄踩云，身隐而砖远；石匠挥锤，山小而庙横。罗汉仰天，张道陵挥剑；塔角檐翘，药王泉溢清。独松对日，孤柏邀月。沙枣摇香，诸杨泛涛。山近而庙渺，人阔而寺窄。一俟五月十三，朝山者摩肩，拜佛者接踵。三步一锅，五步一摊。天雷骤响，谓关老爷磨刀。万烛缭绕，百峰隐形。实为名山之古刹，山川之幽境，西北之雄奇之处也。”

郭远堂躬身道歉：“乡野读书人粗鄙，口中妄称大人名讳，望大人见谅。”

林则徐道：近此山而心旷神怡。则徐有幸，览此山，一吐胸中块垒，何罪之有。

他将手中的一把扇子赠送了书生。

书生挺胸接了。

山路崎岖，盘道羊肠，轿子无法上山，林则徐和众人遇殿合什，至观执礼。至后山，大寺兀然立于壁上。殿塑三佛。中佛前，有一人半跪，一手持利斧，一手伸入佛像肚中，满脸惊骇。

林则徐问这是何故？

僧人答道：大寺三佛塑成后，盛传中佛肚中装金心银肺，有盗贼偷偷入殿，用斧劈开佛肚，伸手去掏金心银肺，手被夹住。因大寺地处悬崖，很少有人问津。待人发现时，此人已剩骨骸，但情形犹在。为惩戒贪欲之辈，便塑了此像，名曰“盗脏”。流传久了，盗脏便成为凉州的一句骂人之语。若遇贪者，人们便会以盗脏之例戒之。往往被称为盗脏者，心存羞愧，便会远离贪欲。

林则徐长叹一声：吾泱泱一国，正立于悬崖。今盗国家之金心银肺者，岂止国人，又增外寇。罢了，回衙歇息吧。

林则徐问萨镇淮改良火炮的进程。

萨镇淮说：已改好了三门，其他火炮，短期内无法改造。

林则徐到了火药局，看了三门火炮。

在往箱中装炮弹时，林则徐说能否装几枚斑蝥弹。

教匠垂手不语。林则徐心中不喜，来到后院那座紧闭门的屋前，萨镇淮说他们传言的斑蝥灰，就来自于此屋。

林则徐问：现今的我，能否打开门看看。

教匠说：我不管曾经现今，上次我就说过，此门只有在斑蝥临死前和刮斑蝥灰时，才可由专人开启。平素，就是天王老子，也不得擅自开启。

林则徐说：我要硬开呢。

教匠从怀里掏出一炮弹，圆形，有火捻，“我守此屋，已历五十余春秋，只接过两次斑蝥灰。大人硬要开启，我只有与此屋一同消失了。”

郭远堂说：火药局一向由督抚直管，今大人已代理陕甘总督，能否开启一次，让大人一探究竟。

教匠说：岂不闻汉有强项令，宋有包文正。我等人微言轻，不足于与大人对抗。但事关朝廷法度、斑蝥存废，我等守屋有责，望大人见谅。

他吹了吹手中的艾捻，几滴火星溅落于地。

林则徐看到了教匠眼中的那股凛然之气，转身离去。

萨镇淮一近前，教匠将手中的炮弹挥了挥，他后退几步。军匠接过炮弹，问教匠：若林大人一定要看，你真要炸。

教匠立直了身子：他要真看，我就真炸。个人生命事小，斑蝥存废事大。我等此生，也就这点念想了。

五十三

一想到家乡，林则徐眼里的梅花便开满心田。

凉州的花开得有些张扬。一夜之间，则桃红梨白，人还没有从赏花中回味过来时，便落英一地。这种个性，往往让思乡者把惆怅系到脚上，每走一步都滞涩沉重。

“两百只骆驼如何走出沙漠。”出了南城门，林则徐望着逶迤的车队问道。

聪彝脸上的春风一直荡漾着，在夏初还没有掉落。林则徐问这句话时，郭远堂怔在马上。他轻轻一拉马缰，马放缓了脚步，他和洪知县耳语几句，洪知县从侧面的小路上岔了过去。

到牛家花园前，林则徐看到穆斑蝥的身影一闪，他把轿帘放了下来。

下了轿，牛鉴拱手相迎。

林则徐的眼中，涌出的是大海的蔚蓝；牛鉴的眼中，堆满的是北地的土黄。

“少穆兄！”

“镜堂兄！”

进得庭院，林则徐看着一丝落寞从牛鉴的肩上走下。

牛鉴的腰有点驼。

从秀才到举人，从举人到进士，宦海浮沉，生生把一个读书人的腰走成了风中的老柳。

多大的官衔也治不了背驼。

茶喝得无趣无味。

“两百只骆驼如何走出沙漠。”林则徐放下了茶杯。

牛鉴一怔。

“官、民之风日衰。只要洋人给好处，再小的鱼饵也会有人奋勇而上。官不思进，民不思耻，焉有不败之理。”

牛鉴眼中的泪便下来。

“不是我等疲战，广东的这章，我们再也翻不动了。”

牛鉴的嗓里呼隆隆起来。

出了牛府，郭远堂才想到，至大门口的一声“少穆兄”，牛鉴再没有说过一句话。

“到了靖边驿，诸位就请回吧。”

郭远堂躬身道：大人此去，边民之乱必平。还望大人保重贵体。

“人生无常。廷桢比我先发配伊犁，又比我先起用为陕西巡抚。他托人带信，说去留之日不远矣。我与他，并肩于广州，销烟于虎门。又在伊犁垦边安民，饱受边风塞雨。唉，这次边民之乱一平，我也该告老还乡了。”

郭远堂没有接言。

林则徐瞥了一眼洪知县："好自为之吧。"

洪知县脸上平静如水，他躬身道：谢大人教诲。

林则徐叹了口气。

"穆斑蝥真的吃硝石、硫磺和柳条灰。"

"是。"郭远堂答道。

"这凉州。"林则徐上了轿，车队豪放地拐上了官道。

军匠醉倒在远盛斋酒楼。

萨镇淮没有去送林则徐，拉了军匠去喝酒。

他换了大碗。

俩人不说话，也不猜拳，一碗一碗对喝。

喝了多少碗，军匠没数，萨镇淮也没数。

一条酒线，从楼缝里漏下，一点一点往下流。

酒香弥散。

楼下的人叹道：别人在漏水，这是谁，居然在漏酒。

睁开眼睛，军匠问酒保，萨镇淮去了哪里。

酒保递给他一张字条，上面有七个字。

"凉州离愁悲绪多。"

军匠竟洒下两行泪来。

回到火药局，把这事给教匠说了。

教匠猛吸了一口烟："朝廷剩下京城了，我们剩下斑蝥了。"

军匠拍拍脑袋出门，在门槛上绊了一跤。他爬起来，望着院里那棵不知名的树。树还没有开花。这几天，人都变得不可捉摸起来，说的话和平素听到的根本不一样。他想破脑袋，也弄不明白。到了炮神庙，拉走了铜将军的地方空空荡荡，连墙上张贴的炮神像也紧闭了嘴巴。

他很想去撬开炮神的嘴巴，听他说说话。人话也好，神话也罢，只要多说几句话，他心里也会舒服。

机锋太多了，弄得他这个造炮弹的，也像炮弹一样，只有放进炮膛里，打出去，才能爆出生命中耀眼的火花。

可惜，他不是炮弹。

他看到穆斑蝥炮弹一样从门里窜了出去。

烟馆门前有了锣鼓声。他寻声前去，"紫气冉升"烟馆新换的掌柜见军匠过来，说闲了来喝一酒，烦了来抽一口。

军匠问他们在做什么。

他们说是在送瘟神、迎财神。

军匠一脚踢翻了一面鼓，敲鼓的提了鼓槌，看着军匠远去，重新摆好了鼓，又敲了起来。

军匠跑了起来。

一气跑到了柳树林。军匠扒了衣服，跳进了河中。河中的水还冰凉，一个人影一闪，穆斑蝥抱着他的衣服跑了。

“哎——哎。”军匠跳上河岸，光着屁股追上了穆斑蝥，他一脚朝穆斑蝥踹去。

五十四

香火在城隍庙歇息后，正午的戏台便开始热闹。

城隍庙在大十字西北角。庙中塑一圆铜镜，称孽镜台。镜后塑一青面獠牙、半人半兽的东西。一手拎斧，一手甩绸。据说游城隍庙者，若走到拎斧的那边，可能婚姻不会美满。若走到甩绸的那面，婚姻便可牢固。大凡明白这个典故的，往往会选择甩绸的那边，并在绸带上系红布条。走的人多了，甩绸那边的路油亮着，有时铜镜上的光反射下来，还有一圈一圈的光晕。

戏台在城隍庙中的北侧。台不大，精巧。一到中午，按排好的班次，各种剧目就会登场。卖小吃的早已交了份例，在划定的地方摆出摊子，卖瓜子、花生的挎着小竹篮，来回游动。

正戏开始前，大多演一些凉州本土的保留节目。这些节目很热闹，预热着看客的情绪。

撖猴子是一种木偶戏，前面拦一厚布帘。表演的人举着各种人物道具，听着念唱人的唱词尽兴抽耍。内容大多为忠臣良将遭冤，报国无门泣血。唱者声音高亢激昂，表演者极尽之能，让木偶用肢体语言说话。木偶表演的夸张，往往会引起人们的喝彩。

这个时候，是穆斑蝥最为兴奋的时候。他趴在台前，看着操纵木偶的人灵巧地抽提着线，有时会哈哈大笑。有不晓事的，跑上前来赶穆斑蝥，雷大隐便举了板子拍去，又一场戏就会上演。

那个抱着三弦的人走上台时，看客们发现并不是他们熟悉的张瞎弦，便起哄起来。

表演者拨动了三弦。他的手指劲风般拂动，波激浪涌，船帆饱展。看客刚一松懈，另一种高亢挟裹着黄土，飞沙走石而来。风带着凄厉，扬起漫天黄沙，看客们的耳膜阵阵作痛，双目迷离，有了生死劫波的感觉。

待弦声止停后，戏台下一片沉寂，卖瓜子的活动了一下胳膊，篮子里的瓜子跳出来许多，他转转眼睛，把掉落的瓜子捡拾到衣服口袋里。

有个皇帝下了个软蛋
把江山么剖成了片片
我等哈你了三四年
官员们来了去了灯笼般转圈
剖成片片的江山还是没有复圆

有个官员名叫镜堂
跟着人上了英国人的贼船
在那个纸条条上签上了名字
把个好好的南京拱让

蓝眼睛高鼻子横行又霸道

我的天哎

再好的官声也抵不了卖国

投敌是汉奸卖国是贼

……

一曲《骂贼》的贤孝唱完，唱贤孝的提了三弦，走了。

管戏台的问排节目的，是谁让这个人上台的。

排节目的说张瞎弦病了，是他推荐来的。

完了。管戏台的挠挠头。

什么完了，你看，以前唱贤孝的都是贤啊孝啊的，今天的这出贤孝唱得，让那些看客们听得痴痴醉醉。

你就等着吧，等头没有了，你再痴去吧醉去吧。

有这么严重么?

还严重。有个皇帝是当今的道光皇帝，镜堂说的是牛鉴牛大人。这表演的是从哪里来的。

不是说了吗？是张瞎弦推荐来的。

你赶快去问问张瞎弦。他跑了，官府找到我们，我们找谁去。

洪知县急匆匆地来到知府衙门。新任知府刚刚到位，说国都破了，这是个啥事。便趴在桌上依旧睡觉。他赶到道署，向郭远堂诉说了情由。他说这人也胆大，张瞎弦说他是天才。那声音，那手法，凉州的瞎弦角儿没一个抵得上的。我让衙役找了几天，硬是不见踪影，莫不是跑了。

他来了就不会跑。他把银两还了，和牛大人就情断义绝了，想不到他还会来这出。这人的做派，很难让人捉摸。

你说的是徐凉州。

不是他是谁。此事若传开，你我俩人的官也就做到头了。朝廷已有再次重用牛鉴大人的传闻。

那我们怎么办?

郭远堂提起毛笔，写了一张条子，递给了洪知县。

条子上有八个字：情有可宥，罪不可赦。

洪知县抹了一把汗，说根本找不到徐凉州的下落。

郭远堂拂了一下衣袖：他会来的，你只管守好戏台，让管戏台的不要惊动他。

他还会上台表演?

当铺里有死当一说。他也会死演。

俩人又说到牛鉴。

这牛大人，起也河南，兴也河南，不知这次又会到哪里去效力。

这场战事，两位大人，一人落罪而名彪千秋，一人革职而名谤天下。

可他们都被起用了。

替罪羊有几种替法。一种叫死替，永无翻身之日。还有一种叫活替。羊在被人屠宰时，大多会跪地，若宰杀者不饶，便会哀音连声。那种咩咩声里，含有多少楚酸。官员替罪，也视情由而定。聪明者，一旦替罪，便跪地不起，头触于地，不喊冤，不辩解。待过了风头，再寻最佳时机，咩咩几声。尤其是皇上钦定替罪的人。风浪一过，皇上上船，总觉得身边没有把桨使得顺手的人，就会想到被他放逐的那些官员。当今皇上，虽励精图治，但国祚不畅，难展抱负。林大人、牛大人为皇上股肱之臣，起用也在情理之中。

若无外夷强侵，这两位大人是否能拜相入阁。

郭远堂端起了茶杯，闭了眼睛。

洪知县躬身告退。

那天的雨耍足了性子。城隍庙的门被雨打得东摇西晃。

牛鉴进了城隍庙，他瞥了一眼戏台，径直走向台下。家人把椅子摆放好后，牛鉴挥手让家人退去。他坐在雨中，雨了无趣味地泼到他身上，他一动不动。

洪知县将牛鉴到城隍庙的情形禀明了郭远堂。郭远堂叹道：该来的总会来，该了结的总会了结。这出雨中戏，定会成为千古名段。

徐凉州会来吗？

郭远堂望了一下天，天看不清模样。雨，江一样竖起来往下流，凉州城像一只羊粪蛋，在雨中挣扎。

告诉所有人，不得惊扰。

徐凉州跑了怎么办？

他若跑，焉来哉！

徐凉州从雨帘中信步登上了台。

他朝牛鉴跪下，磕了三个头。起身，拨动了三弦。弦声回击着雨点，有的雨点在积水中溅起雨花。一朵一朵的雨花在积水中游动，游到台阶边消失，又一朵雨花急速而来。牛鉴端坐在雨中，像一座孤岛。雨顺着他的胡须往下流。他前后左右的雨花在蹦跳着旋转。

唱词伴着三弦，割裂着雨丝，一粒一粒奔向牛鉴的耳朵。唱完最后一句，徐凉州举起三弦，朝自己的头部猛击。一丝一丝的血顺着戏台沿，往下流去，冲向了积水之中。积水一点一点洇红。牛鉴的耳朵里钻进去的那句话，把他的耳朵憋得生疼：再好的官声也抵不了卖国，投敌是汉奸卖国是贼。

椅子倒了，牛鉴跌躺在雨中，一丝血雨顺他的袖子钻了进去，又从胸前漫出。

他喃喃了一句：你可知道，日在天上，雨在地下。功过自古谁能论得清楚。

雨在急促地呼吸。

五十五

裁撤火药局的消息瘸腿的骡子一样，蹒跚着到了凉州。

军匠找到教匠。

教匠正往斑蝥房的门头钉一块木板，木板上刻着三个字：魂在兮。

字是教匠写的。军匠往前凑了凑，那三个字瞪着眼睛，逼视着他。他后退两步，再往前走，那三个字张开了嘴，似乎拼命想咬他。

他转身跑了。

尿性，裁就裁吧，连走路都不会了。教匠扔了锤子。

火药局里忙乱起来，役工们在各处乱窜，找寻着可以带走的东西。教匠的觉，睡得没有了白天晚上。有人钻进他屋中，拉开他的抽屉。抽屉里只有账目簿，还有一把上了锈的钥匙。

教匠的烟锅嘴露在被子外边。玉石烟锅嘴的光泽灼痛了来人的眼睛，他扑上前去。烟锅从被子里钻了出来，向来人头上击去。他哎哟一声，栽倒在炕下。

出了门，他一摸头，摸了半手的血。

教匠成精了。他对其他役工说：趁人家睡着，跑吧，等他起来就没好事了。

军匠坐在炕沿上，说库房里剩下的硝石、硫磺全被役工们偷抢走了。就连那几盆柳条灰，也被他们卖到了中药铺。火药局就剩下他和看守斑蝥房的老役工了。那老役工，扛了一把斧头，坐在斑蝥房门前，有人骂他傻，说那间盛死人的空房子，又没有金银珠宝，值得吗？他竟举了斧头跟人拼命。

你就睡吧，火药局已经被你睡死了，再睡，你的命也就睡没了。

教匠坐了起来：你怎么没走。

我也该走了。家人已开了一家私炮坊，算是还干本行。别的衙门，好歹都有点积存。我在火药局，就剩自己了。

教匠吸了几口烟，又吐出。烟雾散去，军匠看到了教匠眼里的两片红。

牛大人也到河南效力了。一朝大吏，竟被派去协助人家办团练。国门一开，洋人飞得比苍蝇还快，不仅在东南沿海嗡嗡，凡是有口岸的地方都去嗡嗡。皇上举着苍蝇拍，没拍着洋人，倒把林大人和牛大人拍个半死。林大人死了，倒省心了。这新继任的皇帝，能下个硬蛋吗？

军匠朝门外望望。

别望了。郭道台、洪知县走了，新道台、新知县就会来。历来是铁打的衙门流水的官。好在人家说了，火药局裁撤了，如果我不走，房子就留着吧。穆斑蝥呢！

他倒正常，待在草房里不出门了。以后人家也不会供他吃喝了。

即便火药局不裁撤，有几家认真地给他吃过饭。

也是。听说萨教匠在南边干得也欢。

那是他的本分。

能不能给我一颗斑蝥弹，我好做个念想。

教匠抽掉了炕上的一块炕面，取出来一颗炮弹，递给了军匠。

怪不得他们翻遍了火药局，也找不到这几颗炮弹，他们还以为被你锁进了斑蝥房。

不到斑蝥死的时候，谁敢开斑蝥房。

也是。林大人看一眼你都没答应。

人啊。教匠磕了烟灰。

萨教匠走时说，他来到凉州，就像在雪地上写了一次字，雪一化，什么也没有了。

那是他没悟透许多道理。他倒是个好工程师。

你也知道这个词。

教匠重新点燃了烟：走吧，走吧。你也该去陪陪家人了。

从没听你说起过家人，他们好吗？

他们？在火药局这么多年，你听说过陪斑蝥的人有家吗？火药局就是我的家。

教匠从被子中抽出了一个小布袋：拿去补贴补贴家用吧，不多，穷家富路，权当我们为斑蝥弹辛苦了一场。

火药局已没有了进项。你和穆斑蝥怎么办？还有老役工。

你听说过凉州有饿死人的传闻吗。哪里的黄土不埋人呢！

军匠告辞出门。他背了行囊，绕着火药局转了一圈。到草房门前，雷大隐龇着牙，朝他笑笑。他朝门内望去，穆斑蝥也在睡觉。他没有进门。到了柳树林，他解下行囊，望着沉静的柳枝。在躺着的大柳树上抠下一块皮，他惊讶地发现，连着根的大柳树上，竟发出了几根新芽。

他把太阳生生地等着落回了西山，折了几根柳枝，塞进行囊，在暮色中，他像乌鸦一样扇出了柳树林。

教匠让老役工叫来了雷大隐。

手艺还在不在。

他让雷大隐把手中的木板放下。

做席还是做饭。

把你能的，还做席。军匠的房子，你住了。把穆用也叫来，再不要让他爬街台了。你还是干你的老差使。做饭的时候，让老役工去替你。加上穆斑蝥，我们五个人的饭，你得好好做。

做饭行，钱呢。火药局没来钱的路了。

这不用你管。教匠从炕角拖出了一把三弦。

难不成你要做明眼的瞎弦。

这有什么。我不到城隍庙戏台上唱就罢了。

那你在哪里唱。

地方现成，到柳树林去。我在那里唱，免得他们遭践柳树。没有了火药局的约束，柳会的人也就不那么尽心了。我白天边守柳树林边弹三弦挣点钱。你和穆用轮班，在晚上看守柳树林。

雷大隐拿起了木板：你又何苦。

看护好火药局，看护好柳树林，就等于看护住了斑蝥。看护好斑蝥，就等于为朝廷看护住了点希望。

火药局没了，就是穆斑蝥死了，也造不成斑蝥弹了。

那就让他活着。

他又不是妖怪，能活千秋百岁。我、穆用、老役工，和你的岁数加起来，接近三百岁了。穆斑蝥才多大岁数，我们陪不过他的。

雷大隐看到教匠的头发竖了起来，便停了口。

五十六

石头如鱼一样飞到河沿上时，穆斑蝥弓着的身子船舱般漂浮。

石头不大，雷大隐抱大点的，穆用抱小点的。教匠用脚划出一个大方格，和了长柴泥，垒一层石头，抹一层泥。

长柴就是长麦草，是穆用从附近的人家讨来的。

讨麦草时，人家问穆用干什么。穆用说和泥，垒唱贤孝的台基。问谁唱，穆用说教匠。

给麦草的便扔了手中发霉的麦草，从麦草垛中拽出还做着往日梦的麦草，满满地装了一车。

“造炮弹的成了唱贤孝的，这咸丰皇帝的日子可咋过。”给麦草的捂了一下自己的嘴，对穆用说：不够再来拉。

穆用说够了。

砌了两层石基，教匠把小石子在大方格里铺了一层，让雷大隐和穆用去拉土。土和石基一样平时，教匠让穆斑蝥去火药局的住处提来石杵。石杵前行一步，他的右脚跟进一步，土面光洁着，一层一层往上升。看着照出人影的土层，雷大隐想到了案板上揉光的面，穆用想到了女人的脊背。穆斑蝥跳进去，不见脚印印迹，他倒退了出来。

搭棚的木料从哪里来？雷大隐望望穆用，穆用把目光投向了柳树林。

去找私炮坊的人，就说我让他们送来一车搭棚的木料。

他们还能听话。

你只管去。

雷大隐去私炮坊传了话，私炮坊派人来，量了尺寸，送来了木料，还有木板。

棚顶的木板一铺，穆用身子轻，爬到顶上，扫平细绵土，铺了一层麦草，又抹了一层泥。

棚顶上的阳光便平展地移动。

附近村庄的人都过会似地来到柳树林，望望木棚，又望望柳树林，有人摸摸木头，说是松木的。挤挤眼，挥挥手，便回去了。

他们看到了一把三弦挂在棚里。弦把上吊着的，是原来挂在穆斑蝥裤腰上的铜镜。

一拨一拨的人来了，又去了。许多人把目光投向柳树林。有人拾着林中被风吹落的干枝，拾几根后又放下，他们觉得身后，跟着教匠的眼睛。

贤孝还没开始唱，至于吗？他们来了又去了。穆用坐在大柳树横躺着的身上，咕囔着。

教匠过来，抬起脚又放下，“没给你穆爷拿个凳子，让你没个坐的地方，失礼了。”

穆用红了脸，从大柳树身上站起来，坐到了旁边的石头上。

“他们哪里是来听贤孝。你没看见他们望搭棚的木料的眼神。如果我们动了柳树林的柳树，一夜之间，柳树林就会被他们砍完。”雷大隐抹了把汗。

“这教匠爷，太厉害了。”

“天下厉害的莫过于做官的身段和皇帝的脸。”

“为何要去私炮坊要木料。”

“掌握硝石和硫磺的人，还是火药局以前的老人手。”

“道道太深了。我捡点干柴，好去给你做饭时烧火。”

“你省省吧，你莫看柳树林边还有探头探脑的人。你一捡，他们也会来捡。还不到开柳会的时间。”

“柴呢！”

“用你操心。教匠爷说了，宁可拆了炮神庙，也不可毁了柳树林。”

教匠累了，铺了被褥，把星星们睡出了天空。一觉醒来，教匠望望天空，他想如果有门炮，朝天空开几炮，看能打下多少颗星星。

星星稠得像仓中的胡麻，挤挤挨挨。

穆斑螯会不会也在想星星呢。他伸个懒腰，满天的星星扑来，他又闭上了眼睛。

木棚外放了两只木斗和一个木匣。

一只木斗上贴着一张纸条：麦子；一只木斗上贴着：豆子。

木匣是盛钱的。

旁边立着一根柱子，柱子上也贴着一张纸条：多少不论，听者有份。弦响可来，声落即去。

教匠拨动了三弦。

耷拉着的柳叶竖起了耳朵。教匠的声音一开，伴着弦声，柳枝开始挥舞，或站或坐在棚外的人，听贤听孝听忠义。听到悲之处，随着三弦的声音，为之而悲；听到忠之处，随着教匠的唱词，为之而恸。一声暴响，三弦停了，听的人半天才回过神来，看柳叶，已慢慢舒展了身子。没带东西来的，赶忙陪着笑脸，说下次补上。雷大隐将麦子、豆子倒入口袋，背着走了。几十个铜钱在匣子里伸出了头，教匠说：拿了，去买点肉。

衙役听了几天，向新来的知县说：这教匠不像徐凉州，骂了皇上骂牛大人。他唱的是天上人间，说的是悲欢离合，劝的是扬善弃恶。

他就没唱一句有关火药局和穆斑蝥的事。

没有。他们做饭都不捡柳树林里的一根枯枝。

知县去拜见道台。

道台望着郭远堂留下的那块林则徐手书的“制怒”匾牌，里面竟隐隐透出一股气来。那气中，带着凛然和刚毅。他站起来，恭立在匾牌前面，那气越发浓重，道台胸里的战鼓也雷鸣起来。

他说明日我们叫上知府，不穿官服，不带衙役，也去听听。

人群里冒出三个不同的人来，教匠笑笑，弹唱了一曲《小寡妇上坟》。小寡妇的埋怨，在悲音中展开，一声三弦一声泪，下面唏唏嘘嘘起来。道台摸摸袖筒，忘了带手帕，抬起袖子拭了泪。一曲终了，知县在木匣里放了一块银圆，和知府、道台一起进入了柳树林。

“好雄壮的一片林子。”道台赞道。

知县脑中奔上来的却是《水浒传》中盛赞野猪林的那句“好猛恶的林子”，猛恶被雄壮挤了回去，他想这道台就是道台。

“到了这柳树林，心底涌上来的是大河滔动的感觉。百年老林，不暮气沉沉，难得。”知府挥了挥衣袖。

知县说火药局裁撤了，院子已被郭道台和洪知县划拨给了教匠，是否要收回。

“那么多口岸划给了洋人，朝廷都不觉得心疼。一个火药局，留了也就留了。若连这点东西都留不住，我们还能留住什么。”道台翘了翘屁股，知府往旁边避了避，知县往后一缩，碰在了一棵柳树上。

穆斑蝥飞奔而去。

道台收了收屁股，说以县府名义，张贴告示，凡动柳树林和火药局者，严惩不怠。

知县松了捂着鼻子的手，说：是。

“民心如刀。放在土里会生锈，放在水里会生影。”

道台望着跌落在地下的枯枝：“以民制民，这是最有效的方法。”

知县搞不明白，他想这道台刚从江浙调来，肠胃不适也罢了，竟会有这么多奇奇怪怪的想法。

“这教匠的唱词，你听懂了多少。”

“不就是个小寡妇，在男人的坟前诉说委屈嘛！”知县随口答道。

“小寡妇。你知道朝廷里现在是哪个女人在拿事。”道台将手中的枯枝扔了。

五十七

风不让教匠睡觉。

在火药局时，风再大，他都在屋中。有时风肆意要揭开房皮，他也只管抽他的烟，睡他的觉。

待在柳树林，与风近了。他从柳枝的摆动中，发现风很有意思。东、西、南、北，是风惯常吹动的方向。方向随着季节的不同，也有高低之分。春风自下而上，柳枝一直往上摆动；夏风横行空中，从柳树梢游过，柳枝摆幅的尺度小；秋风自上而下，柳叶被卷得面黄肌瘦，飘落于地；冬风着地而行，脚底生寒，柳枝瑟缩了身子，在树上抖动。看清了风的德行，他觉得这些都是风的小伎俩，人看惯了就能看穿。看不穿的是龙卷风、沙尘暴。那天的沙尘暴一起，他看到了天空中的红色。云趴着不动，天的半边脸红得发烫。天空中的红一退，一股黑浪从北而来。他分不清天，分不清地。飞沙走石中，他听到了柳树们的怪叫。他跌奔进林中，柳枝荡妇般扭动着身姿。他从一棵树下被推到另一棵树下，枯枝浪花般从树上飞溅而下。他用手紧紧抱住了一棵柳树。风在手上蛇行般地游动。他闭了眼睛，手一松，坐在了树下，屁股一着地，他自己又成了自己了。

沙尘暴过后，林中枯枝遍地，没有一棵柳树倒下。他看到木棚向他招手，便奔向木棚。有几只鸟蜷在棚中，见了他，兀自惊骇地望着。

南边的村子里有了喧哗声，与北边村子里的骚动不同。过了两天，有人拎了鸡，背了面，来谢教匠。他们说：亏了这柳树林，北边村子，那个惨啊，还刮死了几个老人、孩子。

教匠让他们去捡枯枝，他们应了。把捡好的枯枝码得齐齐整整。教匠让他们背回去，一位老者说：不到柳会开禁日，就是风刮下来的，我们一根也不能拿回家去。

风越发不让教匠好好睡觉了。放下帘子，风就扑打过来。卷开帘子，风就在木棚中游荡，顽皮地搓摸他的脸庞。晚上一睡，风从脚底下钻进来，顺着身子往前赶，到头部，又顺着头往后缩。

他恨不得爬起来抽风几鞭子。

想明白了，他才觉出这不是自然的风，而是朝廷的风，道署、知府衙门、县衙里的风。挖上几勺太阳挡挡风，太阳东倒西歪地晃荡。教匠蒙住头睡觉，眯瞪一会，又被风吹醒。

日子被风吹来吹去，雷大隐、穆用的鞋底薄了、开洞了。在夏天，穆用也觉得寒气从鞋底往上升，他在鞋底中垫了毡垫。脚暖了，身子也就暖了。

穆斑螯跑了。

雷大隐把手中的板子扔了，在木棚门前大叫。

教匠还是蒙着头睡觉。

教匠爷，你还能睡得着吗。

教匠掀了被子。他抽出烟袋，点了烟。

你还这么能沉住气，还抽烟。

教匠深吸了一口烟，满口吐出，木棚里烟雾弥漫，性急的几缕，从门里往外挤，挤得肋骨开始叫喊。

他跑了哪儿?

我要知道，就不来找你了。

不知道，你急什么。

雷大隐拾了木板，向东城门飞奔而去。

五十八

穆用趿拉着鞋，坐在木棚门前的一块石头上。

老役工疯了。

他每天攥着刷子，提着那只盛斑螯灰的铁箱，在不停地敲打。

有一天，一个小孩跑进火药局，拾了块石子向铁箱砸去。铁箱发出了声响，老役工跳起来，攥着刷子，提着铁箱向斑蝥房冲去，一头撞向了门。穆用和雷大隐把他抬到炕上，他睡了两天，一起身，又冲向斑蝥房。

教匠起了身，来到了河边。雨水少，河底显了出来，教匠看到了许多狗头鱼，一窝一窝地在河边游动。他呵斥了一声，鱼们惊慌地散开，又聚拢。

穆斑蝥走时，穿走了你给他做的鞋。鞋面上的那朵花，艳得跟喇叭花似的。他坐在杨府门洞口，望着望着便跑了。我以为他会回来的。我从东城门找到南城门，从南城门找到西城门，问了许多人，都说没看到。我跟县衙的衙役说了，他们说现在哪还顾得上什么斑蝥不斑蝥的，祁连南山又有了土匪，抢马抢粮抢女人，他们忙着去剿匪呢。

教匠从来没听过穆用说这么多的话，他想起了穆用的女人。

他笑了。

穆用背了手，走出柳树林时，吼了一声：教匠爷病了。

他为自己冒出的这句话吃了一惊，向后望望，没人。他舒了一口气。一根枯枝掉下来，打在他头上。他拾了枯枝，出了柳树林，又返回，把枯枝扔进了林中。

五十九

那个下午，没有风，教匠出了木棚，走向河边。一窝一窝的狗头鱼没了影踪。他把手伸进河水中，左右划动。水纹一波一波往前赶，有的缩回到他手中，小鱼般游动。

他挽了裤子，从河这边走向河那边。河这边是柳树林，河那边是庄稼地。河水浸湿了裤子，他毫不理会。

实在走不动了，他一口咽下了夕阳。

塞上曲

SAISHANG QU

和声

一

当妈把月亮坐碎后，我知道，这辈子和她已有缘无分了。接生婆走后，妈骂着爹，说他叫穆用，真正没用。爹说孩子又不是我生的。妈说抓紧去铲锅底灰，在他脸上抹了，扔了吧。

妈说的锅底灰是长期烧柴火形成的。百千万次的火催开了无数的水，也让锅底的色泽越发黝黑。这种黑，乡下人叫锅煤子，刮下的这种东西调和后可作颜料。爹拎了喂狗的盆，拿了一把铲子，铲子滑动在锅底，发出怪异的叫声。妈骂了起来，说爹是败家子，铲个锅底灰弄出那么大的声响。爹小声嘟囔：灶王爷都不让这么干呢。刮了半天，爹在盆里倒了点水，用指头搅拌一阵后，在我脸上抹起来。我的脸被抹成了什么，我不清楚。妈高兴起来，说抹成这样，做了鬼就认不得家门了，阎王爷也弄不清是谁家的人了。妈喝令爹赶快出城，路上避着点人。爹说找块布包了他，好歹来了一趟人世。妈又骂起来，说人不逢时不如狗，用麦草卷了，赶快去送了，烦人呢。

爹像狗一样夹紧屁股，出了门。那天的人，上街的多。爹把我放在水桶里，上面盖了麦苗。没有人问爹去干什么。爹出了东城门，舒了一口气。进了柳树林，乌鸦叫了一声，爹胳膊上挂着的水桶掉了下去。我咧嘴哭起来，爹用指头塞住了我的嘴，我闻到了他身上散发出的味道。我叫不出那种味道的名，太难闻。爹在树林里转来转去，到了大柳树前，爹放下桶，右望左瞅一阵后，把我抱出桶，塞进大柳树洞中，提着桶跑了。

这段经历是雷大隐告诉我的。雷大隐每每提及此事，都会嘲弄一阵，说你爹那个怂样，做贼似的，看着就让人发笑。

这个爹，我这辈子都没承认过，我也一直把他叫穆用。但爹总归是爹。穆用，那是他的名字。

二

其实，第一次让我眼里盛满岁月山水的人是雷大隐。当穆用把我扔进大柳树洞里后，他一声咳嗽，让穆用抱着头跑出了柳树林。雷大隐解下包袱，包了我，看着我咧着的嘴，他也把嘴咧得很大。

雷大隐的屋里充满了男人味，男人得一塌糊涂。他拨拉了一下炕上的东西，将我放到炕上，说：碎东西，这辈子注定了你和我的缘分。

我没有笑，雷大隐把包袱皮扔到桌上，提了一只碗出去了。他说他去寻奶，如果看见生了小孩的女人，就讨人奶；如果碰到奶牛，就要牛奶；如果碰到奶山羊，就挤羊奶。如果什么都没碰到，他就接一碗尿回来。

雷大隐听到了婴儿的哭声。他停住了脚步。

走乡串村，雷大隐有着敏锐的判断力。他望望门框和门楣，看到门楣上几个龇牙咧嘴的字，他说这家人不平和。他又不想破了规矩。什么都有第一次，这第一口奶对娃尤为重要。拉起门环，磕磕，一声狗吠突起，雷大隐听出了狗的暴戾，他杵在门上。一个男人开了门，一看是雷大隐，问他干什么。他说讨奶。男人变了脸，骂起来：你个杂怂，不学好，你一根筋挑个头，走百家吃不腻嘴的玩意。欺人呢。你要奶做什么。

便狠命地拍上了门。

雷大隐在街上转了几圈，碰到一只母狗，领着几只小狗崽，悠悠闲闲地走。一只狗崽扑到奶头上，母狗停了步，看到雷大隐，龇了一下嘴，汪地一声大叫，狗崽拉长了奶头。雷大隐叹口气，惹不起的母狗嬉不完的灰菜啊。他叹了一声，继续在街上转悠。

看到穆用，雷大隐说你的女人生了娃，奶水不喝，会成干奶头的。穆用说你的女人才是干奶头。雷大隐说等我娶了女人再说，便把碗递给了穆用。穆用说：你还是到别处去讨吧，我家女人的奶头像倒光了粮食的口袋，成了瘪淦淦。

雷大隐出了北城门，几棵粗大的柳树上爬满了乌鸦，在树冠上盘旋着叫。他拾了一块石子，朝树上扔去，一片黑扑噜噜而起，有人驻了足观看。

到了一村庄，他知道这个村子叫三盘磨。磨原安在一沟里。泉水丰盛时，木轮旋着石磨，轰轰隆隆。泉水一少，磨便闲歇下来。一只奶山羊拴在石磨的磨眼里。四下无人，那只奶山羊的奶头灯笼般招摇。他疾步过去，抓住奶头便挤，用力过猛，奶山羊疼得跳起来，咩咩狂叫。有人过来，雷大隐伏身草中，来人踢了奶山羊一脚，把奶山羊拉到一草多的地方。雷大隐提起裤子，来人说你这做厨子该不会也吃草吧。雷大隐讪了脸，说拾了一个娃，来讨口奶喝。来人说雷厨子还是善人呢，多大的事，偷偷摸摸的。来人接了碗，说一看就没养过娃，接奶要用缸子，从腰间把拴着的缸子解下，抓住奶头，一下一下捋，奶山羊翘着腰，浑身舒抖着。谢了来人，雷大隐把碗递给他，说明天来换。来人问拾下的是男娃还是女娃。

雷大隐说是男娃。来人说你也傻，如今这世道，拾下男娃添了张嘴呢。

三

一个月后，养奶山羊人家的脸变了。

雷大隐提着瓦罐到三盘磨的沟边时，不见了奶山羊。到了养羊的人家，雷大隐看到了那张比牛屁眼还难看的脸。雷大隐放下手中的二斤肉，说叨挠了。我替娃谢谢啦！便出门。门外的雨赶过来，淋着雷大隐。他坐在磨盘上，听着雨在瓦罐里欢腾。

四面八方的草跳起来，涌向瓦罐。

雷大隐提着瓦罐，我的哭叫声在瓦罐里空洞地晃荡。一条沟渠里的水弓了一下身子，漫出来的水浸湿了沟沿边的草，他脚下一滑，瓦罐飞了出去，碰到了一块石头上。瓦罐破了，我的声音四散而去。雷大隐赶上前去，踢了石头一脚，他弯腰抱住了脚，倒抽着气。他抱起那块石头，扔进了沟渠。

跛着脚的雷大隐到了王记米汤店。伙计趴在桌子上打盹，他梦见米汤里的豆子灿烂地开花。掌柜的媳妇见雷大隐跛着脚，笑了：雷大厨，是翻墙揭瓦被人打了腿吗？雷大隐把一瓷盆往桌子上一搁：啥眼神，是脚。有没有剩下的米汤，给点。伙计伸个懒腰说：米汤卖早不卖晚，你大席吃腻了，要米汤刷肠子呢。雷大隐说：拾了个张嘴的，要不到奶了，要点米汤喂呢。掌柜的媳妇拍拍奶头：你吃，有。小娃儿吃，没有。伙计伸头往前凑，碰到了桌沿，他踢了桌腿一脚。掌柜的媳妇说：厨子当了善人，这事，好。让伙计去铲了锅底的米肉，倒进了雷大隐的瓷盆。

雷大隐谢了，端了瓷盆出门。

雷大隐进屋时，我闻到了米肉的香味。米肉又叫锅肉，是糊在锅底的焦巴。雷大隐从米肉上抠下烂成絮状的米，掺上点水，找了一油提子，斜提着往我嘴里灌。

我的嗓子里像清晨的花一样绽放出兴奋。

娃儿不能灌肉汤，该到火药局去申请斑蝥粮了。他拍了一下我的头。

四

雷大隐到火药局替我申报斑蝥粮时，我的一生就与斑蝥连在了一起。

我认识大人的世界，就从那间草房开始。

军匠把我提溜到草房时，天气好得像刚宰杀的猪。

军匠一进草房，就咳嗽了一声，草房顶上铺的草哆嗦着，有灰掉下来扑到他的头发上，他抬手抹了一把，手上索索吊吊了几根蛛丝。他用脚搓了几下地上铺的草，让役工去抱好点的麦草。墙缝里漏下的光，照到了他的裤子上，裤子便收了光，把一团油腻甩了出去。这时的军匠肃然出威严，对我说：这就是你的家。

我想说我的家在雷大隐的土炕上。军匠的眼神把我的话摁回了嘴中。役工抱来一捆麦草，拨拉了铁床上的旧麦草。旧麦草有点气闷，努力着在地下挣扎。役工抱来的麦草上有风有雨的味道，这些味道一发力，旧麦草便气馁着矮伏在了铁床下。

别胡乱跑。军匠盯了我一眼，出了草房。草房轻松了许多，我也轻松了许多。

站在门外的雷大隐说要不要给我增加点被褥，军匠说你见过哪颗炮弹穿外衣的。雷大隐说炮弹壳不就是炮弹的外衣吗？军匠说：那是炮弹的皮。

那时，我对炮弹没有任何印象。

听到他们远去的脚步，我溜了出来。

街上的热闹远比草房里有趣的多。

我看到一匹马在疯狂地跑，有许多人在追，我也追了过去。

马出了南城门，追的人说不追了，它肯定跑了祁连南山，那里才是它的家。

这马的性子还未磨下来，过一段时间我们再去抓。

有人说怎么给老爷的儿子交代。

马又不是女人，他没有能耐骑它，关我们啥事。

有人问骑马比骑女人哪个更费力，便有人打趣：骑马得问骑马的人，骑女人问你爹去。

一群人嘻哈着走了。

我来到了柳树林。柳树林静得像我的脚指甲。脚不动，它也不动。阳光和柳树林亲热得像公狗和母狗，互相纠缠着。柳树的叶子像狗毛一样黄着。一阵窸窣声传来，我看到了穆用。

在大柳树前，穆用停住了脚步，他用手向树洞里掏着。他掏出了已成灰色的草，还有一团一团的鸟毛。他靠在树身上，看着脚底下的草和鸟毛。鸟毛乘了风，飞了起来，有的粘在了柳树叶上，柳树叶一抖，鸟毛蜘蛛一样晃着身子。

穆用没有发现躺在树后的我，他走了。走得像大柳树一样苍老。

天就是个玩意。它一黑，草房里就暗了下来。

我躺在铁床上，军匠说铁床上附满了历代斑蝥的魂，一到深夜会叫唤。我很害怕。夜一深，满城的人都回到了梦中。我不敢做梦，便睁圆了眼睛，看着草房顶上的麦草们嬉闹。它们不管白天黑夜，只管冷漠着，只管看着铁床上的我翻来覆去。有吱吱的叫声传来，不知是老鼠，还是夜游的鸟，抑或其他。我想到了雷大隐家的土炕和被子上男人的气味。

铁床动了一下，我翻坐了起来。突突、突突的响声从床上立起，冲向了我。我跳下床跑了出去。声音跟在后面，我跑到铁匠铺前，伸手在炉膛里抓起了一块煤，朝后扔去。追我的声音没有了。我靠着炉膛睡了。

炉膛的余温，在夜里被子一样裹暖了我。

铁匠起得早，他摇醒我。我翻起身跑向草房。

街上早行的人蚂蚁般匆匆。到了草房门前，军匠的脸黑得像铁匠铺里的砧子，他的眼神咣咣叮叮地砸向了我。

我转身就跑。军匠拔腿就追，像狗追猫。

路过铁匠铺，铁匠说娃儿，别跑了。我站住。望着炉膛里烤着的饼子。

饼子幸福成铁匠打好的铁锨。

军匠喘口气，飞起了脚。

铁匠说：歇口气吧，他还是个娃。夜里让他睡在那个草房里，阴森呢。

军匠说：阴森也是他的命。

铁匠说：铁的命就是千锤万锻。我也见过当斑蝥的，就数他，不知道爹娘是谁。

军匠看铁匠翻了饼子，说得两面烤呢。

铁匠说：你夜里陪他睡几天，他就不害怕了。

军匠说：没这规矩的。

铁匠说：不当爹不疼娃。火药局的人，心肠就像这些煤块。

军匠离去。我看见军匠鞋底扇起的风，马蹄般疾厉。

铁匠掰了半块饼子给我，饼里冒出的热气，太阳一样炙烤着我的眼睛。

夜一下来，凉州城热闹的只有一条街。凉州人叫吃食一条街。从东走到西，三百五十步；从西走到东，三百四十步半。

各种气味搅得我浑身发痒。我盯着韩家的卤鸡。看着卤鸡们香酥在昏沉的灯光里，刚爬出娘胎的狗娃一样诱人，便伸出了手。韩卤鸡拍打苍蝇的拍子拍在我手臂上，我搓着手臂。

军匠抢过韩卤鸡手中的拍子，扔了出去。呵斥着。

韩卤鸡说：还未到供养斑蝥的时间，我没义务给他吃。

军匠说：怨不得你，撕一只鸡腿给他，算是他到人世间第一次吃的美味。

我的鸡是整卖的，撕了鸡腿，别的我怎么卖。

管你。军匠撕了一只鸡腿给我，我捏着鸡腿跑入了夜中。

军匠睡在了草房门前。他安静得像大柳树洞里的鸟毛，风不吹，永远不会翻一下身。

这一夜，铁床老实了许多，再不升升降降。我趴着睡了。身下的麦草很听话，再不乱跑。星星们何时走了，我不知道。一声鸡鸣，我听到了窸窸窣窣的声音撕咬着远去，我窜出了屋子。

军匠，也不见影踪了。

五

我从铁匠的胸膛里看到日落日升时，凉州城里的沙枣花开了。铁匠把花香聚拢到炉膛里，风匣一拉，便香透半城。

一大帮的闲人便聚拢。

做凉州城里的闲人，是要有资格的。

他们处于社会各阶层，辛苦了大半辈子，儿女们成家立业后，他们终于能歇口气了。

早晨，一碗羊杂碎，二两酒。若不吃羊头，就各自找几个地方，三三五五，坐于街面，呷一口酒，把过往的辛苦咽进肚里，吐出一种自得，乐乐地说古论今。

铁匠铺前聚拢的是那些较有成就感的，大凡没点资历的，一般不到铁匠铺来。铁匠的心里，装着一笔账，倘有不中意的人来，铁匠便把一块铁扔进炉中，抽动风匣，不紧不忙地拉。待铁红了，便钳出来，一锤一锤地敲击。铁从方到圆。铁匠打一锤望一眼来人，来人从铁匠眼里看到了一种火。那种火跌到铁匠手中的铁上，扑出来，又被铁匠收回。过一阵，又跑进铁匠的眼中。来人站也不是，坐也不是，像谷地里的狗尾巴草，怎么摇晃也摇不成谷穗，便讪讪着离开。铁匠将那块铁扔进水盆里，吁口气，眼里的火平复了下去。

有人递了一盅酒，铁匠接了，一口咽下，周遭便平和起来。

有人便说铁匠的锤、雷大隐的毛巾，端的令人惊异。铁匠的锤，把没生命的铁打出了生命；雷大隐的毛巾，把没味道的菜煮出了香味。有人便戏谑，说雷大隐的毛巾就是他的女人。夜里搂在怀中，白天搭在肩上，铺到身下是褥子，丢进锅里是香料袋。时间长了，便断了娶女人的念想。他捡拾了穆斑蝥，延续了火药局的炮弹香火，却让自家的根丢了。

众人都看我。看一阵便骂起了穆用和他的女人。铁匠又提起了锤，说的起兴的人禁了口。

再说，铁匠又会打那块铁。

我很少到雷大隐的院中去了。军匠看我在草房里睡得安稳了，夜里便不在草房门前守了。

有时闷了，我便溜出草房，在凉州城里游动。碰到打更的，我就躲在一旁，待他走远了，便跟着他。打更的回头一望，我便躲起来。躲不及时，我就扑倒在地，学一声猫叫。打更的一走，我又跟上前去。

打更的拐到西大街的一条巷子，挤进了一扇门。门临巷，我蹲在小窗底下，听到打更的喘息声从窗子里奔出。

他说婶娘，我可不敢再来了。我老觉得有人跟着我，我这做侄子的老往你炕上跑，遭罪呢。

有女人的声音便传出：你这娃，我躺着，你跪着，啥罪都抵消了。我就好你娃这一口。就像你打更，有节奏呢。

我不懂，学了声猫叫，里面慌乱一阵，我看到打更的拉开门，猛扑出来。

女人拉开门，扔出了打更的工具，说没胆量，就再别骚情老娘。一声猫叫，就吓成这样，打你妈的更。谁家的死猫，扫老娘的兴。

便泼出一盆水来。我闻到了尿骚气，便转身跑了。

那个夜里，凉州城半裸着睡了。

雷大隐躺在大柳树洞里，我挤了进去。那条毛巾睡在他身边。它全身舒展，没一点羞涩。我拽了一下，雷大隐弯了一下腿，它也动了一下。我爬出树洞，盯着洞口。扯出毛巾，我跑到了河边。

我吁口气，拉着月影，回了凉州城。

一天之后，凉州城里便传言四起：雷大隐的魂丢了。

六

我出生后就像一根刺，被掐掉了尖，怎么扎，也扎不到家这块肉上了。

我跟在军匠后面，无心无绪地走。一街的人都在忙碌。

军匠咳嗽了几声。

有摆小摊的问：军匠爷，这么把头仰得高高的，到哪里去呢。

军匠哼哼了两声，哼声粗放而自大。

军匠的步态阔傲，我迈着碎步，夹着屁股，到穆用家门口，军匠一脚踹开了一扇柴门，另一扇柴门没有受到重视，委屈地趔了趔身子。

穆用的女人叉着腰，问军匠来干什么，后面还缀着个尾巴。

军匠说从今日起，穆斑蝥就在你们家吃饭。

女人把嘴一张，无数的唾液喷出来。军匠往侧面一避，有唾液溅到我脸上。我避在军匠的身后。

那种状态，就像我一次吃坏了肚子，不管我如何控制，那股水般的东西竟冲出屁眼，奋勇四射。

女人的嘴像在接龙，从教匠骂到军匠，从军匠骂到雷大隐，从雷大隐骂到穆用。从穆用骂到我时，她冲上来，撕住我的衣领，把我往门外拽。

拥在柴门外的人让出一条路来。

军匠一脚踹向女人。女人一倒地，扯翻了我，我陀螺般滚了几下。那几个一直站着的男孩扑上来，用脚踢我。

几个役工冲进来，按住了女人。女人用手抓，用脚蹬，侧头咬了一个役工一口。役工捂了胳膊，说这哪里是人，这是狗啊。

女人翻起了白眼，军匠喝令役工松手。役工们拍着身上的土，撕开了踢我的那几个男孩。

那几个男孩扑向女人。

军匠扫视了一下堆在门口看热闹的人，吼了一声：谁再围观，穆斑蝥就去谁家吃饭。

围观的人散去。一个乞丐蹲在墙边，一役工赶上前去，踹了乞丐一脚，乞丐说：我的家在大街上，你踢我干啥。又一个役工上前，抓了一把土，塞进乞丐嘴里，乞丐爬起来，抠着嘴里的土跑了。

再不济，穆斑蝥也是你胎胞里抖下的。就那么几年，为朝廷呢。

朝廷你妈个朝廷。嫁个没用的男人，添得尽是带把的嘴。大的做了斑蝥，我们认了，怎么无来由又给我们家塞一个斑蝥。穆用，穆用，你个驴日鼠的。生下个男人不顶门，叫老娘充顶门杠呢。

谁叫你们入吃斑蝥粮的籍呢。入了籍，就得信守规矩。

什么鸡巴规矩，既然是你火药局的人，你们就养活算了。扔给我，算什么呢。

军匠坐在屋门槛上，挥手让役工们散去。

一个役工说：这袋粮食是放还是不放。

穆用的女人扑上去，抢了那袋粮食：费了老娘这么多唾沫，拿来的东西还想拿走。

我跳到军匠身旁，看着那几个瞪我的男孩。三个。这回我数清了。

你把斑蝥脸上抹了锅底灰扔了，扔斑蝥要治罪的。你没见马六婆子，骑了木驴，那可不是好玩的。

穆用的女人说：马六婆子是拉皮条的，老娘堂堂正正的，腿一偏就会掉出一个带把的，你辱臊人呢。

军匠说：罢了，人我已交给你了。善待他吧。一口饭的事。

看着军匠远去了，三个男孩冲过来，搡推着，将我赶出了门。

那两扇柴门，闭上了。

穆用挑着水桶，看见我，转到了另一条街上。我看着他在街角瞅我，便避到了一旮旯。他挑了水桶，斜望着走向柴门。我跑到他跟前，他肩上的扁担一滑，水桶掉在地下。我转身跑了。他抓起桶子，敲着门。门开了，他朝后一望，没人，吁了一口气，他刚要关门，我便狗一样窜出来，挤进了柴门。

七

铁匠说别人的火在尻子里，我的火在骨子里。

树上的叶子在疯长，我的个子像压在石头下的草，腰再挺，也挺不到凉州城的城墙高。

穆用家的柴门对我是一种诱惑。

我到那座院子里，不是为了吃饭。为了什么，我也说不清。我总想搞清楚我的来路。我的三个哥哥，总是把我当猫狗一样。他们将我视为玩物。我一进院子，他们便望着我。第一个奔向我的总是三哥，算上曾做了斑蝥的大哥，严格地说，他应该是四哥。他揪住我的头发，我就像陀螺一样，随着他的手，一圈一圈地转。他转晕了，便招呼三哥。三哥上来，在我腿弯里踩上一脚，说：倒。我趴在地上，二哥上来，骑在我身上，四哥手里攥着一根皮鞭，朝我屁股上抽。我双手拄地，踮起脚，在院子里一圈一圈地走。

穆用的女人坐在一看不出颜色的矮板凳上，手里捏着几根菜叶，菜叶的汁缠在她手上。她手里的日子，痉挛成在身上扎了刺的青虫，毛茸茸地扭动。她的笑容在皱纹里跑来跑去，一直跑到岁月变黄。我看到她的兴奋从身上滑下，在小板凳旁滚成一粒粒豆子，鸡跑来一啄，我的眼睛便痛起来。

穆用撕开了我的三个哥哥，问他们想干啥：不要说兄弟，就是旁观外人，也不该这样。

四哥扬扬手中的鞭子，说：我在给他紧皮。他是多余的，你凭什么说他是我们的兄弟。

三哥说：人家训练义马就是这样的。我们早点训练好他，他做了炮弹，好追大哥。

二哥直起身，乜了一眼穆用，说：屌事，要你来管。

穆用望了女人一眼。女人把手中的菜叶扔了出去，鸡们奋勇而来。一只母鸡啄了菜叶，转身往墙根跑去，公鸡冲上去，跳在了母鸡背上，用嘴啄紧母鸡脖子里的毛，浑身抖动着，全身充满了快感。我的三个哥哥望着全范围布满得意的公鸡，心里的不平如捂了一夜的黄豆芽一样冒出。三哥冲过去，踢了公鸡一脚，公鸡扇了翅膀，跳起来，扑向三哥。三哥转身就逃。

我把心中的笑憋住，坐在地上。

我坐得太阳发羞，它朝西边滚了滚。

穆用的女人扒了灶膛里的灰，燃了火，烟洞里的烟出来，斜了一阵，便直了。直到天边，就弯了腰，朝天上的云俯身磕头。我听见了嘭嘭的声响，便立起身来，挪到墙头，靠着墙，看着三个哥哥从屋里拿出了自己的碗，用筷子叮叮当当敲着。

我在街上看惯了人家的饭食。穆用家里的饭，不叫饭。不叫饭的饭在我三个哥哥的碗里丰盛着，他们吃饭的姿势，很令人羡慕。他们把清汤寡水吃成了红烧肉，引得围着他们的鸡往往想跳进碗里。

锅见了底，我听到了一根面条的叹息。穆用的女人用手捏住那根面条，面条蚯蚓一样蠕动，她把粘着那根面条的手对在嘴边，吸溜一声，那根面条就进了嘴。她抬起袖子，抹了一下嘴，抓起缸里的葫芦瓢，舀了半瓢水，倒进锅里。锅底里漂出几点没有了颜色的菜叶，她伸手入锅，把菜叶撮起，抹在嘴里，端起锅，倒在了一个石槽中。二哥上来，拉着我，三哥推着，四哥扬起鞭子，在我屁股上抽了一鞭，说：吃。

我的嘴浮在了水上。我伸出舌头，舔着水。水毫不在意我的愤怒，肠子们在努力地接纳，它们在歌唱，唱着令它们辛酸的歌。

半瓢锅底水完成了使命，石槽干净地舒展了身，我爬起来，走向了柴门。柴门等我出去，摇动着合上了。

满大街便响起了哭声。

我到了火药局，军匠说吃了吗。我没有回答。

我并不知道那几个闲汉是在军匠的授意下来的。

他们围着我，像围着一只猴。他们有的抬抬我的下巴，有的拽着我的袖子，扯皮筋一样玩耍。一个朝屁眼伸手捏去，叫喊一声：快快，香香来了。便把手捂在我的嘴上。一股臭从我嘴边挤出，围罩我的闲汉边骂边躲，说臭。

他们哈哈大笑。

他们腻了，便四散而去。

我坐在街头，看见一街人在街上，水中的木棍一样漂流。

闲汉们看到我去了穆用家，朝我二哥挥挥手，二哥响亮地打了声口哨，柴门吱扭一声，一只猫从门里跳出，它回望了我一眼。在它的眼里，我就像一只老鼠。

又来了。三哥扑上来，揪住了我的头发。四哥手里的皮鞭抽在地上，很响，地皱着眉头，躲避着。

我觉得自己是个看不见的东西。

八

夜色像稀泥一样摊开。

我对夜怀有感恩之心，是因为夜色一下来，我的世界就像花骨朵，虽没多少人关注，也会自在开放。什么教匠、军匠，什么穆用和他的女人，都像麻雀一样，在自己窝里做他们该做的事去了。

我躺在铁床上，铁床就是我的伙伴。我把白天欺侮过的人摆在床头，一个一个拍过去。他们在我的掌下软得像面团。待我松手后，他们又一个一个直立，我把他们攥在手里，捏。捏得手心麻痒，就吹一口气，他们便影子一样飘散而去。穆用的女人和我的三个哥哥，我不敢拍。一拍，他们就像刺一样向我冲来。我缩回手，他们的鼾声在我手边游走。有风的夜晚，我睡不着，便把他们坐在屁股下，我不把他们放在身下，我压不住他们。

响声在午夜清脆着，铁床一摇晃，我跳下铁床。铁床的一角塌陷下去，我听到了几声怪叫，便夺门而去。

我把夜跑得大汗淋漓。

火药局的役工拉开门栓，举着灯笼，见是我，问我惊慌成牛卵子，碰到鬼了吗？

我说床塌了。

役工叫醒军匠，军匠在灯笼的微光下，把夜走成了风。

进了草房，军匠看到插入地中的铁床，举着灯笼，一口洞龇着牙，幽深出一种怪异。

军匠让役工去找巡夜的衙役。

衙役们举着刀，探头望去，他们说玄虚原来在这里。一到午夜，在草房附近，他们老是听到响声，就是找不到根由。

他们说：明白了，风传草房底下有宝。

有胆大的衙役在腰里拴了身子，跳下了洞。就听一声怪叫，上面的人拉紧了绳子，衙役苍白着脸，出了洞：死人脑壳哎。

便奔出了草房。

天被怪叫惊醒。

草房门前聚满了人。

见我好端端的，围观的人似乎有喜鹊窝被风吹散没打碎窝中的蛋的感觉。军匠让役工回填土洞。衙役说先别忙着填，有宝没宝，挖不挖，府衙和县太爷还没放话呢。

军匠说：我火药局的地方，挨你们啥事。

衙役说：这话说得。有枣无枣打几下。火烧了是火神爷的事，地下打洞是土地爷的事。凉州的地儿，县太爷不管，你军匠撩了屌毛找谁去。

我发现众人眼里跑的是金银财宝之类的东西，便挤出人群。有人跟着我，拐过巷口，将我撕扯到一院中，扒光我的衣服。他们怪怪地盯着我。有人扳开我的嘴，说这嘴里也藏不了东西啊。就摁倒我，翻我的屁眼。我的屁眼仿佛四裂，那根伸进屁眼的指头，探宝器一样往里伸，我叫唤起来。那人抽出手指，说真没有。他们问我在草房里见没见过金银之类的东西。我盯了掏我屁眼的人，说草房里除了草，什么也没有。他们又问我铁床跌下去时我在哪儿，我说我跑出了草房。他们把衣服扔给我。我穿了衣服，看着那个掏我屁眼的人指头上的血和尖尖的指甲，跑过去咬了一口。那人捂住手指，在地下跳起来。我拉开院门，跑了。

铁匠看见我脸上挂着的泪，招呼我前去。

我挪动着脚步，坐不住，便靠着一根木柱站着。铁匠说：都在做白日梦呢。这盗贼也真是的，硬是挖了地道，宝没找着，听说砸死了两个。你没被吓坏吧，娃娃。

他翻了翻炉火上烤着的洋芋，用钳子夹出一个，在手里拍打一阵，一个黄灿灿的洋芋跳到了我手上。我咬了一口，嗓子里火烧火燎起来。

铁匠说：娃娃，心急吃不了热洋芋，晾一晾再吃。

那天的凉州城，元宝一样金贵起来。

衙役坐在草房门口。草房地下的土隆起来。雇来挖洞的人说哪里来的金银，哪里来的活死人，只有死人骨架。再挖，草房就塌了。

负责督挖洞坑的衙役钻进去，用手捻了土，嗅嗅，说：滚出来吧。

凉州城一下子瘪了下去。

铁匠回家时，扔给我一个破皮袄。我躺在破皮袄上，靠着炉膛壁睡了。炉膛壁上的温热，把夜弄得蜷了身子咳嗽。

月亮被凉州城喂肥了，胖胖地卧在天上。我的三个哥哥裹住破皮袄，把我抬到了穆用家的院中。被喂肥了的月亮和我一样感动，院子里清亮得如端到桌上煮熟了的一只鸡。

穆用的女人坐在月亮下，影子肥肥地拉长。她的眼神在月光下尖厉着，我读不出些微的暖意。

穆用撕了一条鸡腿给我，四哥手里的皮鞭缩在他裤裆里，很温顺。吃完一条鸡腿，三哥问鸡腿好吃吗？我点点头。二哥说：

吃了鸡腿，你得说实话，草房里真的有金银吗？我说真不知道，我听说衙门里的人也没挖出来。二哥说：等你回了草房，带我们去挖。我瞥了穆用的女人一眼，她把尖厉拉长成期待，绳子一样绕在我脖子上，似乎一拉，我的嘴里就会吐出金银。

穆用盛了一碗鸡汤，尝了一口，女人骂起来，说他是饿死鬼转生的，连阴沟里捡来的鸡都闻不出腥臭。

我的肚子里轰隆隆起来，那些盛在肚里的鸡肉争先往喉咙处冲，就是冲不出来。我抱了破皮袄，挪动着来到铁匠炉旁。

月亮饿了，下半夜收了光泽，到云中去了。铁匠铺炉膛里的温热褪了毛的鸡一样冰凉了下去。

踢哒的声音传来，那是军匠的脚踩住夜色发出来的。他叹了口气，那口气被露水拌湿，无力地落在地上。

九

那面铜镜一挂，军匠说我就是个男人了。

铜镜挂的位置很令我不爽。

军匠用手量了尺寸，把铜镜挂在了我的右侧，腰间和大腿部的地方。他说要挂在右胯。我一走路，铜镜左右晃荡，往往晃到裆部，有时撞疼我的玩意。凉州人把它叫鸡巴。我把挂铜镜的绳子一松，军匠看见，便竖了眉毛，把绳调至原来的长度。他说，只有碰疼，才会钻心。

我老觉得有时军匠简直就是神汉。我们把能预知人前生后世的男人叫神汉。军匠一神神叨叨，我的皮就会发紧。军匠说铜镜和我的皮肤要一直摩搓。摩搓到能感知历代斑蝥的气息。气息渗透，一旦成为斑蝥，就能产生力道。

他说：凉州的三面铜镜，紧皮手挂的最终会成为土，义马挂的最终会成为皮，你挂的最终会成为灰。论威力，斑蝥的最大。

他说我挂的这面铜镜是风磨铜做的。是用鸠摩罗什塔顶上的铜帽的铜做的。他说很久很久以前，外敌偷袭凉州，一城人都睡了。外敌轻骑突袭，一风吹过，铜帽闪闪发光，金色万道。外敌以为有神助，仓皇而退。退至几十里，金光消失。外敌又卷土而来，那道金光又起。如此三番，天亮了。驻守凉州的守军打开城门，看到凌乱的马蹄和布满护城河里的马粪，惊得坐在地上。鸠摩罗什寺的方丈出城而来，说阿弥陀佛。只听轰隆一声，铜帽掉在了地上，摔成三块。一块留给了紧皮手，一块留给了义马，留给斑蝥的那块是最大的。

他说我的皮肤变黄，就证明历代斑蝥的魂渗入了我的骨髓。

这种说道，我不感兴趣。我只觉得这铜镜讨厌，上面爬满了历代斑蝥的影子。一晃，撞到裆部，裆里的玩意竟然直竖起来，弄得我往往用手捂着。铜镜碰到手上，也疼。

我想去寻找紧皮手和义马，看看他们的铜镜，问问他们，他们在跑的时候，那玩意儿是否也很疼。

铁匠说：娃娃，比不得的。谁有谁的命。紧皮手姓农，义马姓马，你姓炮。山做的卵子水捏的屌，谁也替代不了谁。

夜黑成牛粪的时候，我爬进了大柳树洞中。

柳树林里毛茸茸的，有东西在振翅，间或怪叫一声，那声音渗进夜色中，夜便狰狞起来。那东西的眼珠是黄的，一转，黑夜便跳起来。

我用指头敲着铜镜。

我看见铜镜里的斑蝥们排了队，年龄最小的那个想扑出来拥抱我，被年长的拽住。他极力挣扎，眼里的焦急奋身而出，在周遭炸裂。老斑蝥们捂住了眼睛，四散而去。

他叫了我一声：兄弟。

大柳树洞中温暖一片。

他说：别怪妈，她也不容易。

他说这话的时候，我把夜色拧紧。夜的汁水在我手心里流成了小河，哗哗流淌。穆用的女人漂流在河中，枯枝一样随着波浪晃浮。

他说妈生他的时候，秋风从门缝里挤进来，铺满炕上，炕上血腥一片。等在门外的火药局的人，一俟他降临，兴奋成六月的麦子，在噼爆中摇响。妈说宁死不吃斑蝥粮。教匠搓着手，像搓麦穗。麦芒们在他手里碎成粉末。妈被搓得成了一拔了根的倭瓜，在炕上躺了整整三个月。

以后，妈就变了。

这些话像哑弹，在大柳树洞里没有爆炸。这个叫我兄弟的人搓摩着炮弹，其他斑蝥的笑声像炮弹一样排列。我一翻身，眼前仍是一片黑，夜仍然黑得像牛粪。

十

教匠说，做了斑蝥，就要一直觉得活在黑暗中。炮弹不能在太阳下暴晒。就像女人，再显摆也要穿件衣服裹住身子。你见哪个女人大白天光着身子在街上给人看，除非她有病。

教匠说这些话时，正经得像杨府门洞口的石狮子。

这些话在我耳边，就像秋天柳树上的叶子，被风一吹，早已不知道飘到了哪里。

教匠一到夏天就发馊。

教匠身上外罩的衣服平平展展。绊扣的纽疙瘩像平胸的女人，乳头也不外显。发馊的是汗。汗排出来，被衣服裹干，捂得时间一长，便馊了。别人的馊汗难闻，教匠的馊汗说不上难闻，也说不上好闻。我跟在他后面，鼻子不愿跟，头便时时往旁边扭。到一涝池旁，教匠回过身来，我端正了鼻子，他说这是个废涝池。

我知道涝池对凉州西、南乡人的重要。大凡人和牲畜的饮水都靠它。在人们的心目中，涝池是神圣的，拒绝任何不洁的东西进入。涝池一废，人便很少在意了。河水丰沛的时候，放满它。天一旱，涝池便干裂如葱皮。有时为防鸟雀缺水吃而糟践庄稼，人们也有意往废涝池中注水，吸引鸟雀们。小孩们便将废涝池作了天然的澡堂子。他们也不敢过于张扬，选择面大汤宽的正午，来扑腾一番，速速离去。

教匠脱了衣裳，将它们叠得整整齐齐，拔了几把草，铺在地上，把它们放在上面。

他找了一块石头，在涝池中洗干净，压了衣裳。

他跳入了水中。涝池里有油花飘出来，一朵一朵浮在水面上。教匠在水面和水底起起伏伏。我盯着他。我想教匠如果沉到水底该多好，这样，我就不做他们所说的斑蝥弹了。水声四起，教匠跳出了水面，将我的想法打回肚中。我的肚子肿胀起来。

教匠的身子白得像洗干净的鸡毛。

太阳很大。他身上的湿，吵闹翻滚着随风而逝。他端坐在地上，屁股两侧的肉松弛，他的裆中的世界和我的一样，在太阳下松懈成出了洞的老鼠。

他笑，我也笑。

一只癞蛤蟆跃出了水面，它呱地一叫，周遭便有了活气。一只乌鸦黑得像萨教匠脚上的皮鞋，它落在癞蛤蟆旁边，蹦跳着。癞蛤蟆盯着乌鸦，鼓圆了眼睛。它又呱了一声，脖子下气囊一样膨胀了起来。乌鸦跳到侧面，在它背上啄了一口。癞蛤蟆缩了身子，把嘴一张，口里有线状的飞沫迸出。乌鸦又啄了一口，癞蛤蟆狠命呱了一声，身子圆成了一个球，嘭地一声响，像炮弹一样爆炸，身体内的器官激飞而出。乌鸦呀呀几声。一只老乌鸦飞临。乌鸦噤了口，看着老乌鸦吃了那几点软成豆腐的东西。

老乌鸦飞走了。乌鸦又呀呀几声，啄吃着老乌鸦留下的东西。

教匠说：老乌鸦吃的是肝脏，是癞蛤蟆身上最好吃的东西。

那只乌鸦为啥自己不先吃。老乌鸦为啥还给那只乌鸦留吃的。

教匠说：天下乌鸦都能做到的事情，就你那个当妈的做不到。

我与妈似乎没有那么多的事可讲。便任由教匠叨叨。教匠说这时的太阳最毒，你看癞蛤蟆的那些皮，都卷成了蛆。回吧。

教匠的嘴里淌着“铜将军”之类的东西。那些东西，我早已耳熟。我长这么大，所记的东西不多。难熬的夜里，我便记那些他们让我记的东西。在他们面前，我不想很流畅地背诵，看他们那种恨铁不成钢的样子，我觉得好玩。

他们把那件铁衣裹到我身上时，我的身子重了。他们把我推进那个地洞里，我的眼里热了起来。他们在地洞里藏的那些硝石、硫磺、柳条灰之类的东西，并不难找。在地面，我用的是眼睛；在地洞里，我用的是鼻子。从石板缝里漏下的光，是我的希望。那些日子，我在地洞中找到火药局的人所藏的东西，一吃，浑身便燥热，我便在地洞里跑起来。一圈一圈，跑累了，身上的燥热也就下去了。一没光亮漏下来，我就知道，天黑了。

天一黑，凉州城的人睡了，星星们就醒了。

萨教匠在石板缝隙前一坐，我就笑了。他用细线绳吊下的熟肉片或馒头片，数量不多，我不敢一次吃完。我用指甲掐着吃它们。丁点的肉一入口，我的嘴里便滋润成煮着肉的砂锅。

听到我的声音，萨教匠屁股下坐出的星星就会闪烁。

没有星星的时候，他坐出的是清风。

那晚，有一些月光漏下来，我闻到那根线绳上吊下的是油饼，没有马上撕扯。我的鼻子幸福成叼着奶头的小狗。萨教匠不停地抖线绳，我不停地嗅吸。“穆斑蝥，穆斑蝥”，这几个字从萨教匠嘴里跳出来，我的眼泪跑到了脸上。我抽抽嗒嗒。听到我哭的声音，萨教匠吁了一口气。那口气，长得像冬至的夜晚。

我把盛东西的罐罐们排在一起，在一个罐罐里尿了尿，其它的罐罐就叫喊。我把尿在每个罐罐里都倒上一点。我估摸，等这些罐罐里都盛满了尿，那块石板也就该挪开了。那时的凉州城，我就又会看到它的眉毛、眼睛、鼻子和嘴。那些蹲在凉州城嘴里的人，照旧吃饭、睡觉。

我开始怀念那间草房了。

草房里，或躺或坐，我自由成风，想怎么刮就怎么刮。

十一

柳絮飘飞的时候，我拽着风的尾巴，让它飞得不要太高。风一高，春就远了。

柳树对我来说，是一种生命一样的存在。

凉州女人生娃的时候，忌讳生人造访。大凡生娃的屋门口，都要挂一红布条。晓事的，就会避开挂红的房间。据说生下的娃一睁眼看到的那个人，一辈子的性格都会随他。我什么时候睁眼的，不知道。穆用把我扔到大柳树洞里时，我是否睁开了眼，我哪知道。雷大隐是不是我第一个睁眼看到的人，已不那么重要了。

我相信，我第一眼看到的是柳树。按习俗，第一眼看到的，男的可称干爹。第一眼看到的树，叫寄名干爹。这样以来，雷大隐和柳树都成了我的长辈。

军匠说柳树的春枝太嫩，冬枝太老，夏枝可当药，秋枝才能做炸药。

军匠和教匠说话，老是那么简短，有时还深奥。我听不懂，也懒得问。问了也多余。教匠说：炮弹有生命，但炮弹不能有思想。思虑一多，动机就不纯。动机不纯，药性会分散，杀伤力就不大。

他说：做了斑蝥，就得一门心思怎样和硝石、硫磺、柳条灰做兄弟。

这样一推算，柳树又成为我的兄弟了。

春天趿拉着鞋一走，夏天便光着脚来了。

军匠背着一只包，他的包上绣着一颗炮弹。圆的。包一放，炮弹就松弛成一黑蜘蛛。他来到柳树林，从包里掏出一把剪子。长把剪子。他说，他这把剪子，能把春风剪断。

军匠选择的柳枝都很胖，在风中喘息。他让役工架了一口锅。陪伴锅的，是一只大缸。它们每年只有一次出库的机会，锅和缸在夏天坐出了姿式。军匠把剪下的柳枝分成段，一根一根排列在锅中。柳皮在水中松动，膨胀；锅中的水绿着，黄着。他夹了一根柳枝，捏住枝头的柳皮，一抽，柳皮像蛇皮一样蜕脱，鼻涕一样蜷爬在他手上。他将柳皮抹在一块圆石上，等风干了，碾成粉末，装到一瓶中。他说，和硫磺和了，可以治荨麻疹、湿疹。看到汤汁稠了，他用筷子一挑，汤汁吊在筷子上，像少妇的腿一样晃荡。他让役工熄了火。舀水的役工拎着一把木勺，站在河边。军匠说开始。舀水的役工舀一勺水，用力一送，水一条线似地向缸飞去。军匠舀一勺柳枝汤，迎着那勺水泼去。水、汤在缸的上部一相会，双双落入缸中。

军匠让我进入了缸中。

缸不大，柳枝汤一倒，说不出的恶心。我用力一跺脚，缸成了两半。汤水冲出缸中，有的蜿蜒到河中，河中有了一团一团令人恶心的绿。

军匠抓起几把汤泥抹在我身上，让役工们把剩下的柳枝汤装了，送到席家药房。他径直出了柳树林。有一豁嘴的役工说：日怪，火药局怎样现今尽出怪事，草房地下被人挖洞，大缸一进人就成了两半。

别的役工都望着豁嘴役工笑。

豁嘴役工说：笑，笑什么。

没有人再理会他。几个人抬了大锅，送往火药局的库房。

柳树林安静了。我到河里洗身上的柳枝汤，有几个绿点，实在洗不掉，就让它们留着算了。我坐在大柳树下，发现几团柳絮，在风中灿烂地跳舞。它们跳得很匀称。我抓了几团柳絮，吹掉一块石头上的土，用手抹抹，将柳絮用火点了。柳絮老鼠一样蓬勃一阵，焦成了黑团。我从大柳树洞里拿出一小瓶，装了。摇摇瓶子，有多半瓶，够治萨教匠一年的流鼻血和口舌生疮的毛病了。

我拾了那根军匠搅拌柳枝汤的棍子，倒插在河边。

听见教匠的那声咳嗽，我跑过了河，消失到一片蒿草地中。

十二

我又到穆用家门口，柴门闩着。

我用脚踢着柴门，三哥跑到柴门口，瞪着我，我努力地和他对峙。他猛地抽掉门杠，柴门一松，我栽了进去，他在我尻子上踹了一脚。我爬起来，院中不见二哥、四哥和穆用的女人。

我问女人去哪儿了。三哥抽了我一耳光，说那是你妈。

我一扭脖子：我是从大柳树洞里跑出来的，我没有妈。

那你死皮赖脸地跑来干啥。

你们吃着我的斑蝥粮，我来不行吗。

三哥说：今天真的没吃的。妈和他们去了舅舅家。

我问舅舅家在何处?

三哥说：远了。

便不再理会我。

看不见穆用的无助和他女人的那种凶狠，这院子便没意思了。那群鸡也懒洋洋地或躺或卧在墙角。那只公鸡把一条腿斜搭在一只母鸡身上，我上去踢了公鸡一脚，公鸡跳起来，我转身跑出了穆用的家。

凉州城，让我逛得有皮没毛。

一下雨，我便登上南城门楼。兵丁们一般不阻拦。我也乐得自在。蹦蹦跳跳上了台阶，我走到一偏耳楼。上面有个夜雨打瓦的牌牌。人们口传道：没雨的时候，深夜，躲进这偏耳楼，能听到雨打瓦片的噼叭声。往往是，夜里的偏门关了，人上不了楼。在雨中，我看着雨线珠子一样往下掉，还有色彩。那雨线，一个珠子接着一个珠子，很匀称。雨帘下站着一个人，抬头望着。我掏出一泡尿，朝下洒去。尿太短了，够不着那个人，我提了裤子，气恼着，单腿跳着下了楼。

那个人是王少八爷家的。

王少八爷家的人拦住了我，很客气，叫我斑蝥爷。

他说明天要请我去帮忙。

我说我能帮什么忙。

他说倒也没啥。

他拿出来一根红布条：你在腰里系了红布条，往歪脖子巷口的歪脖子树下一站，等娶亲的过去了，你的事也就完了。

我说我能得到什么。

那人笑了：你斑蝥爷头顶天、脚踩地，有啥需求的，只管说。王少八爷说了，只要你不提出钻洞房，其他的，没啥。

我说我要一壶酒，两碗肉。

那人说：这算什么。明天，王少八爷家的狗都有肉吃。

我脸色一变，那人说：你看我这嘴，不是那个意思。

我说现在就要。

那人说：明天的事误不了吧。

我说屁。

兜了两碗肉，手里提了酒，我腰杆直直地走到杨府门洞前。我站了一阵，没一个人出进。去到柳树林，我放下那壶酒和一碗肉。端了另一碗肉，到了穆用家门口，我叫喊了一声。穆用的女人和二哥、三哥、四哥出来。四哥回到屋中，拿了皮鞭，扑了过来。

我顺柴门扬起了碗，肉块飞着，奔向穆用的女人。他们往后一躲，四哥说是肉啊，便抓起来往嘴里塞。二哥、三哥为争一块大的肉打了起来。穆用的女人只管弯腰捡着肉，她把肉往衣襟中兜。四哥扑过去，抓了几块，往外跑。穆用的女人跺着脚，贼操的驴日的骂起来。衣襟里的肉抖到了地下。二哥和三哥抓起来就往嘴里塞。穆用的女人看着剩下的几块肉，抓起来也塞进了嘴里。

她停止了骂声。

我又跑到了柳树林。大柳树洞里的那碗肉，仍在。我伸出手，抓了一块，又放下。扯了几根柳条，把那碗肉吊到大柳树洞上方。出了洞，一只猫在附近蹓跶。它看起来非常有耐心。我回到洞中，蜷着睡了。

夜喂饱了星星，让它们在空中玩耍。

我端了肉，来到铁匠炉旁。铁匠说：我刚打完一件活，要不早走了。我把酒往他手里一塞。他闻到酒味，笑了，问是从哪儿来的。我说了缘由。他说：这王少八爷，这么舍得，是让你去震煞神呢。铁匠就着火，说你没吃。我说和你一块吃。铁匠摸摸我的头，甩了几下手，说娃娃，再不要计较你的家人了。你的头，我们是不能随便摸的。

酒辣，我抿了一口，咳嗽起来。铁匠说不要硬撑了，就自己坐喝。一壶酒下肚，他扔了酒壶，我拾了回来，说我要还王家人呢。铁匠说：你信他呢。只要出了王少八爷家门的器皿，他们绝不会再要。他们，讲究着呢。

铁匠说你娃娃没赶上好时候，以前做斑蝥的，吃香的，喝辣的。唉。他说以前做斑蝥的，可了不得。紧皮手和义马，是终身不能碰女人的。唯有这做斑蝥的，虽有规矩，但可胡吃胡喝胡乱搞。有胆大的斑蝥，看中人家的女人，可大摇大摆地去胡骚情。人家打又不能打，只能打掉门牙往肚里咽。往县衙、府衙去告，人家说定规如此，也不好治罪，权当这些女人为朝廷做了贡献吧。有一斑蝥胆肥，竟钻进知府小妾的被窝。那事搞的，令凉州城的人整整喧了三天，乐了三天。知府衙门没一点动静，众人说：这事好。硬当斑蝥，不当知府。过了一阵，有传言说知府的小妾死了，就挂在歪脖子巷口的歪脖子树上。谁也没见到。再胆肥的斑蝥能肥过知府吗。一日知府宴请火药局一干人，指令斑蝥必须参加。酒席开后，知府一杯一杯给斑蝥敬酒。火药局的人说知府的肚里当真能撑船。临了，看着烂醉如泥的斑蝥，知府说：打又不能打，割又不能割，咋办。火药局的人不吭声。知府扔了酒杯：连我的小妾都敢搞，胆肥啊，送他到该去的地方。火药局的人说：还不到时辰。知府把脸一放：他不到时辰，我的多少好时辰没了，还有这张脸。火药局的人抬了斑蝥，连夜将他送进了斑蝥房。在密闭的斑蝥房里，斑蝥的哀叫声透出墙壁，瘆得西城边的人家不敢开门。据看守斑蝥房的役工说，斑蝥房的墙上，斑蝥抠下的槽痕，让他夜夜做恶梦。后来凉州就有了口传：饿死不吃斑蝥粮，胆肥不玩知府妾。

铁匠说废了，废一个人容易，废一个斑蝥也不难。

便摇晃着走了。

我撂了碗，把酒壶放到王少八爷家门口。城门关了，我到铁匠炉旁边，看着大的星星吃着小的星星。小星星们四散逃了。我把红布条勒在腰间，等天明，去做我应答的事。

十三

风在柳树顶往下压。咔咔。嘭嘭。柳树林在风中，比人群拥挤的集市还热闹。

风停了，我钻出大柳树洞，看着柳树下的枝枝叶叶，它们安静在树下。每年的几场大风，替柳树们梳着头。风把枯枝败叶扫下来，如人拔了白头发，树冠便稠绿着。大风一过，便有探头探脑的人。他们不进柳树林，只远远地望着。碰到我，便问问枯枝掉落的情况。如果我是一根枯木，他们可能会毫不犹豫地抱走。在柳会未开禁前，他们不敢动柳树林的枝枝叶叶。

那位老婆婆进了柳树林，提着一个竹篮。她往前挪着，比在麦地里捡麦粒还有心情。她在捡柳树底下如针粗细的东西，这些大多为叶子的茎。我捡几根稍粗的扔进她篮中。她笑笑，将我扔进篮中的胖茎捡出来，小心地放到地上。她的头发白若天上的云，脸上竟然没有柳树皮的那种粗糙，平展展的。她一挪，绣花鞋头上的那朵并蒂莲花便开了。

她一来，柳树林的颜色便羞涩着让路。

我跑进城去，在杨府门洞前待一阵，再到铁匠铺那里转一圈。路过穆用家，顺柴门一瞧，没人，便在柴门上踹了一脚。那只公鸡一跑，母鸡们也跟着跑过来。我听到了踢哒声，穆用挑着空水桶，望着我。我转身跑了。

下午的柳树林里的凉风很疼人，不紧不忙地吹。那位白发老婆婆终于直起了腰。我跑上前去，把篮子晃了一下，几根枝茎跳出篮子，老婆婆弯下腰，拾了那几根枝茎。她的腰很细，柳枝似的。她挎了篮子，出了柳树林。回转头，对我一笑，说：娃儿，你要长命百岁。

我也笑了：我要活成长命百岁，那教匠、军匠岂不等成了妖怪。

老婆婆蠕动了一下嘴唇，慢慢走了。

我把粗点的枯枝捡拾在一块，拔了马莲，搓成绳，将枯枝捆在一起。掂掂，不重。太阳要去睡觉了，我背了柴，绕过东城门，到了西城墙的豁口边，墙外有一滩苇子。我把柴藏在里面。我知道杨府里的人有喝黄昏水的习惯，他们说黄昏的水柔，不伤胃。穆用挑着空桶出了杨府门洞，我说我拾了一捆柴，藏在了西城墙边的芦苇中。他问是哪里拾的。我说从柳树林拾的。他放下扁担，一手抓了一只空桶，飞跑了。

第二天我去看，那捆柴还在。见到穆用，我说柴还在呢。他说你娃也不该这样害人的。好歹我也是你爹。柳会，是那么敢招惹的吗?

第三天，柴没了。碰到穆用，我笑。他问我笑什么，我说柴没了。

他哎哟一声，蹲在地上，说：你娃，我就是跳进护城河里也洗不清了。

我说护城河里早没水了。拿就拿了，我就是为你们才拿的。

他说你娃可不能乱说，我就没有去过护城河。

你没给家里人说过吗?

他没再吭声，挑着桶，踮着脚跑了。

我在穆用的家边转悠。一见穆用家的院子里有烟冒出，我的鼻子便嗡动着。烟先横着走，然后直立。柳枝的烟甜，杨树的味臭。

我闻到了牛粪的味道。

月亮被我揣进怀里，挤成了碎片。

我背了一捆柴，从西城墙的豁口处翻进城中。城里的夜和柳树林里的夜不同。城里的夜混浊，各种味在争宠。有一种味酸甜，那是他们所叫的灰圈的气味。这种味道很怪，一到白天臭气熏天，一到夜间和雨天，味道便完全成另一个样子。熟悉了城里夜中的味道便熟悉了城中的一切。柴不重，月亮附在柴捆上，噢噢地叫。我用手捂住月亮的嘴，来到穆用家的门口。柴门看到我，缩了缩身子。我解开马莲绳，把柴一根一根从柴门的缝隙里往里塞。塞完，我朝柴门踹了一脚，抓起马莲绳，拐到对面巷口的墙角，盯着穆用家的门口。

穆用叫了一声，他的女人披着衣服出了门，二哥揉着眼睛说：天上有掉馅饼的，没听说过掉柴的。穆用对着女人喊：惹祸呢，这天杀的。

女人说：算他还有良心。你个没用的东西。

踩着月光，我回到了柳树林。

柳树们在打鼾，很香。

十四

军匠说：教匠爷今年允许你当一回狼虎头。

我鞋中的阳光便冉冉四溢。

二月初二的日子，香成了一只卤好的猪肘子。

狼头、虎皮扮相下的我，在凉州城人的心目中，高出了城墙。他们俯身看我时，都带着满脸的笑。那种笑中没有杂质，还有几丝虔恭。

我的眼里盛满了豆子爆胎的声音。

这种日子属于我的不多。平素在街巷行走，我漫无节奏。一听到鼓锣声，我的脚步便会踩着点，将我心中的虎狼释放出来。那些虎狼在东西南北四散而去。在东、北街，军匠褡裢里的钱们拥挤着，都向我邀功献媚。一到西、南街，褡裢便瘪塌塌的，我舞动的节奏也就慢了。到了穆用家门口，我看见我那三个哥哥，也咧着嘴，手里攥着从东、北街拾来的豆子，往嘴里塞着。我把狼头对着他们龇，他们便后退，三哥踩到了一只鸡脚上，鸡扯着嗓子怪叫了一声。四哥手中的皮鞭，软成了毛线绳，耷拉着。

那一天，是属于我的日子。夜里，军匠把瘫成泥的我，塞进了大柳树洞。

睡梦里没有月光，只有香甜。我把自己弯成月牙，在天空的一隅，靠着云，睡成了一只有娘的小鸡。

进入大云寺，进香的人很少。一和尚在扫枯叶，缀在扫帚头上的埋怨，不加节制地把枯叶戳碎。枯叶向前滚动，有一块滚到我脚下，我慌忙地跳开。

我跑到丁香树下，那些丁香角还在。远处挥扫帚的和尚亲和起来。丁香树下的麻雀粪，白的多。我扯了一片大点的丁香叶子，将麻雀的白粪便放到叶子里。丁香角里的籽，光滑着探头探脑。

这些东西，是为萨教匠准备的。当他怜悯的目光洒落时，他就成为了我的亲人。

到了河边，我把丁香角砸碎，把麻雀的白粪便碾成末，和在一起，揉成丸，晒干，一一排放在石头上。石头上也蹲过鸟雀。石头没有这么幸福地享受过丁香的依偎，热烈着升温。有一条小狗头鱼，居然跳出了水面，跌在石头上，在这些灰丸中很不协调地跳动。我抓起它，扔在了河中。有一丸药也跟着跑了，我捶了自己一拳。

百家饭难吃。他们碗里的汤水中都带着鄙视。吃饭时，我得把那些鄙视菜叶般从碗里捞出，扔在地下。饭有无香味，我也懒得管了。

我从丁家包子铺的包子中吃了一嘴羊粪时，是个雨天。我蹴在一商铺的房檐下，手里捏着那只包子。包子没有脾气，里面的羊粪一膨松，碰到雨水，便有黑汁滴答。我扔了包子。包子在雨中缩着身子。我盼着有一只狗经过，叼了包子，好看看那些羊粪是否能让狗吃出羊肉的兴奋。没有。我上前踩了包子一脚，脚底黏稠着，滑了我一下。我到铁匠炉旁，抓起铁匠的瓴子猛灌了一口水，羊粪味很顽固，仍赖在我嘴里。我捣了嘴一拳。铁匠说：娃娃，在这雨天里，怎么跟自己过不去呢。

有一只鸟，湿了翅膀，在地下奔跳。我扑过去，它飞起来，飞一段，又落下。我拾起一块石头，向它砸去。鸟呷地一声，飞上了一棵树。我朝树踹了一脚，雨点哗啦啦扑了我一身。

进了柳树林，我踩着草，奔向大柳树洞。雨天，那里才是我的家。洞里，有两个馒头。它们白得像刚长了羽毛的小鸽子，见我来，扑楞楞地滚到了树下。

外面的雨和我已没有任何相干了。

萨教匠南方的鼻子里流着来到北方的血。塞了一阵用柳絮烧成的药丸后，鼻子柔软的气息承受了坚硬，变得畅通起来。

萨教匠脱了和我们不一样的衣裳和鞋。他爱去的地方是西城门外的乱石滩。我一直不明白，每次去乱石滩后，他就会病一场。病好后，他仍去。我跟着他，像跟着风。他刮，我也刮。他自言自语在风中。他扔掉的风，我拾起来，装不进口袋，便藏在衣袖中，到夜深人静的时候，一抖，就抖出几颗星星。

多年以后，当我历游南方，把乱石滩中萨教匠的话剖开，里面的内容丰富成三月的桃花，风一吹，便落寞满地。

少女风是一种什么风。萨教匠站在乱石滩的坟包前，看着被炮弹炸出的棺材板。他捡起一块船桨似的松木板，在风中舞动。松木板扇出的风，带着一股死尸味。那种味道，已渗在木板中，经风一搓摸，便兴奋着跑来跑去。骆驼蓬草遮盖着鹅卵石，绿出一种霸气，它的茎叶中的汁，很稠，稠得像牛鉴牛大人的厨师徐凉州做的拌面汤。当我终于明白萨教匠所说的少女风的意思时，他早已去了南方。

在火药局人的世界中，萨教匠永远都是一种别样的存在。

十五

我的心中，如母鸡掴毛后生出了新的羽毛，是大哥在一个夜晚又一次来到我梦里。

掴毛是凉州人对蜕毛的一种表述。养了一年的母鸡，在每年的五六月要蜕去老毛，生出的新毛的那种光泽，清晨的湖面一样洁净。

我梦里的大哥，模糊成揉碎的馍渣，捡不到手中。

大哥说按规则，穆家这代的斑蝥轮不到他来做。他从娘胎里爬出来时，他的堂弟、二爹的儿子也声音嘹亮地来到人间。候在二爹家门口的火药局的人竖起耳朵，他们仿佛听到了炮弹爆炸的声音。二爹躬身，把军匠请到一旁，从袖子里抖出一个小布袋，塞在军匠手中。

军匠让役工们撤离，他来到火药局。进门时，他从布袋里掏出两块银圆，弯腰，脱鞋，将银圆垫到鞋中。

教匠说：这事整的。

军匠道：穆老二说，他的女人屁股小奶子窄，以后能不能再生儿子，不好说。穆用的女人屁股胖身板大，是生男娃的好料。

教匠掂掂小布袋，说规矩。军匠说规矩是朝廷定的，谁做斑蝥，由我们定。

教匠说：火药局的进项本来就少，你看着办吧。

军匠回到房间，将两块银圆从鞋中抠出，塞进炕上的芨芨席子下面。

他让役工叫来穆老二。穆老二关上门，从袖里又掏出一个小布袋，递给军匠，说是孝敬军匠爷的。军匠说这穆用。穆老二说：那是个窝囊废，有啥事，我摆平。军匠挥挥手。穆老二走后，他数了数布袋中的银圆，留下三块，来到教匠房中，将布袋交给教匠。

教匠躺在炕上，说这两个娃，哪个的声音更亮。

军匠说：穆用家的。

教匠再不吭声，闭了眼睛，一颗炮弹从眼角挤出，从窗棂中穿出。他叹了一口气。

军匠出门，吼了一声，让役工去告知穆用，他家的娃成斑蝥了。

夜里，大哥的声音落下去又升起。柳叶睡了，风把它们唤醒，它们觉得好玩，便把星星搂在怀中。星星们拥进大柳树洞，我用力一推，大哥说：我好热。

他爆裂成碎片。

军匠停止了脚步，把我拉出了大柳树洞。

他说这阵硫磺的量没加那么多，你是烧糊涂了还是咋的。

我说真的，我见到了大哥，他说好热。

军匠的脸上有了千山万水。

他转身向柳树林走去。他走得很急，很乱。我看到他的肩上驮着两只斑蝥。一只老，一只年轻。那年轻的斑蝥把翅膀一敛，不屑我的目光。另一只斑蝥飞来，一头把那只年轻的斑蝥撞了下去。

军匠的肩膀倾成了斜坡。

那只年轻的斑蝥是我大哥。

我腾空了内心，等着我大哥。

大哥的头撞到了大柳树洞的内壁上。

他搓搓头，说在杨府门洞里等不出姑娘。要找，就找姑娘少的人家。看得越紧，越容易上手。我看下的是城南胡榨娃的姑娘。你那扯淡的，什么绸衣绿裤长辫子，那只是教匠箱子里的簿子上记载的姑娘。那种姑娘，精明得像军匠。也不好玩。胡榨娃的姑娘，说是凉州城里的第一姑娘。甭看胡榨娃是榨油的出身，那家伙日弄出来的姑娘，把凉州城都能照亮。有传言说：勾了胡家女，赛过当知府。在花门楼下喝汤时，一伙人嘴里的胡姑娘河水般流着，我笑了笑。花门楼的伙计说：别人不行，穆斑蝥行。有人说玩笑不能这么开，你看扁了凉州城里的爷们。伙计撇撇嘴：你有能耐，就不会卖嘴了。斑蝥是朝廷的人，吃百家饭，精力好得赛过王少八爷。他有那胆量吗？伙计说：这胆不胆的，不做，谁知道，只要不搞知府的小妾，历来是女人的胸脯斑蝥的腿，谁能管得了。

伙计说：一伙怂汉。有人将碗中的汤朝伙计泼去。伙计抹脸时，十几只拳头一拥而上。掌柜的呵止了众人，骂起了伙计，说嘴闲挨拳头。活该。

那晚的草房里，有了肉香。伙计揣着一包酱牛肉，摇醒了我。

我说草房里太暗了。

伙计说：这种事，只能暗中做，做了在明处说。

我抓了块酱牛肉，塞进嘴里。牙齿还未动，肉便冲下了咽喉。

伙计说：满口羊肉窖口牛。你要撕着吃才有味。

伙计说：你吃的百家饭，都是残菜剩汤。你若替我争了这口气，我天天夜里给你吃酱牛肉。

我说：你就吹吧，你也不可能天天吃酱牛肉，你以为你是掌柜的。

伙计说：上菜的伙计白案的师傅，你不懂。

我说：你先给我吃一月的酱牛肉再说。

伙计说：半月。

便抓起包酱牛肉的麻纸跑了。

那半个月，好得像夏天的凉风。伙计脸上的云里包着雨，夜夜盼着能把凉州城泡在雨中。

那天夜里，月亮白得赛过胡榨娃姑娘的胸脯。

伙计揣来二两酒，他说为攒这二两酒，他殷勤得像掌柜的狗，一见掌柜的就摇尾巴。我说你又何必。他说酒壮怂人胆。我恼了，说你是好汉，你找我干啥。伙计说：发啥火呢。我是好汉，我能当好汉吗？你一根筋挑个头，事犯了官府也拿你没办法。斑蝥是不能砍头的。

喝了酒，伙计便指着月亮，说你把胡榨娃的姑娘当做月亮。你看，月亮在天上为啥那么亮，她没有穿衣裳。

一块云倏地涌向月亮，我说看，她不是穿了衣裳吗。

月亮挪挪身子，那块云羞到一边去了。

伙计说：看，老天都给你帮忙呢。他帮你脱了月亮的裤子。

我跟着伙计，把凉州城的巷子走成了月亮。

到胡榨娃家的后墙，伙计从怀里掏出一块肉，扔了进去。我听到里面的狗叫了一声，便安静下来。伙计说，我洒了双倍的药量，够你要了。偷人不灭狗，这是行规。我在外面等你。

我翻墙跳进了胡榨娃家的院子。

一扇半开的窗子，把月光放进去，又把胭脂的香味送出来。窗子矮，扳住窗框，我钻了进去。顶窗子的木条一松，屋里跑动出男女的欢畅。

我爬在了月光的白中。

翻墙出来，伙计说：亏死我了。

那事好啊。你这辈子尝不到了。

大哥挥舞着双手。

军匠找到我，说我身上的味道不对。他说是男女味。

我说我哥把月亮睡了，我又把月亮撕着吃了。

军匠跑出了草房。

十六

萨教匠双手摁在桌子上，头发根根直竖。

我从没见过一个人的头发竖起来像霜杀后的蒿草，茎秆针似般坚硬。

乱麻缠轮，本身已荒诞，再让穆斑蝥以身试之，更无人性。

萨教匠逼视着教匠。

教匠把烟锅头往桌上一磕：人就是人，什么是人性。这火药局，还轮不到你来指手画脚。

我像草丛里钻出的蛇，被众人赶缩在一起。麻在大涝池里一见水，如小蛇破壳时那么急迫，它们扭曲着身子，缠绕着在大涝池中漂窜。役工们拉长我的胳膊，把我的手往独轮车轮中的洞中一穿，轮靠在我肩膀上，肩膀挤压着往里缩，他们将绳子勒在轮上，在我身上缠绕。他们咬着牙，抽着绳子，绳子在一圈一圈地转，我的肉在一圈一圈地疼。围着的人喊叫：勒紧，勒紧。一个役工咬着牙，绾住了绳头。

我的胸前，堆出了麻绳头涌起的一朵花。是黄褐色的花。

“转转轮子，看穆斑蝥能不能像炮车一样走。”

一个围观的一喊，周遭的人都应和道：就是，就是，我们见过马拉的炮车，还没见过人转的炮轮。转。转。

就有役工用力转了一下轮子。

我听到了骨头的尖叫。

萨教匠飞起一脚，踹倒了役工。

人们哄笑着，往后退了退。

教匠推开萨教匠。萨教匠扑上来，用力解着绳头。

军匠掰开了萨教匠的手。役工们抬着我，将我推入了大涝池。

水一波动，飘散的麻扭动着身子，扑向了我。麻们从轮子的空隙往里钻，有的麻绕着我的脖子，我的脖颈里痒痒的。我一扭脖子，麻们兴奋地转起了圈。役工们用长杆推着我，我的头没在了水中。

萨教匠跳进大涝池。他抽拉着麻，麻们不理他，只管缠绕。他托起我的头，抽着绳头。

军匠说：要出人命的。

教匠吹出了烟锅头里的烟弹，说拉上来吧。

役工们跳进大涝池，将我拖出来。

麻们湿淋淋地笑着，滴答着水珠。

围观的人说：不好看，也不好玩。火药局的人犯傻病了。

便纷纷抢起了麻。

有人抽了几根，有人抽不动，便用脚踢我。

教匠抡起烟锅头，挨了烟锅头的人捂着胳膊，骂咧着走了。

我不知道他们是怎么卸下轮子的。我醒来时，萨教匠朝我笑了笑。

我从来没见过那么难看的笑。

教匠听说我醒来，又装了一锅烟。他猛恶地吸了一口，两股烟从鼻子里冒出来。听萨教匠说，那两股烟，竟弯着腰扑到了门外，惊得军匠望着烟后退。

“这牛大人，如果麻能缠住军舰，我一泡尿就能尿出一条河。”教匠咳嗽了几声。

军匠说：差点要了穆斑蝥的命。

教匠出了门，来到草房。萨教匠瞪了教匠一眼，我发现他们眼里涌出来不同的东西。

教匠的很北方，萨教匠的很南方。

席家药房的接骨匠捏着我的胳膊，说有些骨节错了位。

教匠说正起来不就完事了嘛。

席家药房的人说：教匠爷认为是捏泥呢，想怎么捏就怎么捏。这可是骨头。

教匠说：我日他的妈。

席家药房的接骨匠把手中的木板扔进包里，抓起包，走了。

教匠说：我招谁惹谁了。这世道，国家的骨头还未断，接骨的倒开始这么牛气了。

十七

铁匠的右胳膊像风匣杆一样抽动。他咬着半块饼子，撕下一点，塞进了杨府门洞前的石狮子嘴里。

他说娃娃，杨府门洞里出来的女人，你吃不住的。眼里跑出来的花，不是你的。

便走了。

他说的我懂，又不懂。他说的花，我知道。他说的花究竟是什么花，我不知道。我只知道凉州的春天，桃花一开，许多大户人家的姑娘便摇着扇子，尻子一扭一扭地走，奶子一伏一伏地跳。

我跑到了铁匠的前面。

铁匠说：娃娃，跑快脚扇风，你莫不是又追什么红绸绿裤长辫子的女人了。那些是妖精，会吃人的。

我老觉得柳树就像没有女人滋润过的男人，看着它们皲裂的皮，我就想笑。笑它们，就像黑乌鸦笑黑母猪，但我还是想笑。我和它们一样，我的皮肤已让军匠刷得跟柳树皮一样。我笑，是因为我的皮肤皱而不裂。

桃树们很妖。

我跑进桃树林，桃花们不待见我，早已落了。地下的泥泞中，落了的桃花好像捂在被窝里的猫那样无助，只能乱抓挠。我用手抠出还算完整的花瓣，花瓣的颜色和泥差不多一样了。桃树们根本不管地下萎在泥中的花。它们展开了叶子，小桃们毛茸茸的挺在枝间，使着劲想长大。我揪了一颗小桃，它哭叫着。它的模样一点也不好看，我扔了它。走出桃树林，我的目光跑了起来，在东城门的门柱上一磕，目光咧了一下，像嘴在蠕动。我跟着目光，向杨府门洞口跑去。

坐在杨府门洞口的石头上，有人拍了我一掌。是大哥。他咧着嘴，嘴里的桃花泡泡一样散落在杨府门洞口。

我对大哥泡沫一样的存在总是感到别扭。他说他做了几回男人，做得偷偷摸摸而又神气十足。他说的那种味，我确实尝不到了。

我站起来。大哥消失了。

杨府门洞里的女人把自得裹在大襟衣服里。有个女人胳膊上挎着篮子，是竹子编的。她走得很欢势，好像篮子里盛的不是茄子、辣子、小白菜，而是金元宝。我赶上去，瞅着她拐弯时，踹了她一脚。她跳着脚骂起来，没头没脑地骂。我躲在人后，有头有脑地听。

女人骂了一阵，有知晓的人说其实女人骂的是《王婆骂鸡》。《王婆骂鸡》是凉州贤孝中较为诙谐、活泼的曲目，骂天骂地骂官骂做生意的。骂得解气，解气得令与天与地与官与有钱人都无关的人心里舒畅得像酷夏吃了搁在井水里的西瓜那样爽快。丢弃的瓜皮，如傍晚的二丑花一样萎蜷。

我仍旧坐在杨府门洞口。那个女人进门时，瞪了我一眼。她的眼里有一股水在哗哗地流。

她说她招谁惹谁了。

我说谁让你不穿绸衣绿裤，不甩长辫子。

她从篮子里抓了一个胡萝卜，朝我砸了过来：你个吃斑蝥粮的，又不是杨家的狗，天天蹲在杨府门洞口吃舍饭呢。

我说吃你妈的东西。有个字我骂不出口。

她说：小小年纪不学好，就是吃斑蝥粮的命，拌了火药，呛死你个狗日的。

便一扭一扭地走了。

我啃着胡萝卜，像啃着女人一样兴奋。每啃一口，都像在啃女人的肉。

肉很油腻，我哇地吐了出来。

那个夜里，柳树林安静得像女人熟睡后的奶头。

我坐在大柳树洞里。大哥进来，大柳树洞里拥挤成狗窝。大哥说你别在杨府门洞口蹲了，丢我们斑蝥的脸。

他又提起了妈。他说妈也可怜。几个娃，两个就吃斑蝥粮。

我把大哥推出了大柳树洞，说我们为她省了多少口粮。

大哥爬起来，把我拽出了大柳树洞，说我忤逆不孝：你好歹也在妈肚子里待了十个月。

我说我又没吃过她的奶，凉州城里的人说，没吃过奶的娃是没娘娃。

大哥抡起了手。我跑向柳树林深处。大哥拔腿追我。我听到了他的喘息声，便躲在一棵柳树后，听他在柳树林里绕来绕去地跑。

军匠推了我一把，我睁开眼。他问我为何在柳树下睡觉，不在大柳树洞里睡。

我白了他一眼：今天的太阳没有吃饱，没有到天上跑来跑去。

它还活着。

它活着，我就有了伴。它在天上也很孤单。

十八

为老乌鸦穿鞋是那个秋日的早晨。

秋天斩犯人的日子，是凉州人比过年还热闹的日子。

过年其实就是串门。远的也串，近的也串。平常走动的亲戚，不往来的亲戚，你到我家，我到你家。吃一顿饭，喝两盅酒，说些好听的话。那些好话似乎憋了一年，一出口都一个样。也就是在寒冬，如果在夏天，肯定会发馊。

斩犯人的秋天不一样。

斩完犯人的乱石滩，没有了火药局试炮时的那种庄严。斩犯人时，有得重病的人家，会将病人抬来，在衙役们划定的地方，那些得重病的有的躺着，有的坐着，都眼巴巴地望着犯人临挨刀时的表情。据说犯人的眼睛盯着谁，谁就会借寿。晓事的早就给犯人的家人打点了钱物，并约定了标记。譬如戴一顶帽子，或身上披一件鲜艳的衣服，好让犯人看得清楚。更懂得来事的人会给刽子手给点好处，让他挥刀时将犯人的头转向给了好处的人家。

轮到刽子手麻小六值刀时，他喝一声，犯人会闭了眼。麻小六不让犯人搞这种名堂，他说作奸犯科的人，本身就带邪性，即使给人借了寿，多活几年的人也会心术不正。心术不正的人，活那么长干什么。犯人们也不敢造次。麻小六一呵斥，犯人便紧闭了眼，如果作伪，眼闭得不紧，麻小六就会斩三刀。哪个犯人都不愿过麻小六的三刀。那三刀，会疼得肝花心肺都跳起来。若遇品行好的病人，麻小六就会让人把那人抬到犯人正对面，让犯人多瞅一会。他说这样可以让犯人带着羞愧离去，来世转生个好人，即便转了牲畜道，也得做个好牲畜。

人走了，乌鸦就来了。它们黑压压地来。

军匠是不许我随意到乱石滩去的。我只有偷着去。那天的乌鸦不多，我向它们扔石头，它们哇哇着飞到稍远的地方。那只老乌鸦没飞。我挨近它时，它伸长嘴，哇了一声。它的旁边有两只鞋，不知是犯人的还是其他人的。鞋头张着嘴，好像要吞咽什么。绑了犯人的几截麻绳，好的已被人抢走，剩下的几段还在兀自耍二。

我按住老乌鸦，把两只鞋绑到了它的脚上。这老乌鸦的劲还挺大，居然拖着鞋走了几步。

它的样子很可笑。

散落在不远的乌鸦哇哇声一起，便冲我而来。

我转身就跑。

我见过那些发疯的乌鸦们不怕死的劲头，它们达不到目的真的不罢休。

我用衣服包了头，朝西城门飞奔。进了西城门，还有几只跟进来。穆用扔了水桶，挥起手中的扁担，朝乌鸦们抡去。

乌鸦们才转身飞走了。

你惹那些黑鬼干什么？是不是犯魔怔。他让我跟他去找魂。

穆用拉着我，回到了乱石滩。那几段麻绳已被乌鸦们啄得稀烂。那只老乌鸦也不见了。

穆用把那团稀烂的麻绳团起来，在我身上拍打着。他看到了一块留有血迹的石头，两眼放出光来。他揣了石头，把扁担一提，跑了一阵，才发现我没跟着，又转回身，拉着我跑。进西城门时，扁担一横，他差点栽倒。他说你再别乱跑，我要把这块石头卖给席家药房，能顶我半月的卖水钱。

他跑跳的姿式很像那只老乌鸦。

拽姑娘的辫子要比给乌鸦穿鞋有趣多了。

打架的是不是两口子，我不知道。凉州人把打架叫打捶。男人捶打女人时，女人的手乱抓。可能抓到了男人的痛处，男人龇着牙跳起来，揪住了女人的头发。女人号叫着，两手拽住了男人的胳膊。

我不信还制服不了你。男人松开了一只手，女人的头皮被带起来，就像干旱的地里突然浇了水，在起着泡泡，面目难看成核桃皮。

围观的人散去了。

铁匠见我还呆望着，说娃娃，头皮连心，头毛连根，这男人也是个狠货。拽女人的头发，比看什么绸衣绿裤要好玩得多吧。

打东西的人少，铁匠停了风匣，任火在炉膛里歇息。他一拉风匣，火就得喘息。

一见铁匠停了手中的伙计，有人便拿着洋芋，来到铁匠炉旁，在炉膛里烧洋芋吃。烧的最好的那只会留给铁匠。在小酒馆门前喝小酒的，也提了铁皮打的分酒器和几只酒杯，围坐在铁匠炉旁，边呷酒边和铁匠说些传闻。有荤的，也有素的。

我听得没意思，便回到杨府门洞口。

我的运气还算不错。终于，有一个穿绸衣绿裤的姑娘进了杨府门洞。她的辫子不长。辫子不长也是辫子。我站起来，跟了进去。看门的见我往里闯，恼了，挡住了我。我吐了一口唾液，看门的抽出了顶门杆，追打我。那个姑娘回身望了我一眼，笑了。她露出了两颗虎牙，还挺好看。看不到她的背影了，我朝看门的一笑，跑出了杨府门洞。

铁匠扔给了我半块洋芋，说娃娃，又在杨府门洞前看花去了。你这样，还是看不出花的样子的。

喝酒的人说：现在的斑蝥也孽障，搁了上代，他可是个叫驴，见了谁家的女人都会骚情，人家不乐意也不敢多说。他们家那个大穆斑蝥可活了好人了，翻墙撬门爬女人的炕，哪样都不少。

铁匠朝说话的人啐了一口，说牲口么，好好的娃，是为朝廷出力的。你闲嘴磨什么牙，滚。

那人便端着酒杯走了。

一到正午，街上的人就少了。大多人都去睡午觉了。

雷大隐拄着板子，也靠在府衙的左墙睡了。那个姑娘出了杨府门洞，穿过北大街，朝南城门走去。我跟着她，像公狗跟着母狗。出南城门洞时，我扑过去，拽了一下她的辫子。辫子短，我只抓住了辫梢。她哎呦声还没叫完，我便跑到了侧门洞里。她张望了半天，迈着碎步跑起来。我远远地跟在后边，盯着她进了南城门外的一家院子。

院子不大，有门楼。两块松木门扇一合，外面就剩下还在心里笑的我了。

十九

徐凉州是我见过的最不像厨师的厨师了。

凉州人把厨师叫大师傅。见过徐凉州的人很少称徐凉州为徐厨师，或徐厨子，都叫他徐师傅。

徐凉州在草房里被抓走的那次，铁匠告诉我那些衙役也太没眼力。牛鉴家的厨子打呼噜和别人家的肯定不一样。人家打呼噜是在磨刀。

徐凉州在凉州城出现的时候不多。他收麻的那次我在一个铺子门前见过。别的厨师都胖胖大大，他干瘦。黄脸婆娘干头汉，是凉州人眼中的二奇。据说做那种事时很厉害。徐凉州头不大，身子也单薄。他掌背上的青筋似乎要挤出手来。

燕月楼、花门楼、稻香村的厨师，大多胖胖的，有的干净，有的油腻，都有一个腆着的肚子。他们走路的姿式也像肥肉。一走，肉便扑闪一下。

铁匠说这徐凉州，做人会忠主，做狗是好狗。这牛鉴牛大人也会识人。硬给饥汉子一口，不给肚子饱的人一斗。给徐凉州的那一口给对了。可惜他做了厨子，如果能上阵杀敌，牛鉴牛大人的结局也就不一定成那样了。

他们说的这些，与我没有多少相干。我曾跟踪着徐凉州到过他家。他家的门楼不大，土夯的，上面有鸽子在叽哩咕噜。他家的门口扫得很干净，没有一丝半根的柴皮，上面还有洒过水的印迹。

比牛鉴牛大人家的门口干净多了。

他的女人，踮着小脚，走路的姿式也正。看到我，让我进院子，我后退了几步，转身跑到了一棵树下。那是棵槐树，上了年岁，树影儿摊开，一大片。徐凉州问是谁家的娃子，她说好像是穆家的，是吃斑蝥粮、死后要做炮弹灰的那个。

徐凉州竟没有说话，让女人给我端来一碗肉，放在了树底下。看见肉，我扑了过去，用手抓着吃。满嘴的油，有的顺嘴淌下，我用手指抹了，放在嘴里吮吸。

树影儿馋得转了方向。

我抹了一把泪，眼泪里也有了肉香。

回到城里，我向铁匠说徐凉州家的那肉香得树都不愿为我遮阴凉了。铁匠见雷大隐扛着木板过来，问他什么肉能有这么香。雷大隐说可能是红烧肉。铁匠问他能不能做出这种香来。雷大隐说自从他的汤引子被人坏了，他就再也做不出那种味了。

他并没有望我一眼。

穆用挑着担子过来，铁匠叫住了他，问他吃没吃过红烧肉。穆用说像他这样的人，闻个肉腥尝个肉渣就算过年了，还红烧肉，还满嘴的油。

铁匠指指我，说他吃过，还是徐凉州家的。徐凉州做的，那可是总督家的手艺。

穆用咧咧嘴，像要哭出来。他把扁担握在手里，一手拎着两个桶把。桶子和他挤挨在一起，像三个物件在移动。

铁匠说命啊！

徐凉州从牛府出来，眼里的火哗哗地冒着。他后面没有绸衣绿裤的姑娘，我跟在他身后，听他絮絮叨叨着牛大人。他拐上了一条通往凉州南山的官道。官道不宽，能让木轮大车通过，在凉州，也算宽的了。

他停住脚步，撒了一泡尿。

我又跑到了徐凉州家，他家的大门紧闭着。等了半晌，没有人出来。土楼墩上的鸽子也不多，偶尔叽哩咕噜几声。它们闭着翅膀，望着我，有的瓦灰，有的纯白，还有一只黑的，是不是乌鸦，我看不清楚。

铁匠听了我的讲述，笑了。说吃惯的嘴跑惯的腿，那天，你是碰上他们家做红烧肉了。徐凉州家过得可很节俭的，他的女人也不是招摇的货。那家人，讲究着呢。

那天，打东西的人多。铁匠抽动了风匣。一抽一推间，火红红地冒起来。

有人说：徐凉州押了麻走了。

铁匠抡起铁锤，朝夹出的一块铁砸去。叮叮咣咣，那声音很好听，比徐凉州押麻的大车的吱吱咛咛声让人受用。

二十

萨镇准问军匠镇番离凉州有多远。

军匠笑了，说萨教匠在凉州待久了，是不是想去沙窝窝里尝点鲜。

萨教匠说：倒不是，我在书中看到镇番在前朝时曾有一种土火炮，据记载威力很大。

军匠说：你看的那是野路子记载的。那种东西，我见过，只可用于吓唬盗贼和土匪，派不了大用场的。

萨教匠出了门，教匠说：带他去北城门楼，他这个人到过西洋，就爱瞅个西洋景。让他去从节眼窟窿里看看镇番，把穆斑蝥也叫上。这一对，倒对眼。

北城门，又叫通化门，城楼叫万青楼。吊桥阁楼叫真武阁楼，又叫北门楼子。传说修北城门楼时，有两棵树正好和设计的柱子位置相合，遂做了门楼的柱子。柱子上有个节眼，扒了节疙瘩，有人无意中从洞眼一瞅，远在百里的镇番城被看得清清楚楚。那些挑担的、卖馍的、理发的，连动作、神态都能看清。有人问：两口子睡觉能不能看到。看的人骂道：你个苕怂，屋里有门哩，千里眼又不是穿墙眼。那倒不一定。镇番那个地方，白天太阳照得时间长，夜里温差大，生下的都是大头娃，你知道原因吗。有人骂起来：那是两口子晚上睡觉抱得紧，生娃是抱的，又不是看的。

役工喷出的唾沫飞溅到我脸上，我擦了。萨教匠上了楼，役工还在絮叨。我笑了，他瞪了我一眼。

萨镇淮站在北城门楼观望，役工在他身后矮成了一块废弃的砖。他发现凉州天空中的云都是活的，都在天上有规则地摆布。有云聚成了一门炮，炮口对着一座像城池的云。役工指着柱子上的洞眼说：看看。萨镇淮对着洞眼看去，凉州城近郊的人们正在地中干活，他们散闲在地里，不像在劳作，好像在干着自己喜欢的一件事情，亦像唐朝的诗人们在教坊听歌。那种气象，他说不出来。

役工问他看到镇番城了吗?

他说没有，他看到了唐朝的气象。

役工说：萨教匠，你是看到鬼了吗？能跑到唐朝。算了，我们还是赶紧走吧。这萨教匠等会再看出个汉朝，我们可咋办。

役工在屋子角落里找出来一根手腕粗的东西，抱出来给萨镇淮看。

这个所谓炮的东西的头是三角形的。下面缀着一个木盒，打开，几个方的黑兮兮的东西兴奋地睁开眼睛。萨镇淮取出一只，安在三角形中，把木柄后的绳子一拉，那只炮弹冲了出去，弹在墙上。役工捂住了耳朵，朝门外跑去。

看屋子里没动静，役工叫喊道：萨教匠，你的胆也太大了。这东西一爆炸，旁边可是火药库。

萨镇淮说：这种三角形的炮是谁发明的。

役工说：不知道。我们把它叫蛇炮。

这就是你们所说的镇番土炮。

役工笑了，说不是。

他拉开了一块草帘，一尊木身炮赫然亮到眼前。炮身油亮地黄着，萨镇淮摸了一下，有点滑，有点腻。

这不是桐油擦的吧。

不是。是熟清油擦的。

有没有炮弹。

有几颗。年月久了，能不能响就不知道了。

我们去试试。

这我可做不了主，得问教匠。试炮得到乱石滩。

去问教匠。教匠说那门镇番土炮，我倒忘了。当年镇番闹土匪，它可是立了功劳的。一炮炸响，土匪就跑了。那是吓唬土匪的。他爱试，就让他试去。

军匠跟着萨镇淮，来到乱石滩。乱石滩沉浸在秋梦中，不哭不闹，不急不躁，骆驼蓬散发着臭味，绿色的身上有了红斑。枝头紧拢着籽，像孕妇的肚子一样鼓着，闪闪烁烁。

装了炮弹，一拉引线，炮弹吁地飞了出去，落在不远处。

军匠说：时间长了，可能是哑弹。让役工去看看。

萨镇淮说：再等等。

军匠转身去撒尿。一阵搐溜溜的响声传来，那颗炮弹斜倒着向他飞来。军匠把身子一侧，裤子掉了下来。炮弹啪地响了一下，冒出一阵烟，臭臭地散开。

军匠提了裤子：这玩意，我把它放在箱子很久了，忘了，记仇呢。让萨教匠笑话了。

萨镇淮拍拍军匠的肩膀。说这炮身虽为木质的，能保存这么长时间还油亮，炮弹还能有点响动，不容易。看看满城八旗营的那些生锈的铁火炮，心疼呢。

军匠说：这下你可理解了我们对斑蝥弹的感情了吧。

摸摸镇番土炮油亮的身子，看到被炸出的骆驼蓬籽，萨镇淮抓了一颗，丢到嘴里。

军匠叫道：快吐了，这家伙，不能吃。

萨镇淮一张嘴，籽滑进了嗓子。他的嘴里波浪涌起，骆驼蓬籽的汁水咸咸地游走。

他狠劲地咽了一口唾液。

二十一

妈死后，穆用来找我时，我正砸着乡人送的核桃。

送我核桃的是个老女人。她皱纹里的慈爱像核桃仁一样令人舒服。她说这娃，活着刷油钻虎穴，死了拌火药做炮弹。活着时，可不要亏待自己了。

我把一颗核桃扔了出去。

那个老女人说：这娃，气性大，倒是做炮弹的好料。

她弯了腰，拾了我扔出去的核桃，一看是瘪的，便笑了。满嘴的牙像旱地里的庄稼，高矮不齐。

好歹也是你妈，去送送她吧。她可真没过几天好日子。穆用蹲在我面前，满眼里坐满了期待。

我跑到了柳树林，钻进了大柳树洞。吧哒吧哒的声音传来。

是雷大隐。

他把木板靠在树洞旁，伸进头来，没有说话。他把我拽出了大柳树洞。

木板拖在他身后，像脖子里套了绳的狗一样蹬着爪子前行。

铁匠炉旁，围着一大群人。

铁匠的手里，攥着一大把扯成尺长的红布条，他把搭在木杆上的一块白布折叠，勒在我腰间，说我们都去送送穆用的女人吧。这女人，可生出了两个吃斑蝥粮的。生下的人是朝廷的，可肚子是女人自家的。

铁匠的步履是庄严的。他踩着地的脚上像绑了石头，每挪一步，都有沉重的响声。走了一阵，朝后一望，跟着的只有我和雷大隐。他回转身，捡拾着有人扔在地下的红布条，把它们绾接在一起。他拽着一头，把另一头系在我腰间的白布上。

雷大隐把手中的红布条拴在木板头上。

起风了。雷大隐木板头上的红布条蝴蝶样飞舞。有一只蝴蝶追过来绕着红布条在飞。我扑捉了几次，它飞走了。我想我如果捉住它，我一定要在它的脚上套上鞋，好让它和我一样行走。

铁匠说别追了。这东西也是有灵性的。它见人少，也凑个数呢，也许是你妈的魂呢。

雷大隐站在了曾是自家的门口。

铁匠说：进去吧。你传宗的东西都不知跑哪儿了，还在乎这几间房子。你为朝廷保下了一个斑蝥，也算这辈子做了件人事。

雷大隐把木板立在了门口。

院子里的人不多。穆用跪着。我的三个哥哥站着。那口白杨木棺材躺在院中，我不知道里面躺着的人是否有泪在流淌。

铁匠说让我再看看妈的模样。二哥挡住了铁匠，说看可以，得拿钱来，他没有尽过一天孝。

铁匠从口袋里摸出几枚铜钱，扔出了院门。我的三个哥哥狗抢骨头般挤出了院门。

教匠用脚踩住了落在地下的一枚铜钱。二哥爬到地上，扳着教匠的腿。

铁匠说没征得你同意，我就拉了穆斑蝥来。教匠爷担待着点吧。

教匠说：应该的。炮弹无情，人还得有点情感。

他松开了脚。

我的三哥、四哥压住二哥，一个掰手，一个在二哥身上猛踹。

教匠拍了拍白杨木棺材，对铁匠说：不看也罢。活着不待见，死了就一了百了了。过去的斑蝥们吃喝嫖，是赶上了好时候。这穆斑蝥，生逢乱世，有更大的使命呢。

他拽了拽我腰间的白布。白布掉在了地下。三哥跑过来，拾了白布，塞进了自己的口袋。

去找朱道士吹打吹打吧。钱，火药局出。

穆用挪身过来，向教匠磕了一个头。

教匠转身走了。

我望望铁匠。

铁匠说：朝棺材磕几个头吧。她走了，这个家也就塌了。这几个王八蛋，我如果会法术，一定要把他们当做铁，每天捶打几遍。

雷大隐找不到木板，问二哥。三哥说他拿了，抬棺材时用呢。雷大隐瞪起了眼睛。

铁匠说：走吧。一块木板，凉州城里多的是，就算你随礼了。

我坐在街的对面。就那样坐着。看着几个稀疏的人，在穆用家进进出出。

穆用的头，秋萝卜一样滚来滚去。

二十二

天阴得毫无章法。

有雨的样子。

铁匠炉前没有人。

铁匠不在，雨一下，便在炉上肆意敲击。地下的雨聚起来，涌在炉底。炉底洇湿着，露出了裹在里面的麦草。

南城门楼檐下，蹲着几个人，围着一个酒壶。没有下酒菜，他们就着雨，把雨喝成了酒。

下在南城门楼的雨，白天也在打着瓦。

见到我，一个喝酒的挥起酒杯，把酒洒向雨中，问我，他是在洒酒还是在下雨。我抹了一把头上的雨，问他，我是人还是炮弹。那人笑了，说这崽娃子还真轴，知道日摆人。

我坐在台阶上，任雨淋着。

有人递过来一杯酒，说炮弹最怕淋雨，让我到檐下避雨，听他们谝闲话。有人撸起我的袖子，说这胳膊，经不住套炮轮的。火药局那帮家伙，造炮不行，瞎折腾时比谁都厉害。

还不是牛鉴，没有他拿麻缠轮的事，凭火药局的那帮人，能想出这种招术。

他们说牛鉴胆子大又胆子小。在当皇太子师傅时，那个胆大的啊，敢罚皇太子，敢顶撞皇太后。在红毛子面前，那个胆小的，一炮，就吓尿了裤裆，竟然跑掉了广州，跑掉了镇江，跑掉了南京。

有人问：谁见了？

便有人说：听了就等于见了。一部历史，谁能哪个都见。听了就等于见了。

他们便随意絮叨牛鉴逃跑时的情形。

一个说牛鉴骑着马，炮弹追着马，那马是南方马，驮着牛鉴，猛跑。后面的士兵跟不上马，就胡乱跑。英国人连毛都看不到了，他们还在跑。牛鉴的马跑了一阵，一看后面没人追赶，便停下来，在路边吃草。牛鉴睁开眼，骂起了马，说你个牲畜，老爷我都没跑，你跑什么。

另一个说，你才扯呢。自古武将骑马，文官坐轿。战打成那样，红毛子的炮弹雨一样飞，掀掉了牛鉴轿子的轿盖。抬牛鉴的兵丁，一见牛鉴的辫子在乱舞，脸白成了江粉粉的尻子，就扔下轿子跑了。可怜牛鉴。中举时到金城还有牛车坐。当了两江总督，提着自己的鞋混在兵丁中，把自己跑成了一头泥母猪。

有人便骂，说他编的离谱。江粉粉的尻子谁见过，明明牛鉴是个男人，怎么就跑成了泥母猪。

一个尖细的声音飘了出来：我可是听说那牛鉴逃跑时怕炮弹炸，不知从哪里找了个铜盆顶在头上。有弹片砸在铜盆上，叮叮作响，还发出跑啊、跑啊的声音。那些兵丁听到这声音，跑得比炮弹还快。

就有人走进雨中，从衣领上提起了那人，扔在了台阶上。那人爬起来扑向摔他的人，又被一脚踹回雨中。

你个龟孙，你认为牛鉴是你。好歹他也是朝廷大员，还顶铜盆逃走。你该不是天天给女人顶尿盆，来这里编排牛鉴吧。

坐在中间的老者睁开了眼。说你们也别再糟蹋牛鉴了。他逃跑时，手下那么多人，我可听说是徐凉州背他跑的。他是真跑了，还是假跑了，自有定论。自古军败如山倒，成者为王败者为寇。你们，既没见过海，也没见过军舰，更没经历过战场，就这样胡乱编排人。不知那些和牛鉴大人不睦的朝廷中人，又该怎样编排他。扯了半天，你们怎么没一个人称他为牛大人。你们过去见了牛府的狗，都弯着腰致敬呢。

被扔在雨中的人，坐了起来说：就是就是，你们都是势利眼。过去可得过牛府不少的好处呢。

那个踹了他的人，扑向雨中。雨中的人爬起来，提着鞋跑了。赤脚踏溅起的声音，在南城门前空洞地响着。

散了吧，散了吧。坐在中间的老人揣了酒壶，围坐的人各自拿着自己的酒杯，从南城门檐下四散而去。

那个跑了的扯着尖细声音的人跑了回来，绕着喝过酒的地方转了一圈，在我头上拍了一掌，说：我怕他们，还怕你这个没有做成炮弹的龟孙。我抓起了腰间的铜镜，猛地站起。他转身就跑，边跑边望着我。

两边的雨，追着他跑。

不管怎样，他是逃跑了。雨中传来一声深叹。我知道，这个他，说的是牛鉴牛大人。

二十三

夜像猪肘子一样被炖得透亮，天空有了黄褐色。

稻香村餐馆的掌柜出门小解，有一条油亮的彩带挂在稻香村餐馆上空。他进屋推醒女人，说怪异，明天酒楼会出大事。女人用衣襟掩住了胸脯，说你就扯吧。稻香村传了百年，厨师换了一茬又一茬，人来了一拨又一拨，能记住的事不多。掌柜说：这等见识，睡吧。是祸躲不过，是福自然来。那天空上，在彩带后面，有三颗星聚集呢。女人说：扯吧，扯。今日没喝猫尿，倒弄出许多玄怪。你个狠心人，莫不是又招惹了哪家的女人，拿这东西骗我吧。还三星聚集，你以为是在书场里听《水浒传》呢。

掌柜的从柜子里拿出了酒，一人坐在院中独酌。天边的一丝云，快速跑向了那条彩带。

云被鸡鸣扯得四零八散。

掌柜的夹着屁股，像在屁眼里塞了鸡蛋，小心地行进在街头。阳光拱着稻香村，伙计们揉着眼睛卸着门板。掌柜的让伙计们小心轻放门板。有伙计嘟囔道：我们天天都卸，掌柜的莫非昨夜里让风吹了屁子。有人笑起来。掌柜说：对对，就这样笑，笑能扯醒福气。伙计说：屁子也笑。掌柜说：今天哪里笑都没人计较。

日怪。跑堂的伙计望着街上的行人，今日竟没有一个人进稻香村吃早饭。往常，这时的稻香村已没有了缝隙，伙计端盘子送碗时，都要举过头顶。一没人，伙计的脚步就慢了。后厨也说日怪，昨黑里梦见锅里跳进了老鼠，今日小心了又小心。今个儿的人怎么了，都病了。问掌柜的，掌柜的说：等。等死这些狗日的，往常白白像大爷那样供着他们了。

紧皮手披着一身露水进门后，掌柜的把心一松，说：请。

上了二楼，掌柜的让伙计们把两张桌子拼在一起。

紧皮手说不要这样麻烦，我吃一碗米汤油馓子就行了。走了趟巴子营，夜里露水大，鞋弄湿了，掌柜的莫怪。

掌柜的笑了：你就是脚上踩了狗屎，我稻香村也会交运。

紧皮手笑了：掌柜的莫不是夜里拾了金元宝。一大早都没人来吃饭，你这是要待客吗？我喝完粥就走，不影响你事的。

掌柜的说：今天你就是金元宝。请土地爷慢慢吃、喝。现在又不是紧皮的时候，土地爷在忙什么。

土地爷的屌是个泥棒棒，不跑紧些，人们会掐掉它的。端饭的伙计和紧皮手熟，放下碗后戏谑了一句。

掌柜的为紧皮手沏了一杯茶：土地爷慢慢用，我又听到了脚步声，去看看是谁。

一颗扁头升上楼梯，掌柜的把脚一跺，一拍手，袖子带起的风，扇歪了扁头耸起的头发。

义马。掌柜的叫道。

今个一早从祁连南山赶回，衣服上的潮气重，掌柜的莫被寒气沁了。

哪能，掌柜的说：我皮糙肉厚，等贵客呢。

来碗清米汤，再加几个菜团子。掌柜的吆喝了一声。

便有人端来方盘，方盘里的米汤冒着热气。

掌柜的恼了，说义马爷喝的是凉米汤，吃的是冷菜团子，清早惹义马爷生气呢。

义马说：不碍事，放一阵就凉了。我好久没见到过紧皮爷了，正好说说话。

听到伙计的斥喝，掌柜的忙下楼观看。

我趿拉着鞋，进了稻香村。头发上的几片柳叶，羽毛一样飘动，裹在身上的那件衣服，忽忽闪闪遮盖着我黄色的皮肤。

我对着呵斥我的伙计，龇了一下嘴。

掌柜的心里的喜悦水底的鱼儿一样冒了上来。凑够三星了，他叫了一声。

他忙忙地请我上楼。

受惯了白眼和斥喝，看到掌柜的客气样，我停了脚步，望着门外。

不打紧。楼上没有火药局的人。今日邪性，教匠连他最爱吃的粉肉团子都不来吃了。

一上楼，我看到了紧皮手和义马。我站在楼梯口，义马离座，把我拉到一边坐了，让我选择爱吃的东西，自己要。

看着桌上的东西，我撇了撇嘴。

掌柜的说：斑蝥爷，韩家的卤鸡夜里才卖，你就将就点吃吧。

回到一楼，掌柜的搬了一把凳子，坐在楼梯口。伙计们说这几个白吃白喝的，今个天怎么凑在了一起。

掌柜的骂了起来：没有土地爷紧皮，庄稼的收成一差，我们的生意也会淡下去。没有义马转生的凶悍，斑蝥炮弹的猛响，天下就不会安宁。天下一乱，遭殃的还不是我们。我昨夜梦到三星聚首，一夜不得安宁。这下好了，这三个人一到，我的心就安了。

你的心安了，没人来吃饭，我们今天的工钱又会被你扣了。

谁说扣你们的工钱，今天的加倍发。

紧皮手脸上沟壑一样爬满了皱纹。那条五牲鞭威武在他旁边的凳子上。他望着义马和我，喝了一口米汤：我死了，埋了，被土吃了。义马死了，转生成朝廷之马，还有为国效力的机会。你这斑螯，死了和火药掺在一起，炸了，就没踪影了。来来，穆斑螯，你多吃点，吃饱了做个饱肚的炮弹。

我做了一个炮弹爆炸的动作，轰轰了几声。

紧皮手笑了。义马也笑了。

紧皮手说：这家伙，心无碍挂呢，倒是颗好炮弹。

伙计们等了一阵，看到掌柜的泥塑般端坐，有的便趴在桌上打盹，有的取了门板，说干脆上了门板，我们睡一天觉。加倍的工钱加上一天的觉，这日子，美得像掌柜的娶了三房。

掌柜的说：你们这些玩意，给不得好的。三天不打，上墙揭瓦。一天不骂，嘴里便不冒好话了。

约摸个把时辰，我们下楼了。

紧皮手的鞭梢掠到了一个伙计的手背，他捂住手背跳到了一边。义马和我手挽着手。掌柜的好像看到炮弹驮在马背上，亲兄弟似的。他目送我们出楼门后，上了二楼。

我们吃过饭的三个碗摞在了一起，桌上没有半点汤汁印。在碗底下，压着几枚铜钱，数数，超过了我们吃的东西所付的钱。

掌柜的拿了铜钱，出了门。伙计们问今天的门是开，还是不开。掌柜的回头骂道：不开，工钱是给你们白开的吗？

掌柜的叫住我，把铜钱塞到我手里。我一扬手，铜钱飞到了街上。一枚打在了一只狗身上。狗一惊，趔着腰跑了。

二十四

天是一条被水浸湿的麻布，水一干，就亮了。

我坐在杨府门洞口，看着一股风卷出门洞。这风，很有主见，不受门洞的限制，直直地跑出来。我站起来，追着风跑。风拐了弯，到雷大隐原来的院门前，不见了。风落下去的地方，是一只破鞋底。我赶上去踢了破鞋底一脚。破鞋底像船一样向前划去。我摔倒在地。

三哥从院门里窜出来，揪住了我的衣领，把我扯到了院中。

二哥挥挥手，三哥把我撕到了旁边的一间小屋。

那也是一间草房。

他们关上了门。

二哥手里提着一只兔子。他抓着兔耳朵摇晃，兔子的腿在乱蹬。

三哥从二哥手中接过兔子，将兔子摁倒在麦草上，翻过兔子的身子，扯开兔子的后退，兔子腿间露出一个小小的东西。三哥一翻，那东西便红紫着裸出。三哥翻一下，二哥笑一笑。折腾一阵，三哥抓住我的手，让我一手按住兔子，一手翻那东西。我不翻，二哥在我头上扇了一下。我松开了手，兔子跳到一边，浑身抖动着。二哥把我的头塞进我的裆间，看着我的头从裆间露出，三哥扑过去抓了兔子，依旧重复着前面的动作。兔子红着眼，好像很受用。二哥说：你这杂怂，每天都能吃香的喝辣的，还揪女人的辫子，也不挨打。我揪了怡春院一个妓女的辫子，鸨婆子让人揍了我一顿。女人的东西我们碰不得，这母兔子的东西，公兔子管不着。我们兄弟，每天玩一个，玩得母兔子见了我们就跑。这么好的活，你还不干。你如果不是妈胎胞里抖出的，我们能让你玩。

二哥朝我屁股上踢了一脚。

我抽出头，拉开草房门，跑到了院中。院门被闩了，我抽了门杠，跑向了铁匠炉边。

铁匠刚打完一块铁马蹄，把铁马蹄往旁边一丢，问我丢了魂似地干啥去了。

我抹了一把泪，说草房。

铁匠说：新修的草房里，又弄出了啥古怪。

我说没有。不是我住的草房，是兔子。

铁匠夹起铁马蹄，说兔子有啥大惊小怪的。兔肉和鸡肉炖在一块，很难吃出哪是兔肉哪是鸡肉。

我说都不是。

铁匠笑了：这娃娃，大白天撞见鬼了。

我回到了柳树林。正是正午，柳树们都在睡觉。没有风，柳枝耷拉着头。我钻进大柳树洞里，一股热，燥燥地涌上全身。我跳出洞去，跑到了河边。河边什么都没有，鸟儿也不见来吃水。我跳下了河。周身的热在水中一浸，麻皮一样漂浮在水上。我裆间的毛，水草一样轻柔地散开。

雷大隐扛着木板，在黄昏中走得姿姿式式。见了我，说又受那几个玩意儿的气了吧。我不想应答，只管往前走，把快黑的天走得稀烂。雷大隐追上我，说怎么连我也生分了。我懒得理他，从东城门洞里往回走。雷大隐把木板往城门洞中一横，横出了几颗星星。

那夜，骚得连公鸡都不再往母鸡跟前凑。

穆用的空桶里，一股一股往外冒着气。他手里提着的扁担也有了男人的欲望，吊在扁担头上的铁钩，晃荡出的男人气息，在啪啪作响。

铁匠醉倒在炉火旁。一阵夜风，钻进炉膛，吹出几点火星，跌落在铁匠的裆间。铁匠哎呦一声，睁眼一瞧，以为是我拨弄出的火星，跳起来伸脚踹向我。我一跳，铁匠栽倒在地，又呼呼地睡了。我从旁边的风箱杆上，扯下他的衣服，盖在他身上。

满天的星星像锅里炒着的豆子，在天上乱奔。抓了几颗，丢进嘴里，烫得我吱吱乱叫。

那天夜里，我在街上狂窜。铁鞭巷里走出一只老鼠来，瞪着我。我向前一跨，那只老鼠跳起来扑向我。我转身便逃，脚下的一块石子一绊，我哎哟一声栽倒在地，一阵钻心的疼涌出来。我坐在地上，抱着脚抽气。那只老鼠，大摇大摆地走了。日他的妈。我搓着脚骂了一句。

二十五

冬天一死，春天就活了。

跟踪我的火药局的役工增加成两个。

臃肿的棉袄一除，春风剔骨刀般掠过他们布满油腻的身子。偶尔的春雪，还在留恋冬天的那种颜色。他们乐意跟我，我想吃啥，他们也会坐在桌边，或站在路旁吃。从摔盆掼碗的举动里，我读出了店家内心的排斥，但他们不会说出口。店家蠕动的嘴里嚼着可能比冬风还要凌厉的话，嘴里的气温一高，这些话便冰块一样融化。

我闻到了桃花的味道。

教匠和军匠对季节的变化不那么敏感。教匠对花，显然没有比炮弹那么上心。只要秋天有桃吃，桃花开不开与他关系不大。

桃花一开，萨教匠的心花也就开了。他的脸，桃花一样舒展着。一个冬天的蛰伏之后，他的头从衣领里钻出来，小草般领受着春阳的灿烂。我跟在他身后。两个役工跟到桃林边，就走了。

他们习惯了我进桃树林后捡拾桃花瓣的毛病和吃桃花瓣的兴奋。他们不打扰，我乐得看着萨教匠对着桃花的那种眼神。眼神很大，大得能把桃花送到流水处，任它们在水中漂流成南方的情致。

凌厉的风沙还未席卷凉州，桃花们的梦在树枝头跳跃成浅粉色，蝴蝶一样飞舞。如果桃花有脚，我也会给它们穿上鞋子，让它们走路。它们可能拖不动鞋。只要桃花一落地，桃枝上的嫩芽便一夜之间笑着张开嘴。嘴一闭，春天便会进入夏天的怀抱。

我捡着桃花瓣，有一种花瓣褪色慢，耐心地等我。兜了一衣襟花瓣，我来到柳树林。冬天酥涌过的那堆软土，在春天里塌了身子，用手一拨拉，便软软地散开。捧了水，将泥和匀，撒了花，泥见了花瓣，贴身一裹，花瓣便与泥共融，丁点的花忽闪忽闪。团了一个泥球，我闻闻，有一股泥土味，泛着春天的和善。把团好的泥球晾晒在一块大平石上，泥球们和尚入定一样安静。晒干泥球后，我揣了它们，再也不管还站在柳树下的萨教匠，跑出了柳树林。

役工们又跟在了我的身后。

牛府牛粪一样黑在了夜中。

我盯着大门。

牛府门前的石狮子在夜里睡成了石头。那间盛草的小房子里有窸窣声，是虫子还是老鼠，那是它们的事。没有人进出的大门寂寞成丈夫多年在外的小媳妇，紧紧捂着身子。

无聊如还未化完的冰块，贴在我胸口。我裹紧了衣服，一个泥球跑进了麦草中，我摸了半天，手捏得紧了，它居然碎了。有人拍门，门栓开启的声音在夜里明亮成萨教匠口袋里的镜子。来人闪进门，大门吱呀一声，一点灯火便隐在了院内。

风成心和我开着玩笑，一声比一声紧。我想象着跑进院中的那人，是牛鉴牛大人的跟班，抑或是徐凉州。夜知道，我不知道。人一旦失了威风，一切都会小心成驴卵子，生怕在走路时被碰疼。

我抓了一把风，嚼了嚼，竟是满口的草腥味。

麻雀们把一个早晨聒噪成破抹布时，牛府的门开了。

家丁探头一望，发现了搁在门坎上的桃花泥球。他高声喝叫：有人放炸弹了。管家躲在人后，问是真正的炸弹吗？几个。家丁说：排得齐齐的，有好几个。管家问谁去把炸弹移了，没有人上前。管家问家丁头，怎么办。家丁头说：抓阄。谁抓上，谁前去弄炸弹。一个瘦小的家丁抓到了阄，说我上有八十岁老娘，下有三个娃，你们能忍心这样。家丁头踢了他一脚，说你个杂怂，一根筋挑个头，家里一张羊皮扯不出几根麦草来，还老娘。当年牛大人看你要饭吃可怜，才收容了你。现在，该你出点力的时候了。瘦小的家丁说：弄炸弹是火药局的事，别人谁会弄。若牛大人身边有炸弹，我可以替他。我欠牛大人的恩，又不欠牛府里你们这帮人的。管家恼了，说你个杂怂，吃牛府的喝牛府的，你倒歪理多。跨过门坎去请火药局的人来，你总该去吧。我还没吃早饭呢。管家摸出几文钱来，说赶快去，到了凉州城吃一碗臊子面，把嘴夹紧，要不然全凉州的人都会知道牛府门上有炸弹的事了。

瘦小的家丁扒着门框，从泥球旁挤出了门。他舒了一口气，慢慢地往前走。管家骂道：踏蚂蚁呢，你跑行不行。瘦小的家丁跑了一阵，等管家看不见了，他揪了路旁的几片树叶，撕成碎片，扔了。

军匠将此事告诉了教匠，教匠说：牛府的管家是个玩意，老托大。告诉来人，一个炸弹一块银圆，给就去。不给，爱找谁找谁。

瘦小的家丁跑回，管家说行。反正牛爷都那样了，府门一炸，比洋毛子的炸弹还令他伤心。答应他，要快。

瘦小的家丁跑回火药局，传了话。教匠对军匠说：让穆斑蝥去，你去收钱。军匠问役工：穆斑蝥在何处？役工说：昨夜不知道在哪儿。今早在草房里睡觉呢。

军匠踢了我一脚，说让我跟他到牛府门口摸炸弹去。我笑了。

军匠说：没心没肺，牛府都炸了锅了，你还笑。

我没有吭声，跟他到了牛府。

我央求军匠，让管家把牛府内围观的人散了。

管家喝开了牛府里围观的人。

有人说要看看穆斑蝥摸炸弹呢。管家骂道：摸你妈的摸呢。一个炸弹一块银圆，你去。

等牛府的人不见了，我甩开军匠，跑到门坎上，把几个泥球揣到怀里，跑了。

牛府的人涌出来，说军匠爷，这穆斑蝥才真正是好炸弹呢。

军匠到门坎边，用脚把几点泥巴擦了，接过管家递来的银圆，回到了火药局。

教匠把烟锅头往炕沿上一磕，说这穆斑蝥，倒也是个机灵鬼。赏他一块银圆，别让他说出去了。

军匠买了一个韩家烧鸡，我接了，把麻纸上渗出的油舔了。

萨教匠到柳树林时，太阳狗一样耷拉着头。

看到石头上摆的几个泥球，他摸摸我的头。泥球上的一片桃花挺直了身子，在日头下泛出一点粉色来。萨教匠接过一条鸡腿说：世道人心。我不懂，也不问。

绸衣绿裤的姑娘成了柳树，长辫子在水里飘动。我跳下了河。一股凉，透心而出，我打了个冷颤。萨教匠说：快上来，水冷，别造出病来。

我上了河沿，萨教匠燃了一堆火，他的目光跌进火里，嗞嗞地烧出一块弹片来。我把泥球一个一个扔进火里，泥球碎了，几片桃花瓣痉挛着，成了黑灰。

萨教匠离开了柳树林。他的身子弯成了炸了膛的炮管。

二十六

二月的风一吹，凉州城的耳朵就疼。

林则徐途经凉州的消息细得如针，插不进城门楼，便飞向道署。郭道台一拂袖，那根针飞向府衙。知府已丁忧的府衙的门一关，针便冲向县府。洪知县头一低，针便落在惊堂木旁边。洪知县抓起针，针很冰凉。他穿戴齐整，出了县衙。看到我，他呵斥了一声。一阵风灌进了他的嘴里，他吸了一口，腮帮子鼓成了水萝卜。

林则徐像耳坠，吊在凉州城官员们的耳朵上，晃晃荡荡。

1842年的二月，像一只装满雪的口袋，口一松便喷出些许的雪来。雪活了一个冬天，在春天的头上乱窜。穆用知道这雪白不了凉州城，就扛着扫帚在街巷转悠。道署、府衙、县衙门前的雪，缩着脖子，在他的扫帚底下胡乱奔跑。他觉得这传闻中的林则徐就像冬天的雪，用春天的扫帚怎么也扫不到眼前。

铁匠炉旁有一堆积雪，穆用一扫，结下的冰末冲进火炉中，冒出一股蓝烟，有一股淡淡的腥味。铁匠骂起来，说你个苕怂，你又不是林则徐，听风便是影，充什么大神。穆用看到铁匠抽出了烧红的铁钳，便夹了屁股，拖着扫帚跑了。

月亮一扬脖子，雷大隐看到道署的门楼低矮了许多。瓦棱沿边的雪，安静成了郭道台的帽顶。

他怀念起做厨师的日子了。

乡民一进城，春气就升起来了。他们的裤子鼓成了口袋，在风中抖动着，庄稼的影子跟着他们，羞羞地在街巷里抬头张望。

一粒麦子掉了，我拾起来，在手里搓玩。麦子一翻身，胖胖的，绸衣绿裤长辫子姑娘的屁股蛋在我手心里凸出，我一搓，浑身燥成了骚羊，便在街上猛跑，到铁匠炉边，雷大隐的板子扫过来，我一避，围在铁匠炉边的乡民们笑起来。

他们是来拾掇农具的。

铁匠打着犁铧。有乡民说吃斑蝥粮的人命好，不种庄稼不愁吃穿。铁匠把铁钳一扔：别说命。就像这犁铧，打好了得安在犁头上，不在犁沟里磨，就会生锈。

他指着站在人群后的一个后生说：你看他，年年这时候都背着十几把犁铧来收拾，乐哈哈的，好像背着他东家的元宝一样高兴。

他的东家，是有名的吝皮，吃洋芋都不让剥皮呢。

后生还是笑着，说能吃饱肚子就行。

一场雨，坏西瓜一样有了味道。

洪知县的衣服上，爬上了夏天。“腾云驾雾”的掌柜把一个钱袋往桌上一丢，说这林则徐就是蚂蚁，也该到凉州了。洪县令说：等。“腾云驾雾”的掌柜说要等到啥时候，烟客们的嘴里长毛了。我的钱柜里，老鼠都能垫窝了。

洪知县挥挥手，“腾云驾雾”的掌柜一出门，便见“紫气冉升”的掌柜耷拉着脸，见了他竟从鼻子里喷出一个“哼”来。他骂道：老子也赚不了钱，你喷出一个“哼”来，朝谁撒气呢。

我闻到了“腾云驾雾”的掌柜身上的那种味道，比硫磺好闻，有一点淡淡的香。他问我烟土好吃还是硫磺好吃，我说不知道。他问我公鸡不长屌怎么尿尿。我说不知道。他朝我脑门上弹了一指头，我啐了他一口，跑了。他骂道：你个吃斑蝥粮的，我等不来林则徐，还呛不死你个吃硫磺的。

雷大隐挡住了我，问我跑啥。我说没啥。

洪知县说开烟馆的都踮着脚骂娘呢，按行程，林大人也该快到了吧。郭道台说急也没用，等吧。洪知县说怎么答复开烟馆的。郭道台闭了眼，摇动了手中的两只核桃。

萨教匠终于脱了冬装，他轻快成风中摇曳的芦苇。

到大柳树下，他展开了一张图，上面画着几个炮弹样的东西，他问我圆的好还是长的好。我说不知道。

他说林则徐大人来了，圆的和长的就有结果了。

我问林则徐是个啥东西，为啥道台也等、县爷也等，烟馆的掌柜们也等。他说我不懂。

他问今年的桃花落了没有，做没做桃花球。

我说河里的水热了，你身边怎么没个女人呢。他说在凉州，炮弹比女人有趣。你个小子，心里爱个绸衣裳绿裤裤的姑娘，也好呢。我笑，他也笑。

铁匠在夏天，像没有了母鸡的公鸡，闲了下来。

雷大隐说夏天好，尿发成了汗，街上胡乱尿尿的少了。忙的是穆用，大户人家的女人用水多了。

铁匠望着怡春楼里的几个女人，对雷大隐说：你要有胆量，挑那个屁子肥成兔子的女人，朝她拍一木板，我请你喝酒。

雷大隐说人家又不在街上尿尿，我闲不哄哄地拍她干啥。

旁边有人说，自从雷大隐的东西没了，就不敢拍女人了。

雷大隐提了板子，跟在几个女人后面，他咳嗽一声，一个胖女人只管往前走，他扑了几步，一板子拍过去。胖女人一回头，跳着骂雷大隐，说你个没东西的玩意，闲了去大杈河里洗石头，拍老娘干啥。

雷大隐到铁匠跟前说：酒。铁匠递给他一盅酒，雷大隐喝了。铁匠问他拍男人屁子和女人屁子哪个好。雷大隐说也没啥，男人的屁子女人的胸，没法比的。

便拖了木板到道署墙根边去了。

有人问我女人的尻子绵还是炮弹的身子滑，我站起身，铁匠把几颗花生仁放在我手里。瞪了问话的人一眼，说闲了蹭墙去，寻这娃娃开什么心。

到西城门口，穆用挑着两桶水，咧着嘴往前滚。见到我，他放下桶子，拿起舀水的葫芦，舀了半瓢水，让我喝。

我瞪了他一眼，跑向了火药局。

教匠赤着背，阳光在他背上走来走去。他身上的肋条山脊一样，一层隔着一层。他问我林则徐啥时候能到。我说听郭道台说，让洪知县他们等。他问我萨教匠在干啥，我说拿柳絮当老鼠烧呢。

军匠抹了一把头上的汗，说今年的这天，热呢。

当马粪落在土路上时，林则徐快到的消息钻进了凉州城的东城门。

洪县令出了衙门。

东大街两廊摆着的西瓜圆圆地垒成了墙。他问卖西瓜的，不怕倒吗？卖西瓜的说：迎接林则徐大人呢，西瓜不敢倒，我码瓜的本事大呢。

要有人挑中间的瓜呢。

卖西瓜的把中间的瓜用手一拍，那瓜乖巧地钻出了身子。

盛在芨芨筐、红柳条筐里的苹果，堆着青涩，将一抹微红露在外面。一筐黄瓜直立，大的好似葫芦，色泽金黄。

衙役说这是老黄瓜。便抽了一根，掰成两截，一股清香味冒出，瓤爬出来，几粒瓜籽掉在地上。

“紫气冉升”的掌柜说烟客们都被赶走了，窗子上蒙了花绸被窝，莫说林大人，鸟都闻不出味来。

转了一圈，洪县令出了东城门。

初秋的柳树林正在褪却颜色，柳枝们很丰腴地舞动。他瞅着有了黄红色的枝条，弹了弹手指。看到我，让衙役叫我过来。

我笼着手，来到洪县令面前。洪县令问我夜里待在大柳树洞里害怕吗？我没有回答，转身跑了。听到衙役追我的声音，我跳下了河。

月亮蹲在天上，像蹲在自家的炕上。

洪县令从道署出来，把月亮抓在手里，甩了甩。

回到宅子，月亮跟了过来。

夫人问他愁什么。

他说郭道台让蒸一个车轱辘大的月饼，好迎接林则徐。

夫人笑了：蒸个月饼，谁不会。马上八月十五了，家家都会蒸，又不是让你生娃。

洪县令说：蒸那么大的月饼，得重新做笼蒸，新笼蒸能做出那种味吗？

用新松木做了笼蒸，多抹几遍熟胡麻油，不就行了。蒸月饼的炉灶呢，盘一个不就得了。

洪县令说：把你能的。

从知道林则徐大人要来，快一年了。他又不是钦差大臣，又不是爹，还是个犯了事的官，也不是国丈爷，把你们弄得茶饭难思的。

洪县令恼了：打住，一个妇道人家，话多了点。

月亮一走，天咳嗽几下，便下了阵雨。

洪县令看着垒起的炉灶，极像一个供台。把稻香村里借来的大铁锅一安，就有了气象。

凉州城里的人都跑来观看。有老人说活了大半辈子，第一次见这么大的炉灶。木匠抬来了笼蒸，油亮亮的。笼蒸坐到锅上，关老爷似的巍巍然。蒸月饼的巧妇们端着面盆，在搭好的棚中开始发面。

郭道台的官轿一到，围观的人让开了道。他下了轿，瞥了一眼炉灶：蒸好。他又钻进了轿中。

秋气凉爽，郭道台和洪县令坐在廊下，泡在酒杯里的月亮有点浮肿，左左右右地晃。俩人一杯一杯地喝，月亮在一点一点地移。云隆起来，半个月亮躲进云中。郭道台的半边脸暗了下去。他呷了一口酒，洪县令在他的酒杯里添了酒。郭道台叹口气说：这林大人被革职流放，是福焉，还是祸焉。洪县令说：大人，有几句话我当讲不当讲。

郭道台说：当讲无妨。

洪县令望着躲进云中的半个月亮爬了出来，说：如果林大人不遭革职，率先打一战，有无取胜的把握。

郭道台拂去凑热闹的一只蚊子：不好说，参照牛鉴牛大人的溃败，恐怕也无取胜的把握。

洪县令说：早败早知晓。

郭道台说：何意?

洪县令说：败了，损得是林大人的清名，幸得则是国家。

郭道台停住了下咽的酒，在嘴里嚼起来，憋住的声音鼓动着腮子，像两颗小炮弹在游动。

洪县令放下酒杯：早战会早败，早败则会早和，也许会避免更大的战争，减少更大的损失。洋人，要的是利益。国家都这样了，明知打不过，为啥要逞强呢。

郭道台咽下了那口酒，抬头望着天。那轮月亮，完全钻进了云中。

下人们点了蜡烛。一阵风卷到走廊，吹斜了烛光。

洪县令看到郭道台的脸肿了起来，他起身告辞。

那个夜里，我跟着洪县令，前面的两只灯笼睁大眼睛移动。路是熟路，灯笼光下的洪县令也像一只灯笼，在缓缓前行。到了洪宅，那轮月亮在云中走了出来，凉州城白成了一匹布，在风中抖动着。

我飞奔到东城门。城门关了，我回到了草房。

草房里立起一个人来，我转身就跑。那人追出来，说别跑，我是萨镇淮，我从来没见过这么大的月亮。

二十七

岁月让她的坟成了一只没有装满馅的包子。

不叫她妈，是我实在无法把她和妈联系在一起。自从在我脸上抹了锅底灰将我送出去后，我这辈子似乎和妈就没有任何关系了。大哥说这是我的命。我一直努力地想进入那个家门。进了门，至少我的命里有家，而不是火药局。一切努力的失败，我生命中的欲望逐渐消失。在她死后，教匠说朝廷法度不可废，礼仪也不可缺，去送她一程吧。铁匠和雷大隐陪我到了家。我把一个“妈”字在嘴里嚼来嚼去，嚼碎后，便咽了下去。我的肠胃里盛不了这个字。这个字，在肠胃里晃荡一阵，像牛反刍般冲出了口。

她要葬在什么地方。

穆用跪在了教匠门口。说她好歹也是两个斑蝥的妈，总不能葬在乱石滩吧。待穆斑蝥化成了炮弹，一打炮，那可是在打她的心呢。

想葬在张家大坟，那可是前凉国王们的陵墓之所，她有那个资格吗?

穆用磕了一个头。

你代子行孝，也不合礼数。这个头，应该是你儿子们磕的。你站起来说话。

穆用又磕了一个头。

军匠拉了穆用一把，穆用挣脱了他，把头勾成了傍地的倭瓜。

乱石滩西北，是原来有封号的大族们的坟地，也不合适。

穆用又把头往地上狠命地碰，教匠的心悸动了一下。他出了门，对军匠说：去和县衙通融通融，看能不能葬在磨咀子滩。那地方，土干地旺，挺好的。

我把最后的亲情捏在了手中，也给教匠和军匠磕了一个头。

教匠扶起了我：你这娃。

穆用移过来，也给我磕了一个头。

军匠停住了脚步，说这整啥呢。

教匠把烟锅杆往腰里一塞，说穆用女人的后事是这娃挣下的。他担得起这个头。

她下葬那天，天晴成了刚出笼的发面馍。

我躲在西城门的墙角，看着我的几位哥哥嘻嘻哈哈地跟在驴车后面。车厢里装的是盛着尸体的白杨木棺材。棺材板上的画很粗糙，那朵莲花很委屈，就像跟在驴车后的穆用。

路上的坑洞里有虫子在蠕动。车轱辘陷进去，驴奋身拉着。

三哥像打我一样打驴。

驴夫夺过三哥手中的丧棒，扔了。

三哥说你扔我丧棒干啥。

驴夫说：驴也是一条命啊。这是条老驴，它不知拉过多少死人，从没见过你这样不惜它命的。

三哥说：惜命也是一头驴，你惜它的命，你拉。

驴夫抱着驴头，抚摸着驴毛，捋捋，他一拍驴头，驴把腰一趔，车轱辘滚出了陷窝。过了柏树沟，有一段平路，驴飞奔起来。绑棺材的绳子一松，棺材便在车厢里跳动。

二哥看着滑动的棺材，说妈也是，死了躺在棺材里，还不消停。

穆用追上驴车，拽住麻绳头，咬着牙朝后拉。驴慢了下来，棺材尾滑出了车厢，穆用用肩扛着。我的舅舅，那位我从未见过的一个男人，长着和她一样的面孔，上前推了一把，棺材在车厢里平稳下来。

驴望见莲花山，嗷嗷地叫了起来。

旱滩坡里的草木很少，零星的几株芨芨草和骆驼蓬，在清晨摇曳成教匠的烟袋穗。

驴夫笼着手，看着我的几位哥哥卸下了棺材，便吆了驴，唱着歌走了。我听不明白他在唱什么。

三位哥哥把棺材往挖好的坑中一放，三哥抽出麻绳，往肩上一背。二哥说这是新买的麻绳，又不是你一个人的，你往哪里背。便去抢绳。

二哥一抢，四哥也上去抢。三哥夺过穆用手中的铁锨，抡起来拍向四哥。

四哥栽倒在地，他趴在地上，把麻绳放到铁锨头上，一拉一扯地割了起来。

新麻绳很顽强，割不断。二哥抢了绳，在坟坑前的那堆火上，将麻绳烧成了三段。他把长点的扔给三哥，把短点的扔给四哥，拍拍屁股，走了。

三哥拾起绳，踏灭绳头的火星，也提着绳走了。

四哥朝三哥啐了一口。那口痰落在了一只蚂蚱身上。蚂蚱扑扇翅膀，蹦跳了几下，又伏在了一株芨芨草下。

穆用的泪像铁锨下扬起的土，纷乱而无致。

他跳进坑中，将散落在坟坑中的东西捡拾着往外扔。他扔出来几块骨头和几片残旧的木板。

我曾听教匠说过，旱滩坡埋得古人多，层层叠叠。埋深的，成了文物。埋浅的，被人挖出来，又埋了人。穆用踩着棺材爬出了坟坑。他将扔出来的骨头和木板埋进了旁边已塌陷的一个坟洞。看见我，他木桩似地立着。

我接过他手中的铁锨，往坟坑里填土。那只画得很不像样的莲花在灰土中模糊着。莲花哪有桃花亲。我将土扔向莲花，莲花隐入了土中。我往棺材头上扔了一锨土，几个土疙瘩砸出了声响。

穆用跳进坑，把几个土疙瘩扔了出来。

他瞪了我一眼。

我用铁锨铲了土，朝他扔去。

他爬出坟坑，号啕大哭。他说你这个婆娘，耍了一辈子的嘴，骂天骂地骂我，生下的都是忤逆种。就这个斑蝥还有点良心，也是个坏种。

他朝我吼道：你把我和你妈一起埋了吧。

他的眼里喷出火来。

把亲情给了该给的人，就可以放下了。

在穆用的责骂声中，我抓起了那把铁锨，把土疙瘩拍绵，往坟坑里填。

土干得像脚上的垢痂，每一铁锨铲下去，都会有生疼传出。在土的快意中，坟坑平起来，鼓起来。

穆用说：行了，说好不起坟包的。

他的泪里裹了土，土疙瘩一样坚硬。我没见过眼泪能成土蛋，这些土蛋缀在他脸上，像洋芋上挤出的小颗粒。

我从怀里掏出两个挤扁的馒头，挤圆一个，把另一个扔给了他。

他也学我一样挤馒头，挤得很努力。馒头软，被他挤成了坟包。手一松劲，又扁平着舒展。他拔了几根细芨芨草，勒裹着馒头。

馒头坟包一样坐在坟前。他在旁边的坟边寻来一根小木棍，插进坟里，把那只馒头拴在小木棍上。馒头在小木棍上，麻雀一样晃荡了几下，拽斜了小木棍。

旁边的洞里钻出一只老鼠，看着小木棍上吊着的馒头，瞪着他。他操起铁锨，朝老鼠扑去。老鼠窜出去，回过身来，抖抖胡须，吱吱了几声。穆用奋力上前，老鼠又跑起来。转过一个土崖，老鼠窜上崖头，立起身子，抱起前爪，朝他做了一个揖。他扶了铁锨，望着老鼠。日光下来，老鼠金黄着，一动不动。

他拖了铁锨，铁锨下的土，跟着走动。到了坟前，那只吊着的馒头委屈地抬起头，望着他，竟泪意盈盈。

我做给自己看的这些行径，给穆用留下了答案。

旱滩坡里卷起一股风，穆用的身体黄成了一只土包子。

二十八

别人的生命里，至少有一个女人。即使是穆用，骂了他一辈子，他认为功劳比天大的还是那个女人。我的生命里，女人就是一种虚幻。我生命里最重要的是四个男人。这四个男人，雷大隐给了我第二次生命。教匠和军匠从来没把我当作人，都认定我就是炮弹。萨教匠来到凉州后，他成为了我最亲的人。

萨教匠最爱去的地方，都有水。

凉州的雨是没有记性的。要么不下，旱得癞蛤蟆在滋泥中蹦出，找到高而密的草丛中，鼓了眼，做一场有伴无爱的梦。要么淋得老鼠都在洞中玩“五女出嫁”的游戏。

雨一下，大权河河水胖得鼓出了河沿。

萨教匠踩着雨站在河沿上。河水跳上来，向他猛扑。在强烈的河水召引下，他的身子如一棵砍了根的树，随时会漂向河中。他的内心也在下雨，下得淹没了凉州。我远远地望着，听到了他河水般的吼叫。那声音，撕裂着雨幕，仿佛一道闪电划破云际。我听不出他在吼叫什么，只看到他的心从胸膛里奔出，朝着南方，一直在飞。那种姿式很笨拙，宛如翅膀被捆了绳索的大雁，飞不到天空，只发出带血的哀鸣。

萨教匠常常和我讲大海。

他说海很大。

我说有大涝池大吗。

萨教匠猛地站起，推起了立在河沿上的一块石头。石头和萨教匠一般大，他推不动，便挥起手掌往石头上拍。掌声沉闷。他甩了甩手掌，手碰在石头上，他吸了几口气，一种痛在河沿边弥散。

他的手肿成了马蹄子。

啊——嘿。

他对着河大叫。

很长一段时日，萨教匠再没来柳树林找我。

我坐在河岸上，把夏天坐成了一口锅，不用架柴也会发烫。

闻到韩家卤鸡香味的时候，我知道，他来了。

他说大海很蓝。

我问有天蓝吗。

他说蓝和蓝不一样。

我问大海远吗。

他说知道金城吗。

我说就是雷大隐的东西被割了的那个地方。

他说知道南京吗。

我说不知道。

他说知道广州吗。

我说不知道。

我问大海里丢了黄土会怎样。

他怔了怔，说两码事。黄成土的是黄河，蓝成蓝的才是大海。

我问怎样才能看到大海。

他说一直朝南走，南到水变蓝，就能看到大海了。

我问什么地方的水是蓝的。

他说：南方。大海。

我问南方在哪里。

他说：有水有船的地方就是南方。

二十九

教匠咽下夕阳的那个晚上，我正在啃着星星。

凉州天空的星星原来很肥，一被磨掉了翅膀，星星们便瘦了下来。瘦了的星星没有筋骨，啃着啃着，我就啃出了硫磺的味道，硝石的味道，还有柳条灰的味道。这些我离不开的味道，有的在我肚中，有的在我身上，有的飘在我周围，它们狗般摇着尾巴，和我亲热着。

我没有被感动。

我把凉州搓成一个圆球，揣在怀里。

碰到雷大隐，他笑笑，说我精神了很多。他拖着的板子的头糟烂得像蜂窝。我面向他，跪下，给他磕了一个头。他扔了板子，说这娃，好端端地磕啥头呢。他扶我的时候，我退缩了一下，转身跑了。

他喊道：又不去试炮，跑那么急干啥。

我知道军匠在找我。

草房地下铺的草，齐整得像梳子梳过的头发。柳树林里，搭起的木棚的墙上，挂着两串旱烟叶，是教匠最爱抽的那种。

穆用说我好像出了南城门。

军匠看着牛府门大开着，便跨了进去。

管家说稀客，又来了。

军匠问他我来过吗。

管家说，牛府又不造炮弹，他来干什么，烦人。

军匠转身出门，他来到大涝池旁。大涝池里的水浅了许多，他看见有一窝一窝的狗头鱼在蜂拥游动，中间有一条红色的鱼，不大，浑身鲜艳得让大涝池兴奋不已。

他坐在大涝池边，把自己坐成了芦苇枝头一只等待母蜻蜓的公蜻蜓。

教匠叫来役工。

役工打开了库房门，他揭开了盛斑蝥灰的坛子，里面已没有了斑蝥灰。他用手指抹了一下坛底，指尖上粘了一点灰，他放在了嘴里。役工说使不得的，那是死人灰啊。他面无表情，找了一个毛刷，在坛子的内壁刷着，灰积成了一小撮，他倒在铺开的手帕上，叠好手帕，出了库房。

役工锁了门，望着火药局上空几朵没心没肺的云，说：都病了。

教匠在配制火药时，将那一小撮斑蝥灰倒了进去。倒灰的时候，他关上了门。

垂暮之年，萨教匠捧读林则徐日记，重温着林则徐当年“荷戈西行”的悲壮，里面没有关于“斑蝥”的丁点记载，他老泪纵横。看到林则徐在新疆木垒县时所写的一副对联“天山古雪成秋水；青史凭谁论是非”时，他走出了家门。

他的住所离大海很远。那一晚，他拄了拐杖，朝着大海的方向，默坐出了一个时代。第二天家人发现他时，他的靴子上已布满了青苔。北方的土落在南方的水上。那些青苔的记忆很翠绿。青苔下面，是一枚锈迹斑斑的炮弹。